처음 뵙겠습니다 나의 주인님

설마 현세에 올 줄이야

✍ 달필공자　　🖌 Sila

목차

프롤로그

흉악하게 생긴 거인이 있었다.

10m에 달하는 키를 가진 놈은 4쌍의 팔을 가졌다. 각 손에는 커다란 검과 도를 움켜쥔 상태였고. 하나뿐인 얼굴에는 여기저기 눈이 달려있어 혐오감을 더했다.

[파멸의 재앙]

거인이라는 정체성을 초월해 스스로 재앙이 된 괴물이었다. 이를 증명하듯 놈의 주변에는 수많은 이들이 쓰러져 있었다. 차디찬 시체가 된 채.

그뿐만이 아니었다.

거인의 뒤에 있는 도시는 완전히 박살 나 성한 곳을 찾을 수 없었다. 성벽은 전부 무너졌으며 건물들은 전부 불타올랐다. 도시 중앙에 있는 궁전까지 포함해서 전부.

-한 왕국의 수도가 이렇게 되다니……-

등까지 닿는 금색 장발 여인이 비통해했다. 그러자 검은색 갑옷을 입은 흑발 청년이 굳은 얼굴로 여인을 달랬다.

-심정은 이해하지만 참으라고-

-그의 말이 옳아요. 지금은 다른 곳에 신경 쓸 때가 아니에요-

어깨가 훤히 드러나는 드레스를 입은 여인이 흑발 청년의 의견에 동의했다. 연두색 장발이 인상적인 여인이었다.

-두 분 다 걱정하지 않아도 돼요. 잘 알고 있으니까-

성녀라 불리는 여인은 고개를 끄덕이고는 창을 더욱더 굳세게 움켜쥐었다. 그녀는 반드시 적을 쓰러뜨리겠다는 결의를 드러냈다. 그 모습을 본 연두색 장발 여인의 입가에 미소가 피어올랐다.

-그럼 리더, 여기서 싸울 건가요? 아니면 사태를 더 지켜볼 건가요?-

연두색 여인의 시선이 선두에 있는 청년에게 향했다. 백은의 갑옷을 걸친 청년은 한 손에 기다란 검을 들고 있었으며 달빛처럼 빛나는 금발을 가졌다.

-수장은 싸우기로 했다. 다른 곳에 이 이상의 피해가 생겨서는 안 되니-

청년을 대신해, 붉은색 갑옷을 입은 중년 남자가 대답했다. 그리고는 어깨에 멘 커다란 활을 잡았다. 연두색 여인은 고개를 끄덕이고는 다시 거인을 바라보았다.

-알겠어요. 그럼 전투를 시작할게요. 모두 대형을 갖춰주세요-

연두색 여인이 지시를 내리자 다들 움직이기 시작했다. 먼저 움직인 사람은 붉은 갑옷의 사내였다. 그는 거인을 향해 활을 겨누었다. 화살이 없다는 게 특이했지만 아무도 이를 의아하게 여기지 않았다.

촤아아악!

붉은 갑옷의 사내가 시위를 놓자 수십에 달하는 빛줄기가 거인을 덮쳤다. 빛줄기들은 화살처럼 놈의 몸에 꽂히더니 일제히 폭발했다.

-크아아앙!-

왕국을 멸망시킬 때까지 조금도 타격을 받지 않은 거인이었다. 그런데 지금, 놈의 입에서 처음으로 비명이 흘러나왔다. 허나 딱 거기까지였다. 공격에 당해 생긴 상처들이 빠른 속도로 아물기 시작했다.

파밧!

이에 개의치 않고 흑발 청년, 금발 청년, 금발 여인이 땅을 박찼다. 거인의 정면으로 달려드는데도 다들 두려워하지 않았다. 오히려 반드시 이기겠다는 각오를 드러낼 뿐.

-크허어어엉!-

세 사람을 발견한 거인은 곧장 달려들더니 가지고 있던 무기들을 연거푸 휘둘렀다. 일격, 일격이 성 하나를 무너뜨릴 수 있을 만큼 강력했다. 하지만 놈의 공격은 달려드는 세 사람에게 닿지 않았다.

쿠쿠쿠쿵!

이유는 간단했다. 갑자기 튀어나온 거대한 넝쿨이 거인의 무기는 물론 팔까지 휘감았기 때문에. 당황한 거인은 건너편을 노려보았다. 그곳에는 해맑게 웃고 있는 연두색 여인이 서 있었다.

파바밧!

다시 예의 빛이 번쩍였다. 수십에 달하는 빛줄기들이 넝쿨에

묶인 거인을 강타했다. 조금 전의 공격으로 약해졌는지 이번에는 피가 튀었다.

-크오오오!-

열이 오를 대로 오른 거인이 몸부림을 쳤다. 그 결과, 넝쿨이 전부 뜯겨졌고 놈은 자유를 되찾았다. 다만 늦은 감이 없잖아 있었다.

흑발 청년은 쌍검을 휘둘러 거인의 오른쪽 발목을 베었다. 금발 여인은 창을 찔러 왼쪽 발목을 꿰뚫었다. 타격을 받은 놈은 비틀거리더니 한쪽 무릎을 굽혔다.

이를 본 금발 청년은 땅을 박차더니 거인의 무릎 위에 올라갔다. 그다음, 허벅지 부분에 검을 꽂고 있는 힘껏 달렸다. 놈은 괴로워하더니 검 하나를 놓고 청년을 향해 손바닥을 후려쳤다. 아니, 후려치려 했다.

꾸우욱.

또 한 번 나타난 넝쿨이 거인의 손목을 휘감았다. 그걸 시작으로 거인의 다른 팔과 목, 다리를 부분을 구속했다. 거인은 온몸에 힘을 줘서 가까스로 쓰러지는 것을 피했다.

쾅! 콰쾅!

그러자 흑발 청년이 쌍검을 휘둘렀고 반월 형태의 검붉은 섬광이 쏟아졌다. 금발 여인은 창을 빛의 기둥으로 바꾸더니 이를 연거푸 찔렀다. 두 가지의 빛줄기는 거인의 몸을 베고 꿰뚫기를 반복했다.

-크어어어엉!-

고통을 이기지 못한 거인이 울부짖었다. 그 와중에도 놈은 발버둥을 쳤고 연두색 여인이 일으킨 넝쿨들이 또 뜯겨 나갔다.

자유로워진 놈은 바로 공격하려 했다.

그러나 이번에도 거인은 자기 뜻을 이루지 못했다.

콰아앙!

거대한 빛줄기가 놈의 얼굴에 정통으로 작렬했다. 그 어떤 공격보다 강렬한 위력에 놈은 균형을 잃고 비틀거렸다.

그 때문에 거인은 보지 못했다. 어느새 어깨를 타고 목까지 도달한 청년의 모습을.

우우웅.

장검을 중심으로 모여드는 금색의 빛. 이윽고 커다란 칼날이 형성됐다. 이는 곧바로 거인의 목을 향해 나아갔다.

그렇게 검이 목을 관통하려고 할 때,

픽!

세상 전체가 어두워졌다.

번쩍!

갑자기 눈을 멀게 만들 정도로 밝은 빛이 터졌다. 본능적으로 양팔로 얼굴을 가린 김인호. 그는 빛이 가라앉을 때까지 기다린 뒤, 천천히 눈을 떴다. 그리고 눈을 깜박거렸다.

다행히 눈은 멀쩡했다.

다만 주변 환경이 달라졌다.

사방이 온통 어둠 속에 빠져있었다. 편의점 천장의 형광등도, 위이잉 돌아가고 있어야 할 냉장고도, 바깥에 있는 야외 벌레퇴치기의 전원도 모두 꺼져있었다.

"정전인가…?"

편의점 데스크에 서 있던 김인호는 허탈한 얼굴로 창밖을 쏘아본 다음, 전화기를 들었다. 언제 복구되는지 확인해야 했다. 이대로 식품들이 상하기라도 하면 누가 책임을 져야할지 모르니까. 점장이 순한 사람이지만 이걸 다 폐기하게 되면 어떻게 반응할지 모르지.

"전화도 먹통이잖아."

들어 올린 수화기에서는 아무런 소리도 들려오지 않았다. 신호가 끊기면 끊기는 데로 뚜-뚜-거리는 소리라도 나야 할 텐데.

인호는 다시 자신의 핸드폰을 내려다보았다. 조금 전까지 레이드를 뛰던 액정화면이 검게 물들어 있었다. 그것만으로도 당황스럽고 어이가 없었는데 문제는 그 다음이었다.

우측에 있는 전원을 눌렀는데 화면이 켜질 생각을 하지 않았다. 혹시나 해 계산대 아래 있던 휴대용 충전기를 꽂았지만, 여전히 화면은 새까맸다.

"왜 하필 이럴 때 폰까지 말썽이야……."

어이가 없었다.

정전과 동시에 핸드폰이 고장 났다는 사실이. 자세한 건 AS센터에 물어야겠지만, 고장이 분명했다. 무려 8년이나 쓴 핸드폰이었으니까. 그동안 여러 번 고장 나서 고치기도 많이 고쳤고.

물론 고장 난 건 고치면 그만이다. 다만 이번 주 레이드는 물 건너갔고, 랭킹에서 손해를 보는 걸 피할 수 없다는 게 안타까웠을 뿐.

그도 그럴 것이 8년 동안 서비스된 '영웅의 시대'는 고인 물들만 남아 있는 상황이었다. 고작 한 주 포기했다고 랭킹이 눈에 보일 정도로 떨어지지는 않는다.

다만 돈을 퍼붓는 다른 경쟁자들보다 시간이라도 더 들어야 했다. 왜냐하면 김인호는 다른 이들과 달리 플레이어였으니까.

그래도 예전에 정전 사태처럼 서울 전체에 문제가 터진 거면 게임사가 보상이벤트라도 하겠지- 하는 희망이라도 품으며 주머니에 폰을 밀어 넣었다.

"일이나 하자."

어차피 밤샘 근무라 핸드폰은 내일 아침에 퇴근하면서 고치겠다고 생각하며 인호는 카운터를 나섰다. 그러나 곧 의아함을 느꼈다. 바깥도 어둡기는 마찬가지였기 때문에.

대로로 눈을 돌리자 신호등도 모두 꺼져있고 그 때문인지 자동차들도 이상하게 흐느적흐느적 움직이는 것 같았다.

"왜 아무도 전조등을 안 켜는 거야? 어두운데?"

정전이 일어났으니 신호등이 꺼지는 건 당연했다. 하지만 자동차는 정전과 상관없는데 왜 다들 전조등을 안 켠단 말인가?

쾅! 콰당!

그가 의문을 느꼈을 때, 멀리서 소음이 들렸다.

다급히 고개를 돌리자, 전봇대를 들이받은 차량에서 불길이 치솟고 있었다. 전봇대는 옆에 있는 변전기를 내리찍은 모습으로 반쯤 꺾여 있었다.

"저거 때문인가?"

정전의 원인을 깨달은 인호는 고개를 주억거렸다. 예전에 군에 있을 때 통신장교가 정전복구에 관해 이야기했던 것이 생각났다. 변전기가 저렇게 나가버렸으면 이 일대가 다 나가도 이해할 만했다.

글러 먹었네.

아마 이 동네 일대만 이렇게 된 모양인데 내일이면 상인들이 책임지라고 한전 직원들과 몸싸움하는 꼴을 볼 수 있을 것 같았다.

그런데 그때,

촤아악!

주머니 안에서 환한 빛이 솟구쳤다.

'뭐야?'

고개를 돌리자 주머니 안에 넣어둔 고장 난 핸드폰 액정에서 빛이 치솟는 것 같았다. 급히 손을 넣어 핸드폰을 잡아 꺼내자 섬광탄이 터지는 것처럼 환한 빛이 치솟아 고개를 돌릴 수밖에 없었다.

"이건 대체……."

빛이 사그라지는 느낌에 다시 쳐다보니 핸드폰 액정은 검게 물들어 있었다. 그런데, 다시 꺼진 액정 한가운데에 붉은 문자가 새겨져 있었다.

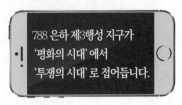

788 은하 제3행성 지구가
'평화의 시대'에서
'투쟁의 시대'로 접어듭니다.

띠링.

문자를 읽자마자, 눈앞에 반투명한 무언가가 나타났다.

얼핏 보면 장난 같은 문구였다.

그러나 인호를 이를 무시하지 않았다. 본능이 그에게 맹렬하게 경고했다. 이 상황을 가볍게 넘겨서는 안 된다고, 무시하면 큰일 난다고.

인호는 핸드폰을 향해 손을 뻗었다. 좀 더 자세히 알아보고 싶었기 때문에.

그런데 그때,

"으아아악!"

가까운 곳에서 비명이 울려 퍼졌다. 모공이 서늘해질 만큼 끔찍한 비명이었다.

제1장 무너진 세상

무슨 일이 일어났다!

이를 직감한 인호는 소리가 난 곳으로 고개를 돌렸다.

흠칫!

그리고 인호의 몸이 그대로 굳었다. 믿을 수 없는 광경이 눈앞에 펼쳐져 있었다.

-키에에엑!-

-캬아아악!-

그곳에는 녹색 피부와 쭈글쭈글한 얼굴을 가진 '난쟁이' 들이 널려 있었다. 허나 그들을 무시할 수는 없었다.

맹수를 연상케 하는 날카로운 이빨과 피가 응축된 것 같은 새빨간 눈동자는 보는 것만으로 공포를 떠올리게 했다. 게다가 단검을 들고 있어 두려움을 더욱 자극했고.

더 끔찍한 건,

"아악!"

"사, 살려주세요!"

"괴물이야!"

초록색 난쟁이들이 닥치는 대로 사람들을 공격하고 있다는 점이었다.

단검으로 사람을 찌르는 건 기본이었고 아예 이빨로 사람을 물어뜯는 놈들도 있었다. 마치 사냥을 하는 것처럼. 개중에는 저항하는 사람들도 있었다. 하지만 맨몸으로 놈들을 상대하는 건 불가능했다.

'내가 지금 뭘 보고 있는 거지?'

이게 정말 현실일까? 자신이 꿈을 꾸고 있는 게 아닐까? 그렇지 않고서야 영화나 게임에서나 일어날 법한 일들이 어찌 현실에서 일어난단 말인가? 조금 전까지만 해도 난쟁이 놈들은 아예 보이지도 않았는데.

도저히 이 상황을 받아들일 수 없었다.

그렇게 인호가 멍하니 참상을 지켜보고 있을 때,

-키이익?-

다른 사냥감을 찾던 난쟁이가 고개를 돌리다가 인호와 눈이 마주쳤다.

섬뜩.

등골이 절로 오싹해졌다. 인호의 의사와 상관없이 몸이 벌벌 떨리기 시작했다. 죽음의 공포가 그를 덮쳤다.

-키에에엑!-

인호를 향해 그대로 달려드는 난쟁이. 상대가 접근하는 걸 본 인호는 바로 가게 문을 닫고 잠갔다.

쾅!

그보다 살짝 늦게 도착한 난쟁이는 문에 부딪혀 땅바닥을 뒹굴었다. 그러나 아직 안심할 단계가 아님을 인호는 잘 알고 있었다.

-키이익!-

쾅! 쾅!

괴성을 지르며 단검으로 문을 후려치는 난쟁이. 놈의 얼굴은 광기로 물들어 있었다. 게다가 힘은 어찌나 강한지 문을 몇 번 후려치는 것만으로 문에 균열이 생겼다. 마음 같아서는 진열대로 문을 막고 싶었지만 그럴 시간도 없었다.

문이 깨지는 건 시간문제였다. 이 상황에서 자신이 할 수 있는 일은,

'싸워야 한다.'

그것만이 저 괴물들로부터 살아남을 수 있는 유일한 방법이었다. 몸 상태가 좋지 않지만 그런 걸 따질 때가 아니었고.

무기가 될 만한 걸 찾기 시작한 인호. 그때, 진열대에 놓여 있는 과도가 그의 시야에 들어왔다. 플라스틱 팩을 벗긴 그는 과도를 단단히 움켜쥐었다.

'얼마 만에 싸우는 거지?'

대한민국 청년이면 누구나 가는 군대라지만 그의 군 생활은 특별했다고 할 수 있었다. 어지간한 사람들은 군 생활 중에 타인과 대련할 일이 없지 않은가.

다만 전역 이후에는 한 번도 누군가와 싸워 본 적이 없다는 게 문제였다. 군대도 아니고 다른 사람과 싸울 일이 얼마나 있을까. 그런데 다시 싸우게 됐다. 그것도 괴물을 상대로.

쨍그랑!

마침내 문이 부서졌다. 편의점 안으로 들어온 난쟁이는

주변을 살피더니 과도를 움켜쥔 인호를 발견했다. 그러자 놈의 입가에 비릿한 미소가 흘렀다.

난쟁이가 대놓고 자신을 무시했지만 인호는 개의치 않았다. 오히려 과도를 더 세게 쥐고 상대를 경계했다.

'간격부터 유지하고.'

현재 자신이 가진 장점은 난쟁이보다 키가 크다는 점이었다. 리치를 이용해 상대를 쓰러뜨려야 했다. 거리가 좁혀지면 자신은 눈 깜짝할 사이에 목숨을 잃으리라.

팟!

그가 전략을 짜고 있을 때, 마침내 난쟁이가 쇄도했다. 이에 질세라 인호도 과도를 휘둘렀다.

욱신!

'빌어먹을!'

오른쪽 무릎에서 극심한 통증이 느껴졌다. 그래서 과도에 제대로 힘이 실리지 않았다. 이런 공격이 통할 리 만무했다. 인호의 예상대로 난쟁이는 아무렇지 않게 단검을 휘둘러 공격을 막았다.

쩌엉!

단검과 과도가 부딪쳤고 격돌의 충격을 버티지 못한 인호는 뒷걸음질 쳤다. 그 틈을 놓치지 않은 난쟁이가 단검을 찔렀다.

'왼쪽!'

본능적으로 과도를 세운 인호. 다시 부딪치는 단검과 과도. 그러자 난쟁이가 단검을 회수하더니 이번에는 밑에서 위로 그었다. 인호는 이와 반대로 과도를 세게 내리쳤다.

-키키킥!-

난쟁이는 기분 나쁘게 웃으며 단검을 찌르고 휘두르기를 반복했다. 인호는 젖 먹던 힘까지 쥐어 짜내 막아냈지만, 급소를 지키는 게 고작이었다.

"헉……헉……."

몸 여기저기에 자상이 생겼고 그 틈으로 피가 흘렀다. 통증으로 인해 체력 소모는 극심했고 출혈로 의식이 흐릿해졌다.

'이대로 가면 진다.'

정면으로 붙어서는 난쟁이를 이길 수 없었다. 빠르게 판단을 내린 인호는 아예 벽 쪽으로 물러났다. 오른쪽으로 빠지는 길이 있지만, 그는 도망치지 않았다. 진열대 때문에 길도 좁았고 무엇보다 다리를 다친 자신이 상대에게서 도망칠 수 가능성은 없었다.

-키륵키륵-

사냥감을 궁지에 몰았다고 판단한 난쟁이가 연신 기분 나쁜 웃음소리를 내뱉었다. 그러더니 인호의 목에 단검을 꽂기 위해 몸을 날렸다.

'지금!'

그와 동시에 인호의 눈이 빛났다. 그리고 몸을 아래로 숙인 채, 상대방에게 달려들었다.

쾅!

-끼엑!-

"윽!"

난쟁이의 몸과 인호의 몸이 부딪쳤고 무게의 차이를 이기지 못한 놈이 나가떨어졌다. 인호 역시 생각 이상으로 튼튼한 난쟁이의 몸 때문에 충격을 크게 받았다. 그러나 그는 이를 악물어 버텼다. 그다음에 몸을 움직였다.

"하앗!"

기합을 내지르는 것과 동시에 과도를 내리찍는 인호. 과도의 칼날이 난쟁이의 살을 가르며 목젖을 꿰뚫었다.

-키에에엑!-

난쟁이가 비명을 지르며 발악했지만 인호는 물러나지 않았다. 오히려 더욱 과도를 깊숙이 넣고는 크게 비틀었다.

부들부들.

난쟁이는 경련을 일으키더니 곧 축 늘어졌다.

"헉……헉……. 살았나?"

인호는 숨이 끊어진 난쟁이를 보며 안도했다. 처음 공격이 제대로 이뤄지지 않아 재빨리 전략을 바꾼 게 제대로 먹혔다.

일부러 계속 물러나 길이 좁은 곳으로 물러났다. 길이 좁고 일직선인 곳에서는 난쟁이라도 움직임에 제약을 받을 수밖에 없으니까. 결과적으로 자신의 수는 먹혀들었고 살아남는 데 성공했다.

그러나 기쁨도 잠시,

"제길."

인호는 욕설을 내뱉었다.

처음 난쟁이에게 쫓겼을 때보다 더 큰 절망이 그를 덮쳤다. 어느새 세 마리나 되는 난쟁이들이 편의점 안에 들어와 있었다.

세 마리 모두 단검을 쥐고 있었다. 동족의 시체를 본 놈들은 인호를 크게 경계했다. 이를 증명이라도 하듯 놈들은 죽은 놈과 달리 천천히, 대신 확실히 포위망을 유지한 채 접근했다.

'이렇게 죽는 건가.'

마음 같아서는 당장이라도 놈들에게 달려들어 싸우고 싶었다. 하지만 육체가 주인의 의지를 거부했다.

욱신욱신.

오른쪽 무릎의 통증이 더욱 심해졌다. 아예 움직이는 게 불가능할 정도로. 죽음의 공포가 인호의 몸을 휘감았다.

'누나.'

한 사람을 떠올린 그는 전의를 다졌다. 자신을 기다리고 있는 사람을 위해서라도 아직 삶을 포기할 수는 없었다.

"크으윽!"

고통을 감수하고 자리에서 일어선 인호. 죽은 난쟁이의 목에 꽂혀 있던 과도를 뽑아 난쟁이들에게 겨누었다.

팟!

저항할 기회를 주지 않겠다는 듯 난쟁이 셋이 동시에 달려들었다.

인호 역시 놈들에게 달려들려고 할 때,

번쩍!

갑자기 그의 몸에서 새하얀 빛이 뿜어져 나왔다.

동시에 강대한 기류가 흘러나와 난쟁이 셋을 날려버렸다. 인호 또한 바닥에 주저앉았고.

"이건 또 뭐야?"

인호는 어이없어하며 자신의 손발을 바라보았다. 이상한 일을 많이 겪었지만, 적응이 안 되는 건 여전했다. 갑자기 귓가에 들려오는 목소리 역시 어색했고.

[일반인 김인호가 고블린을 사냥하는 데 성공했습니다. 첫 사냥에 성공함에 따라 플레이어 각성 조건을 충족하였습니다. '플레이어'로 각성합니다.]

[플레이어 포인트 1을 획득합니다. 현재 플레이어 포인트-1]

고블린이라니, 굉장히 당황스러웠다. 판타지 소설 혹은 영화에서 나오는 괴물이 왜 현실이 나왔단 말인가?

게다가 플레이어나 뽑기 같은 단어 역시 이해할 수 없는 건 마찬가지였다. 도대체 세상이 어떻게 된 것일까? 그리고 자신에게 무슨 일이 일어난 것인가. 의문투성이였다.

그런 인호의 심정을 읽었는지,

[고유 권능-뽑기(Lv.1)]

1.영웅 뽑기

지구와 연이 있는 영웅들을 소환할 수 있습니다. 소환 시간은 마력의 양에 의해 결정되며 한 번 소환할 시, 24시간 동안 영웅을 뽑을 수 없습니다.

①랜덤 뽑기

1성부터 3성까지의 영웅 중 하나를 뽑을 수 있습니다. 이때, 플레이어 포인트 10을 소모하게 됩니다.(단, 첫 회는 대가 없이 발동 가능.)

②도감 저장

두 번 이상 뽑은 영웅과 계약을 맺어 도감에 저장할 수 있습니다. 저장된 영웅은 플레이어 포인트 5를 소모해서 소환할 수 있습니다. 단, 예외가 있으니 자신이 소환하지 않은 영웅일 경우에는 계약을 맺는 것만으로 저장할 수 있습니다.

③수호령

수호령은 영웅들의 대표를 의미합니다. 영웅을 수호령으로 등록하는 즉시, 도감에 저장되며 해당 영웅은 영혼의 상태로 플레이어 곁에 머물게 됩니다. 또한 소환할 때, 플레이어 포인트를 소모하지 않습니다. 단, 영웅을 수호령으로 삼을 때에는 해당 영웅의 동의가 있어야 합니다.

상세한 정보가 떠올랐다.
이를 본 인호는 자신이 뭘 해야 할지 바로 깨달았다.
'랜덤 뽑기!'

[플레이어 김인호가 랜덤 뽑기를 발동했습니다.]

수십, 아니 수백에 달하는 빛의 구체가 나타나 인호의 몸을 중심으로 돌았다.
'캡슐?'
빛에 휘감겨 제대로 보이지 않았지만 그건 분명 캡슐이었다. 문방구의 뽑기에서나 볼 법한 캡슐. 그중 하나가 튀어나와 인호의 앞으로 향했다. 그는 본능적으로 구체를 향해 손을 뻗었다. 그러자 환한 빛과 함께 뚜껑이 열렸다.

쿠오오오!

플레이어로 각성했을 때와는 다른, 찬란한 금색의 빛이 피어올랐다.

-끼에에엑!-

-케에에엑!-

난쟁이들은 강렬한 빛을 보더니 몸을 떨고 비명을 질렀다. 다들 달아나기 위해 어떻게든 움직이려고 했지만, 무언가에 짓눌린 듯 전혀 움직이지 못했다.

허나 인호는 난쟁이들에게 신경 쓰지 않았다. 아니, 신경 쓸 수 없었다. 그만큼 놀라운 광경이 펼쳐졌으니까.

우우웅.

빛 속에서 무언가 나타나고 있었다. 처음에는 형체를 알아보기 힘들었지만, 시간이 지날수록 사람으로 바뀌었다. 그리고 빛이 사라졌을 때, 시대를 알 수 없는 동양 느낌의 의상을 입고 허리에 검을 찬 청년이 모습을 드러냈다.

포니테일 형태로 묶은 흑발과 루비를 연상하게 할 정도로 깊으면서도 붉은 눈동자가 인상적이었다.

"설마 진짜 현세에 올 줄이야."

흑발 청년이 중얼거렸다. 묵직한 저음이 인상적이었다.

[랜덤 뽑기 결과, 2성 영웅 '기억을 잃은 고려 무사'가 소환되었습니다.]

'이게 영웅…….'

인호는 굳은 얼굴로 고려 무사를 응시했다. 압도적인 존재감, 상대에게서 흘러나오는 기백은 상상을 초월했다. 고블린 따위하고는 비교하는 게 민망할 정도로.

그런데 그때, 고려 무사가 인호를 응시했다. 인호는 자기도 모르게 움찔했다.

"네가 김인호인가?"

"맞습니다."

인호는 순순히 대답했다. 정체불명의 상대가 자신을 알고 있다는 점이 당황스러웠지만 내색하지 않았다. 상대에게서 적의를 찾아볼 수 없었기 때문에.

"제대로 찾아왔나."

무심한 듯 보이는 고려 무사의 얼굴이었지만 그 안에는 분명 자신감이 깃들어 있었다.

그렇기 때문에 인호는 확신했다.

'살았다.'

그거면 충분했다.

다만 한 가지 의아한 점이 있었으니,

'어디서 본 거 같은데?'

분명 상대는 처음 봤는데도 왠지 모르게 익숙했다. 그러나 그것도 잠시 그는 피식 웃었다. 스스로 생각해도 어이가 없었으니까.

"제대로 이야기를 나누고 싶지만 그럴 때가 아니군."

-키이이익!-

-케에에엑!-

어느새 정신을 차린 고블린들이 고려 무사와 인호에게 다가오고 있었다. 그런데 고려 무사는 여전히 미소를 잃지 않았다. 오히려 고블린들이 잔뜩 긴장한 얼굴로 그를 경계했다.

"괴물 놈들치고는 똑똑하지만……."

팟!

말이 끝나기도 전에 사라지는 고려 무사. 순식간에 고블린 앞에 나타난 그는 아무렇지 않게 검을 휘둘렀다. 마치 파리를 쫓아내듯이.

서걱.

성의 없는 일격이었지만 고블린의 목을 날려버리기에는 충분했다.

"그래봤자 한낱 미물이지."

무심하게 중얼거리는 고려 무사의 모습은 흡사 절대자와도 같았다. 허나 고블린들 역시 가만히 있지 않았다.

-캬아악!-

-크에엑!-

남은 두 마리의 고블린들이 달려들었다. 한 마리는 거리를 좁혀 단검을 내질렀고 다른 한 마리는 고려 무사의 등 뒤로 빠져 단검을 수직으로 휘둘렀다.

쩌엉!

고려 무사가 몸을 반 바퀴 돌리며 검을 휘둘렀다. 검은 반원을 그리며 앞과 뒤에서 온 공격을 동시에 튕겨냈다. 게다가 위력이 어찌나 강한지 두 마리 모두 바닥에 내동댕이쳐졌다.

그 순간, 고려 무사가 도약했고 정면에서 온 고블린의 목을 찍었다. 놈은 비명도 지르지 못하고 그 자리에서 절명했다.

-키에엑!-

운 좋게 살아남은 고블린은 동료의 죽음을 보더니 뒤꽁무니를 뺐다. 그러나 고려 무사는 상대의 도주를 허락하지 않았다.

스르르.

유령처럼 움직인 고려 무사가 어느새 편의점 문 앞에 섰다. 고블린은 본능적으로 있는 힘껏 단검을 찔렀다. 하지만 고려 무사는 검을 내리쳐 상대의 손목을 베었다. 그다음, 검을 쳐올렸다.

스각!

검광이 아래에서 위로, 사타구니부터 가슴까지 갈랐다. 어느새 검을 칼집에 넣은 고려 무사는 오연하게 시체를 내려다보았다.

'괴물인가?'

멍한 얼굴로 고려 무사를 바라보는 인호. 눈앞에 펼쳐진 광경이 정말 현실인가? 온몸이 떨렸다. 단순히 살아남은 게 기뻐서가 아니었다. 압도적인 폭력으로 인한 전율이 그의 몸을 사로잡았다.

'저렇게 될 수 있다면……'

힘을 얻고 싶었다. 괴물들이 미쳐 날뛰는 세상에서 살아남으려면 힘을 얻어야 했다. 물론 자신에게 그런 날이 올 일이 없다는 건 잘 알고 있지만.

십자인대 파열.

그가 당한 끔찍한 부상의 이름이었다. 그것도 전방이 아닌 후방이 파열됐다. 이 부상 때문에 부대에서 강제로 전역해야 했다. 지금도 재활로 고통 받는 상황에서 괴물들과 싸우는 건 불가능했다.

인호가 그렇게 생각할 때,

영웅을 성공적으로 소환했습니다.
이에 따라 플레이어 김인호에게 특성 '영웅화' 가 주어집니다.
영웅화는 플레이어가 일정 조건을 충족시킬 경우,
해당 플레이어를 영웅으로 만들어주는 특성입니다.

Close	View

고유 능력을 사용하여 처음으로 사냥에 성공했습니다.
플레이어 포인트 1을 획득합니다.

Close	View

메시지가 연이어 떠올랐다. 그러나 인호는 이를 제대로 볼 수 없었다.

"크윽!"

의식을 단숨에 날려버릴 거 같은 고통이 그를 덮쳤다. 순식간에 그의 얼굴은 폭발할 것처럼 붉게 달아올랐다.

"도와주지."

고려 무사는 인호에게 다가가 그의 머리에 손을 올렸다. 단순한 행동이었지만 효과는 분명했다. 붉게 물든 인호의 안색이 원래대로 돌아왔고 거칠게 내쉬던 호흡도 편안해졌다.

그렇게 1분이 지나자,

"후우."

인호가 깊은 숨을 내쉬었다.

몸을 가득 채웠던 열기가 단숨에 방출되었고 고통도 사라졌다. 눈을 뜬 그는 본능적으로 자신의 변화를 깨달았다.

"미친……!"

무릎에서 전혀 통증을 느낄 수 없었다. 조금 전까지 일어서기 힘들 정도로 아팠던 게 거짓말 같았다.

쿵!

인호는 즉시 제자리에서 여러 번 뛰었다. 통증은 없었다. 그다음에는 돌려차기를 시도했다.

우웅!

깔끔하게 들어간 하이킥. 바람을 가르는 소리가 크게 울렸다. 혹시나 해 다시 발차기를 날렸지만 이번에도 통증을 느낄 수 없었다. 그제야 그는 확신했다. 오랫동안 괴롭혔던 부상이 마침내 사라진 것을.

게다가 변화는 거기서 끝이 아니었다.

'몸도 좋아졌다.'

재활을 위해 운동을 하기는 했다. 그래봤자 현역 시절에 비하면 아무것도 아니었지만, 그런데 지금은 어떤가? 몸 자체가 좋아졌다. 그것도 전성기 때보다 훨씬 더, 비교하는 게 민망할 정도로.

"아까보다 훨씬 보기 좋군."

고려 무사가 말을 걸자 인호는 몸을 돌렸다. 그리고 정중히 고개를 숙였다.

"도와주셔서 정말 감사합니다."

"소환자를 도와주는 건 내 일인 만큼 그렇게 고마워할 필요 없다. 그리고 그렇게 예의를 차리지도 마라. 불편하니까."

"그러지."

상대가 원하는데 굳이 거절할 이유가 없었다. 자신의 눈치를 보지 않고 흔쾌히 대답하는 모습이 마음에 들었는지 고려 무사는 흡족해했다.

"그건 그렇고 궁금한 게 많을 거다. 뜬금없이 이런 괴물들이 나오고 있으니까."

"이 상황에 대해 알고 있는 건가?"

어쩌다 보니 특이한 능력과 전성기 이상의 육체를 얻었지만 단지 그뿐이었다. 아직 이 상황에 대해 아는 게 하나도 없었다. 살아남기 위해서는 힘도 중요했지만, 그 이상으로 정보가 필요했다.

"물론. 다만 제약이 걸려 있어서 내가 설명해줄 수 있는 건 현재 상황뿐이다. 양해해줬으면 좋겠군."

"그것만으로 충분하지."

"우주에는 수많은 세상이 있으며 모든 세상은 일정 수준 이상 발전했을 때, 자격을 증명해야 한다. 자신들이 계속 번성해도 되는가에 대한 자격 말이다. 그리고 그 자격을 증명해야 하는 시험이 바로 투쟁의 시대지."

"……."

이걸 정말 믿어야 하는가? 물론 고려 무사가 거짓말을 할 가능성이 없으니 믿어야 했지만 머리가 이를 거부했다. 그만큼 황당하고 어처구니없는 이야기였다.

"갑자기 이런 말 들으면 믿기 어렵겠지. 그래도 믿어야 한다."

"후우. 괴물들이 날뛰는 걸 봤는데 안 믿으면 미친놈이지."

"다행이군. 그러면 도대체 뭘 위한 투쟁일까? 이미 봐서 알겠지만, 그대가 상대한 괴물들이다. 조금 전에 상대한 놈들은 괴물 축에도 못 끼지만. 앞으로 더 강한 괴물들이 계속 나타날 거다. 그리고 인간들은 놈들과 싸워 살아남아야 한다."

"역시 그런가."

이번에는 쉽게 이해할 수 있었다. 고블린이라는 종족 이름을 들었을 때부터 예상했으니까. 지구는 영화나 소설에서나 나오는 판타지 세상으로 바뀌었다. 그러니 다른 괴물들이 나타나는 건 필연이리라.

"그렇다고 아예 희망이 없는 건 아니다. 인류가 괴물을 사냥하면……."

"특수한 능력을 손에 넣겠지. 내가 너를 부른 것처럼."

"맞아. 사냥에 성공한 사람들은 그대처럼 각성자가 된다. 새로운 시대에서 살아남기 위한 자격이랄까?"

"사람들이 얻는 능력들은 다 똑같나? 아니면 다 다른가?"

이 부분이 중요했다. 사람들이 다양한 능력을 얻어야 여러 상황에 대처하기 수월하니 말이다. 하지만 고려 무사는 고개를 저었다.

"내가 설명할 수 있는 건 여기까지다. 이 이상의 정보는 네가 직접 경험하면서 얻어라."

아쉽지만 그러려니 해야 했다. 현 상황에 대해 알게 된 것만으로도 다행이었고.

"정말 고맙……. 윽!"

인호는 극심한 두통을 느끼며 비틀거렸다. 게다가 몸에서 무언가 빠져나가는 것 같은 느낌이 그를 괴롭혔다. 그러나 가장 놀라운 건 발부터 빛으로 바뀌어 사라지는 고려 무사였다.

"이런. 아무래도 마력을 다 소모했나 보군. 사라지기 전에 한 가지 그대에게 제안할 게 있다."

뜻밖의 말이었다. 영웅이 뭐가 부족하다고 자신에게 제안한단 말인가?

"너라면 날 영혼 상태로나마 현세에 남길 수 있을 터. 안 그런가?"

끄덕.

대답하는 게 힘들어 인호는 고개를 끄덕여 자신의 의사를 드러냈다. 자신에게는 뽑기의 세부 능력 중 하나인 수호령이 있었다. 수호령 스킬을 발동하면 고려 무사를 남길 수 있으리라.

"너와 계약을 맺고 싶다."

고려 무사는 처음으로 진지한 표정을 짓고 인호를 응시했다. 고통에서 벗어난 인호는 고민했다. 다만 빨리 결론을 내려야 했다. 이러는 와중에도 고려 무사의 몸은 사라지고 있었으니까.

'제안 자체는 괜찮다.'

플레이어 포인트가 뭔지는 모르겠지만 자신에게는 아직 그게 없었다. 자칫 잘못했다가는 24시간이라는 쿨타임이 지나 뽑기를 못 할 수도 있다는 거다. 더 좋은 영웅을 다음에 뽑는다는 보장도 없었고.

다만,

"이, 이유가 뭐지?"

계약을 맺기 위해서는 상대의 목적을 알아야 했다. 시간이 촉박하다고 신중함을 잃어서는 곤란했다.

"네가 봤다시피 나에게는 이름이 없다. 또 기억도 없지. 기억하는 건 기껏해야 내 무공뿐. 그나마도 거의 다 봉인되어 있지만."

"나하고 있으면 다 되찾을 수 있다는 건가?"

"확신은 못 한다. 다만 내 감이 그렇게 말하고 있다. 그거면 충분하지."

"그럼 내가 얻을 수 있는 이득은 뭐지?"

씨익.

고려 무사의 입가에 다시 미소가 떠올랐다. 절대 인호가 자신의 제안을 거부하지 않을 거라는 확신으로 가득 찬 미소였다.

"힘. 투쟁의 시대에서 살아남을 힘을 주지. 그리고 내가 설명할 수 있는 선에서 정보도 제공하고. 이 정도면 괜찮지 않나?"

"좋다."

서로의 이해관계가 맞아떨어지는 순간이었다.

그러자,

[2성 영웅 고려 무사를 수호령으로 등록합니다. 앞으로 고려 무사를 플레이어 포인트를 소모하지 않고 소환할 수 있습니다.]

"정말 고맙군. 그럼 이걸 받아라."

고려 무사가 허리춤의 칼을 인호에게 내밀었다. 영웅의 시대에서 많이 본 검 중 하나인 직선 형태의 환두대도였다.

"잘 사용하지."

상대의 호의를 거절할 이유가 없었기 때문에 인호는 망설임 없이 검을 받았다.

[플레이어 김인호가 희귀(Rare) 등급 아이템 '이름 없는 검'을 획득했습니다. '이름 없는 검'의 기능은 현재 전부 봉인된 상태입니다. 플레이어 포인트를 사용해 봉인을 푸시길 바랍니다.]

인호가 검을 받자 고려 무사는 빛이 되어 사라졌다. 그리고 그 빛은 인호를 집어삼켰다.

> 플레이어 김인호의 마력이 모두 소진되어 소환이 해제됩니다.
> 앞으로 24시간 동안 뽑기를 사용할 수 없습니다.
> 2성 영웅 고려 무사의 스킬 일부가 플레이어 김인호에게 전달됩니다
>
> | Close | View |

> 2성 영웅 고려 무사의 스킬 일부가 플레이어 김인호에게 전달됩니다. 패시브 스킬 '하급 검술(Lv.1)' '패시브 스킬 '용맹(Lv.1)'을 습득합니다.
> 영웅화가 1퍼센트 진행됩니다. 현재 영웅화-2%
>
> | Close | View |

다시 연속으로 떠오르는 메시지. 이번에도 인호는 메시지

를 무시했다. 대신 환두대도를 강하게 움켜쥐고는 천천히 휘두르기 시작했다. 동시에 그는 그동안 자신이 익힌 검술이 얼마나 조잡했는지를 깨달았다.

검을 어떻게 쥐어야 하는가.

검을 어떻게 휘둘러야 하는가.

검을 어떻게 찔러야 하는가.

새로운 지식이 그의 뇌리에 각인되었다.

'과연 영웅이라는 건가.'

누가 영웅 아니랄까 봐 대가는 확실히 지급했다. 자연스럽게 인호의 입가에 미소가 떠올랐다. 이제 확실히 싸울 수 있게 됐다는 점이 그에게 자신감을 선사했다.

-겨우 그 정도로 기뻐해서는 곤란하지-

갑자기 인호의 몸에서 새하얀 물체가 튀어나왔다. 반쯤 투명한 물체는 영락없이 여러 미디어믹스에서 볼 법한 유령이었다.

"다시는 하지 마라."

-노력하마. 확답은 못 하겠지만-

장난스럽게 웃는 고려 무사. 인호는 고개를 흔들었다. 앞으로 피곤해질 것 같은 예감이 그를 사로잡았다.

-앞으로 잘 부탁한다. 최선을 다해 너를 단련시킬 거라 맹세하지-

"기대에 부응할 수 있도록 노력하겠다. 그건 그렇고 정말 이름이 없나?"

계속 고려 무사라 부르기는 어색했다. 고려 무사도 같은 생각이었는지 잠깐 고민하더니,

-그럼 무명(無名)이라고 불러라-

"더럽게 성의 없군."

-사소한 거로 고민할 이유가 없지. 뭣하면 그대가 지어주는 게 어떻겠나?-

고려 무사, 아니 무명이 은근한 눈빛으로 인호를 응시했지만, 그는 단호하게 고개를 저었다. 안 그래도 머리 아픈데 괜한 일로 고민을 늘리고 싶지 않았다.

-매정하군. 뭐 딱 봐도 그렇게 보이지만-

놀리는 뉘앙스였지만 인호는 무시했다. 대신 바닥에 떨어진 단검을 주웠다.

무명에게 검을 얻었지만 무작정 적과 근접해서 싸울 수는 없었다. 상대에게 다가가기 전에 단검을 던진다면 성과를 떠나 심리적 우위를 차지할 수 있다. 그래서 단검을 코트 주머니에 챙겼다.

-좋은 자세다. 지금 네놈의 몸 상태라면 그걸 멀리 던질 수 있겠지. 앞으로도 단검은 보일 때마다 챙겨라-

"그래야지."

대답하고는 단검을 전부 챙긴 인호.

-이제부터 뭐 할 거냐? 정해져 있나?-

"물론."

해야 할 일은 처음부터 정해져 있었다.

인호가 대답하려고 할 때,

탕! 탕!

"으아아악!"

가까운 곳에서 총소리와 비명이 울렸다.

바깥에 괴물이 있다는 걸 의미했지만 인호는 편의점 밖으로 나서기 위해 몸을 돌렸다.

딱히 큰 힘에 책임이 따른다고 생각하지 않았다. 다만 자신의 주변에서 누군가 죽는 모습을 보기 싫을 뿐. 그러니 구하러 가는 거다.

다만 사람을 구해야겠다는 마음과 별개로,

'어떻게 해야 하려나.'

조심스럽게 움직였다.

사람을 구하는 건 옳은 일이다. 다만 무작정 나섰다가는 오히려 자신이 피해를 받을 수 있는 만큼 주의를 기울여야 했다. 결론을 내린 그는 조심스럽게 바깥을 살피며 편의점을 나섰다.

"으아악!"

바깥에 나온 순간, 고블린에게 다리를 물어뜯긴 남자가 인호의 눈에 들어왔다. 또 다른 고블린이 그 남자의 목에 단검을 꽂는 모습도 그렇고.

쉬에엑!

다른 고블린들도 보였지만 인호는 망설이지 않았다. 바로 품속에 있는 단검을 꺼내 있는 힘껏 던졌다.

탕!

총소리와 함께 난쟁이 괴물의 머리가 박살 났다. 하지만 괴물의 머리를 날려버린 장본인, 김창수 경장은 눈살을 찌푸렸다.

"빌어먹을!"

순찰차 너머로 5마리의 괴물들이 다가오는 게 보였다. 김창수는 다시 자신의 38구경 권총을 겨누었다. 그리고 목표가 사정거리에 들어오자 방아쇠를 당겼다.

탕!

폭음과 함께 날아간 탄환은 난쟁이의 목을 꿰뚫었다. 난쟁이는 피를 뿜으며 쓰러졌고 살아남은 놈들은 황급히 물러났다. 하지만 완전히 도망치지 않고 기회를 엿보았다.

"이수아! 총 넘기고 지구대에 병력 요청해!"

"네!"

이수아 순경은 자신의 테이저건을 넘겼다. 넘기면서도 마음이 편치 않았다. 테이저건이 아무리 위력이 있어도 권총만 못했으니까. 그녀는 안타까움을 느끼며 차 안의 무전기를 움켜쥐었다.

"지구대! 지구대! 이곳은 국제전자센터 옆 라마다 호텔! 병력 지원이 필요합니다!"

부하의 외침을 들으며 김창수는 다시 괴물들을 응시했다. 그는 현 상황을 도저히 이해할 수 없었다.

평소대로 순찰을 했는데 갑자기 카메라 플래시가 터진 듯 환한 빛이 세상을 뒤덮었다. 놀라서 급정거했는데 그 이후에 다시 시동을 걸어도 차는 움직이지 않았다. 그런데 이제는 난쟁이 괴물들이 나타나 사람들을 공격하는 게 아닌가?

'이건 또 뭔데 이 지랄이야.'

> 일반인 김창수가 고블린을 사냥하는 데 성공했습니다. 첫
> 사냥에 성공함에 따라 플레이어 각성 조건을 충족하였습
> 니다. '플레이어'로 각성합니다.
>
> | Close | View |
> |-------|------|

> 플레이어 김창수에게 '권능'이 주어집니다.
> 당신의 권능은 '강체(剛體)'입니다.
>
> | Close | View |
> |-------|------|

눈앞에 떠 있는 여러 개의 메시지. 문제는 이게 뭔지 알 수
없다는 점이었다. 꿈을 꾸는 것 같았지만 엄연한 현실이었
다. 그래서 더 어처구니없었고.

"경장님! 무전기가 먹통이에요!"

"쌍! 아까 전까지만 해도 됐잖아!?"

"부, 분명히 그랬는데 아예 전원이 안 켜져요!"

이수아는 크게 당황했다. 괴물들이 나타나기 직전에 무전
기를 사용했고 제대로 작동되는 걸 확인했다. 그런데 갑자기
먹통이 되다니, 이해 불가능한 상황으로 인해 그녀의 안색이
창백해졌다.

"일단 물러나야……. 고개 숙여!"

김창수가 외치자 이수아는 본능적으로 몸을 숙였다.

그 순간,

탕!

탄환이 이수아를 뒤에서 덮치려 했던 난쟁이를 꿰뚫었다.

녹색 피가 뿜어져 나와 얼굴과 몸을 더럽혔지만, 그녀는 이를 신경 쓸 여유가 없었다. 다른 괴물이 움직이는 모습이 눈에 들어왔기 때문에. 그녀는 다급히 외쳤다.

"경장님! 뒤에!"

"크아아악!"

이수아가 경고했지만 이미 때는 늦었다. 어느새 달려든 난쟁이 하나가 김창수의 다리를 물어뜯었고 그는 비명을 질렀다.

피가 철철 흐르고 살점이 떨어졌지만, 김창수는 이를 악물고 버텼다. 그는 이수아가 준 테이저건을 고블린에게 겨누고 방아쇠를 당겼다. 전극이 고블린을 지질 것을 기대하며.

철컥.

하지만 하늘은 김창수의 기대를 무심히 저버렸고 방아쇠 당기는 소리만 무정히 울렸다. 그의 얼굴에 절망감이 떠올랐다. 원래 두 발의 전극이 날아가 상대를 강타해야 했다.

그런데 지금, 전극이 발사되지 않았다.

'대체 왜?'

그 생각이 김창수와 이수아의 뇌리를 동시에 스쳤다. 그러나 해답을 알아낼 시간은 없었다.

콰득!

"으아악!"

다시 비명을 지른 김창수. 다른 괴물이 높게 뛰어오르더니 그의 목에 단검을 단숨에 꽂아 넣었다. 그는 더는 버티지 못하고 바닥에 쓰러졌다.

"경장님!"

퍽!

-키엑!-

-케엑!-

수아가 진압봉을 휘둘러 난쟁이들의 머리를 때렸다. 깜짝 놀란 놈들은 다급히 물러나 거리를 벌렸다. 그녀를 노려보는 놈들의 눈빛에는 경계심이 가득했다.

수아 역시 살벌한 얼굴로 난쟁이들을 노려보았다. 김창수 는 겉으로는 싸늘하게 대해도 속정이 많은 사람이었다. 경찰 로 근무하면서 그에게 얼마나 많은 도움을 받았던가.

"도, 도망⋯⋯."

김창수가 힘겹게 말했지만 이수아는 그 말을 따르지 않았 다. 선배를, 동료를 두고 혼자서만 도망칠 수는 없었다.

그녀는 다시 고블린들을 향해 달려들었다. 아니, 달려들려 고 했다.

그런데 그때,

쉬에에엑!

무언가가 날아와 김창수의 목과 다리에 달라붙어 있던 난 쟁이들을 꿰뚫었다.

-키에에엑!-

-캬아아악!-

괴물들은 갑작스러운 공격에 크게 당황했다. 수아 역시 어 리둥절해 하면서 무기가 날아온 곳을 응시했다. 그곳에는 장 검을 들고 있는 청년이 서 있었다.

팟!

청년이 땅을 박찼다. 난쟁이들도 가만히 있지 않고 그를 노렸다. 청년이 더 위험한 상대라는 것을 파악했기 때문에. 고블린들 중 단검을 가진 놈이 먼저 공격했다. 단검은 청년의 다리를 향해 정확히 쇄도했다.

청년은 무심한 눈빛으로 난쟁이의 모습을 노려보더니 오른발을 날렸다. 발은 정확히 검을 쥐고 있던 난쟁이의 손목을 강타했다.

-크엑-

난쟁이는 비명을 지르며 단검을 떨어뜨렸다. 당황한 놈은 황급히 단검을 주우려 했지만, 청년이 이를 용납하지 않았다. 그는 쥐고 있던 검을 찔렀고 검은 난쟁이의 목을 단숨에 꿰뚫었다.

-키에엑!-

-캬아악!-

동족의 죽음에 분노한 난쟁이들. 남은 두 놈이 청년을 향해 몸을 날렸다. 그 모습을 지켜본 청년은 왼손으로 품속에 있던 단검을 꺼내 힘껏 던졌다. 단검은 다트처럼 날아가 난쟁이의 배를 관통했다.

쉬에엑!

단검을 던지면서 청년의 몸에 빈틈이 드러났다. 기회를 잡은 난쟁이는 온 힘을 다해 단검을 찔렀다. 상대가 죽기를 빌면서. 하지만 청년은 왼손을 뻗어 난쟁이의 손목을 움켜쥐었다. 그리고 오른발로 난쟁이의 턱을 걸어찼다.

"하앗!"

허공에 뜬 난쟁이. 청년은 오른손으로 움켜쥔 검을 수평으로 크게 휘둘렀다. 검은 단숨에 난쟁이의 목을 잘랐고 녹색 피가 바닥에 흩뿌려졌다.

"……."

수아는 입을 뻐끔거렸다.

그녀가 본 난쟁이들은 굉장히 사납고 강했다. 총이 있어야만 겨우 상대할 수 있는 괴물. 그런데 검과 단검 몇 자루로 괴물들을 학살하는 사람이 있다니, 똑똑히 봤는데도 믿기 어려웠다.

"으으."

그때, 익숙한 목소리가 수아의 귓가를 스쳤다. 그녀는 다급히 몸을 틀었다. 쓰러져 있는 김창수가 눈에 들어왔고 그에게 다가갔다.

"아……!"

무심코 신음을 내뱉는 수아. 김창수의 목과 입에서 피가 끊임없이 쏟아졌다. 눈의 초점도 역시 사라진 지 오래였고. 누가 봐도 살아날 가능성은 없었다.

"경장님! 경장님!"

"수, 수……."

김창수의 손을 붙잡고 외치는 수아. 그는 뭐라 말을 하려 했다. 허나 그의 몸은 이를 허락하지 않았고 신음만 흘러나왔다.

결국 말을 전달하는 걸 포기하고 그는 온 힘을 쥐어짜 수아의 얼굴을 한 번 쓰다듬었다. 그걸 마지막으로 그는 고개를 떨 궜다.

주르륵.

수아의 눈에서 눈물이 폭포수처럼 흘러내렸다. 하지만 그녀는 정신을 가다듬고 김창수의 눈을 감겨주었다. 그리고 자리

에서 일어나 절도 있게 경례했다. 상관에게 할 수 있는 최대
의 예우였다.

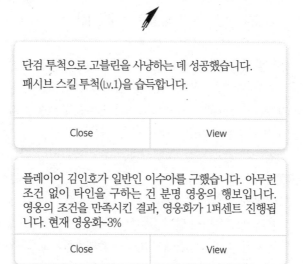

단검 투척으로 고블린을 사냥하는 데 성공했습니다.
패시브 스킬 투척(Lv.1)을 습득합니다.

| Close | View |

플레이어 김인호가 일반인 이수아를 구했습니다. 아무런
조건 없이 타인을 구하는 건 분명 영웅의 행보입니다.
영웅의 조건을 만족시킨 결과, 영웅화가 1퍼센트 진행됩
니다. 현재 영웅화-3%

| Close | View |

투척 스킬이 생기자 어떻게 하면 물건을 제대로 던질 수
있는지 알게 됐다. 특별한 기술이 아닌 것들은 액티브 스킬
이 아닌 패시브 스킬로 등록된다는 걸 알게 됐고. 하급 검술
처럼 말이다. 나름 성과라면 성과였지만 인호는 뒤의 메시지
에 더 집중했다.

'영웅화라⋯⋯.'

확실히 다른 사람을 구하는 건 어려운 일이었다. 괜히 언
론에서 자신을 희생해 다른 사람을 구한 이를 의인이라 부르
는 게 아니었다. 아직 확신할 수는 없지만, 희생을 영웅화를
진전시킬 조건이라 볼 가능성은 충분했다.

그래도 한 가지 확신할만한 건 있었다.

영웅화가 진행될수록 육체가 단련되는 게 느껴졌다. 게다가 조금 전까지 싸운 게 거짓말이라 생각될 정도로 몸에 활력이 넘쳤다. 이를 기뻐할 상황은 아니었지만.

"……"

상관을 향해 경례를 하고 있는 여인을 보며 인호는 착잡함을 느꼈다. 상대의 심정이 충분히 이해됐다. 상대는 경찰이고 자신은 군인이라는 점에서 차이가 있지만 동료를 상실하는 기분은 똑같으니까.

-이게 앞으로의 세상이다. 약자는 죽고 강자만이 살아남는 시대지-

'끔찍하군.'

그렇다 해도 무명의 말이 옳다는 건 잘 알고 있었다. 이제부터 펼쳐질 세상은 인간에게 지극히 불친절할거다. 과거와 달리 더는 먹이사슬의 정점에서 군림할 수도 없고.

앞으로 얼마나 많은 사람이 자신의 소중한 이를 잃을까? 괴물들이 있다는 사실만으로도 사람들은 사랑하는 이를 잃을 것이란 공포에 휩싸여 잠도 제대로 못 자리라.

자신 역시 이 두려움에서 벗어날 수 없는 입장이었고.

'누나.'

세상에 남은 유일한 가족.

알바를 하러 나왔을 때, 그녀는 집에 있었다. 하지만 괴물들이 집 안에 나타나지 말라는 법은 없지 않은가. 당장이라도 집으로 달려가고 싶은데 그럴 수 없다는 사실이 가슴 아팠다.

그렇게 인호가 안타까워할 때, 정신을 차린 수아가 인호에게 다가왔다.

"저는 서초파출소의 이수아 순경이에요. 협조해주셔서 감사합니다."

"저는 김인호라 합니다. 예비역 중사입니다."

고개를 끄덕인 수아. 그녀는 인호가 들고 있는 검을 힐끗 보았다. 피가 묻은 검은 박물관의 유물 같은 고풍스러움이 느껴졌다.

"도검소지 허가……를 따질 상황은 아닐 것 같네요. 들고 계신 검도 지금 사태와 연관된 물건이죠?"

"맞습니다."

희미하게나마 웃는 그녀를 보며 인호는 감탄했다. 그녀는 실전을 처음 겪었고 그 와중에 동료를 잃었다. 그런데도 경찰로서 자신을 안심시켜주려는 모습을 통해 그녀의 따뜻한 마음을 느낄 수 있었다.

-강한 여인이군-

'동감이다.'

무명도 같은 심정이었는지 흐뭇한 얼굴로 여인을 칭찬했다. 인호는 속으로 대답하고는 그녀에게 질문을 던졌다. 사람이 죽은 건 슬픈 일이었지만 이런 상황에서 슬픔에만 사로잡혀 있을 수는 없었다. 정보를 얻어 의문을 해소해야 했다.

"몇 가지 여쭤볼 게 있습니다. 경찰은 현재 이 상황에 대해 알고 있습니까?"

"적어도 이곳 상황에 대해서는 모를 거예요. 무전기가 완전히 먹통이 돼서 연락할 수가 없었어요."

"그럼 핸드폰은 됩니까?"

자신의 핸드폰은 고장 났기 때문에 통화가 되는지 안 되는지 확인할 수 없었다. 만약 그녀의 핸드폰이 되면 잠깐 빌려 누나에게 전화하고 싶었다. 적어도 이 불안감은 해소할 수 있지 않은가. 그러나 하늘은 끝내 그의 바람을 외면했다.

"안 되네요. 아예 켜지지 않아요. 무전기도 그렇고 아까 전까지만 해도 잘 됐는데 이상해요."

"통신망이 무너졌다고 봐야 할 거 같군요. 섣불리 확신할 수 없지만요."

"그건……좋지 않네요."

"아마 진돗개 하나가 발령됐을 겁니다. 통신망이 무너지면 바로 발령되니까요."

사태가 이 지경으로 흘러가는데 정부가 이를 모를 리 만무했다. 이 상황을 수습하기 위해 분명히 진돗개를 발령했을 것이다. 그렇게 되면 주변의 군과 경찰이 규합되어 안전조치를 취하게 된다.

"혹시 순경님은 집결지에 대해 알고 계십니까?"

"아니요. 그건 저희 소장님이 아실 거예요. 일단 파출소로 돌아가서 소장님께 물어봐야 할 거 같아요."

말을 하는 수아의 안색이 좋지 않았다. 그도 그럴 것이 파출소로 돌아가기 위해서는 괴물들을 뚫어야 했다. 권총의 실탄은 다 소모됐고 테이저건은 고장 났다. 진압봉 하나로 괴물들을 돌파하는 건 자살행위나 다를 바 없었다.

수아가 난처해하고 있을 때,

"실례가 아니라면 함께 파출소에 가고 싶습니다."

인호가 그녀에게 요청했다.

마음 같아서는 집에 가고 싶었지만 그럴 수 없었다. 우선 그가 일했던 편의점에서 집까지의 거리가 문제였다. 편의점은 남부터미널 국제전자센터 근처에 있었고 집은 사당역 부근에 있었는데 몸이 좋아졌다 해도 쉽게 갈 수 있는 거리가 아니었다.

'앞으로 더 많은 괴물이 나올 거고.'

괴물들의 숫자, 종족 등에 대해 아는 게 없는데 무턱대고 움직여서는 곤란했다. 그러니 경찰들에게 정보를 얻고 그들의 힘을 빌리면서 움직이는 게 합리적인 판단이리라.

"안 그래도 제가 부탁하고 싶었는데 다행이네요."

"다만 파출소에 가기 전에 순경님께서 해야 할 일이 하나 있습니다."

"예?"

반문하는 수아. 인호는 그녀에게 미리 챙겨둔 단검을 내밀었다. 그리고 반대쪽 손으로 복부에 단검이 꽂혀 있는 고블린을 가리켰다.

"저놈을 죽이십시오."

"예!?"

"놈은 아직 살아있습니다. 순경님이 마무리 지으시면 제 말의 뜻을 알 겁니다."

수아는 굳은 얼굴로 고블린을 내려다보았다. 놈은 다 죽어가는 와중에도 그녀를 살벌한 눈빛으로 노려보았다. 당장이라도 달려들어 그녀를 죽여도 이상하지 않을 정도였다.

부들부들.

단검을 움켜쥔 수아의 손이 진동하듯 크게 떨었다. 그러나

이는 오래 가지 않았다.

꾸욱.

오히려 세게 단검을 움켜쥐는 이수아. 그녀의 얼굴에는 독기가 가득했다. 억울하게 죽은 김창수, 그의 혼을 달랠 수 있다면 뭔들 못 할까.

수아는 단검을 높게 들어 올렸다. 그리고 단숨에 난쟁이의 얼굴을 찍었다.

"죽어!"

단검이 꽂힌 자리에서 녹색 피가 줄줄이 샜다. 난쟁이는 살기 위해 발버둥 쳤지만 결국 축 늘어졌다.

그 순간, 수아의 몸이 빛에 휘감겼다.

빛에 휘감긴 수아. 동시에 그녀는 눈앞에 떠오른 반투명한 창을 볼 수 있었다.

[일반인 이수아가 고블린을 사냥하는 데 성공했습니다. 첫 사냥에 성공함에 따라 플레이어 각성 조건을 충족하였습니다. '플레이어'로 각성합니다.]

Close	View

플레이어 이수아에게 '권능'이 주어집니다.
당신의 권능은 '마력'입니다.

Close	View

[플레이어 이수아에게 특성……]

수아는 메시지들을 모두 읽고 기억하기 위해 노력했다. 그녀의 몸을 휘감은 빛이 사라지자, 인호는 다시 그녀에게 말을 걸었다.

"플레이어가 됐다고 떴습니까?"

"이, 이게 뭐죠?"

"그 부분은 좀 있다 설명하겠습니다. 혹시 권능을 받았습니까?"

"예, 받았어요. 마력이라고 하던데요?"

수아가 자신의 능력을 밝혔다. 그러자 인호는 새로운 사실을 깨달았다.

'나랑 다르다.'

자신의 권능은 뽑기인데 비해, 그녀의 권능은 마력. 모든 플레이어가 같은 능력을 받는 게 아님을 뜻했다. 좋은 일이었다. 능력이 다양할수록 여러 상황에 대처할 수 있으니까.

"그게 끝입니까?"

"스킬을 받았어요. 마력탄이라는 건데 마력을 압축시켜 탄환으로 쏠 수 있다고 하네요. 총이 있어야 하지만요."

"경찰에게 어울리는 능력이군요."

"그죠? 저도 그렇게 생각해요."

언제나 총을 들고 다니는 경찰에게 이보다 더 어울리는 능력이 있을까 싶었다. 게다가 그녀는 적을 원거리에서 공격할 수 있었다. 백병전에 치우친 자신의 한계를 잘 메꿔 주리라.

-미숙한 놈. 마력의 권능은 겨우 원거리 공격만 해주는

단순한 능력이 아니다!-

'좋은 능력이라는 건가?'

-마력은 모든 권능의 근원이 되는 힘이다. 어떻게 갈고
닦는가에 따라 달라지지만, 저 여인은 가능성을 손에 넣었
다. 자신이 이루고자 하는 바를 모두 이룰 가능성을!-

'너보다 대단한가? 그 마력의 권능이라는 게?'

-그, 그건…… 다, 당연히 내가!-

당황해서 말을 잇지 못하는 무명. 자존심 때문에 이러지도
저러지도 못 하는 그를 보며 인호는 속으로 웃었다.

'그럼 된 거 아닌가? 어차피 그녀가 무슨 능력을 얻든 나
랑 상관없다. 뽑기의 권능이 있었기 때문에 난 살아남았고
또 영웅화를 손에 넣었으니까.'

영웅화는 하나의 권능이라 여겨도 될 정도로 뛰어났다. 퍼
센티지를 높이는 것만으로 신체를 발전시켜줄 정도니까. 제
대로 진전시킬 수 있는 조건만 발견하면 자신은 더 강해질
수 있을 것이다.

-잘 생각했다! 날 만난 것만으로도 네놈은 행운이니까!-

'뭐 생명의 은인인 거 맞으니까.'

무명이 다급히 대화를 마무리 지었다. 인호 역시 이에 동
조했고. 그러자 수아가 갑자기 아무 말도 하지 않은 그를 의
아한 얼굴로 바라보았다,

"그럼 중사님의……."

"그냥 이름을 불러주시면 됩니다. 이미 전역했으니까요."

"알았어요. 그럼 저도 이름을 불러주세요."

인호는 고개를 끄덕였다. 호칭 따위로 시간을 끌 생각은

없었기 때문에 일말의 망설임도 느끼지 않았다.

"인호 씨. 이제 설명해주실 수 있나요? 이 상황이나 제가 얻은 능력에 대해서요."

"아직 가설 단계입니다만 괜찮을까요?"

"물론이죠."

수아는 흔쾌히 대답했다. 그만큼 그녀는 정보가 절실했다. 그래야 대책을 마련할 수 있으니까.

"일단 제가 알아낸 바에 의하면 괴물을 처음 사냥한 사람들은 플레이어로 각성하게 됩니다. 그리고 신기한 능력을 얻게 되죠."

"제가 권능을 얻은 것처럼 말이죠?"

"예."

"그럼 인호 씨의 능력은 뭔가요?"

"뽑기입니다."

"핸드폰 게임을 할 때, 그 뽑기요?"

다시 고개를 끄덕인 인호. 수아는 매우 놀라며 그를 응시했다.

"정말요? 괴물들을 상대로 싸워서 신체를 강화하는 능력이라고 생각했어요."

"군대에서 여러 가지를 배웠으니까요."

수아가 자신에 대해 착각하고 있다는 사실을 깨달았지만 인호는 이를 정정하지 않았다. 그녀가 나쁜 사람은 아니었지만, 능력을 알려줄 정도로 신뢰하는 건 아니었다.

"그럼 파출소로 가죠. 가기 전에 들러야 할 곳이 있습니다만."

"아, 죄송해요. 저도 할 일이 있어요. 저부터 하면 안 될까요? 오래 걸리지 않을 거예요."

수아의 시선이 김창수의 시신을 향했다. 그녀가 뭘 원하는지 파악한 인호는 고개를 끄덕였다. 인호의 허락을 구한 수아는 시신 곁으로 다가갔다. 바닥에 떨어진 권총을 주운 그녀는 그대로 시신을 업으려 했다.

그러자 인호가 그녀를 대신해 시신을 업었다.

"도와드리겠습니다."

"고마워요."

인호는 김창수의 시신을 호텔의 주차장 관리실에 두었다. 언젠가 이 시신을 제대로 수습할 수 있는 날이 오기를 기대하며.

"꼭 돌아올게요, 선배님."

다시 경례를 하는 수아. 표정은 굳어 있었지만, 그녀는 약한 모습을 보이지 않았다. 그런 그녀의 모습을 보며 인호는 누나를 떠올렸다. 그의 누나 역시 '강인함'이라는 단어가 누구보다 어울리는 여성이었다.

'조금만 기다려, 누나.'

반드시 그녀를 만나러 가리라.

그렇게 인호가 각오를 다지고 있을 때,

"다 됐어요."

수아가 다가왔다.

"그럼 편의점으로 가죠."

"편의점이요?"

"챙길 게 있습니다. 확인할 것도 있고."

그리 말한 인호는 편의점으로 돌아갔다. 아니, 돌아가려고 했다.

> 플레이어 김인호와 이수아 사이에 파티가 형성됐습니다. 앞으로 두 사람은 전투 경험치를 공유할 수 있으며 또 똑같은 퀘스트를 받을 수 있습니다.

Close	View

그때, 메시지가 떠올랐다.

"파티라니, 이렇게 보니까 정말 게임 같네요."

"정말 그렇군요."

"이것도 인연인데 당분간 잘 부탁드려요."

손을 내미는 수아. 잠시 그 손을 바라보던 그는 손을 마주 잡았다.

일행은 편의점으로 돌아왔다. 인호는 바로 전화기부터 찾았다. 혹시나 하였지만 역시 신호음은 울리지 않았다.

'통신은 포기해야겠어.'

핸드폰이나 무전기가 고장이 났으니 통신은 완전히 끝장났다고 봐야 하리라. 가게 안에 있는 기계의 전원들이 모두 꺼진 것을 볼 때, 통신만 고장 났을 거 같지 않았다. 속단은 금물이지만.

전화기를 내려놓은 인호는 수아를 돌아보았다.

"수아 씨는 제 가방에 생수를 넣어주세요. 저는 그동안 먹을 걸 챙기겠습니다."

-완전히 머리가 빈 건 아니었군. 먼 길을 떠나기 전에 식량과 식수를 챙기는 건 필수지-

'무작정 간다고 해결되지는 않으니까.'

집과 편의점 사이의 거리와는 별개로, 밖에 있는 괴물들을 일일이 뚫으면서 움직여야 했다. 오늘 안에 집에 도착할 가능성은 굉장히 낮은 만큼, 식수와 식량을 최우선으로 챙겨야 했다.

"저는 가방이 필요 없어요."

"네?"

반문하던 인호는 자기도 모르게 입을 벌렸다. 수아의 옆에 작은 구멍이 뚫려있었다. 그것도 허공에 말이다.

"인벤토리, 이게 제가 얻은 특성이에요. 얼마나 들어가는지는 아직 확인하지 못 했는데 여기다 넣으면 되지 않을까요?"

우웅.

말이 끝나기 무섭게 생수를 인벤토리에 집어넣는 수아. 그 모습이 신기했는지 가만히 지켜보고 있던 무명도 감탄했다.

-마력의 권능을 얻는 것도 모자라, 공간을 다루는 능력도 얻다니. 살면서 많은 사람을 봤지만, 저 여인만큼 운이 좋은 사람은 또 오랜만이군-

'저건 좀 부럽군.'

무명의 의견에 동의하는 인호. 마력의 권능은 관심 없었지만, 인벤토리는 부러웠다. 자동차를 비롯해 기계로 돌아가는 운송 수단을 쓸 수 없게 된 지금, 많은 물건을 운반 및 보관할 수 있는 인벤토리의 가치는 상상을 초월했다.

"1.8L 생수 30통이 한계네요. 이러면 될까요, 인호 씨?"

"생수를 좀 빼고 식량을 채우는 게 좋을 것 같습니다."

인호의 말을 따라 생수를 빼는 수아. 그녀는 인벤토리의 빈자리에 식량을 넣었다. 유통기한이 길고 될 수 있으면 조리가 필요하지 않은 것들 위주로. 그 와중에 자신의 가방을 채워 넣는 것도 잊지 않았다.

"해열진통제나 감기약을 챙겨 주십시오. 왼쪽 진열대에 있을 겁니다."

"마스크하고, 붕대도 챙길까요?"

"그렇게 해주십시오."

바로 자기 뜻을 알아차린 수아의 모습은 만족스러웠다. 허나 그는 이를 내색하지 않고 설탕을 챙겼다.

"설탕도 필요한가요?"

"네. 교범에서 본 기억이 있습니다."

유통기한이 없고 간편하게 열량을 얻을 수 있다. 그 두 가지만으로도 정말 중요한 식량이었다.

"이런 말을 하는 게 이상하긴 한데 이렇게까지 챙길 필요가 있나요? 인호 씨도 알겠지만 여기서 파출소는 굉장히 가깝잖아요."

"파출소에 예비 식량이 있는 것도 아니고 또 앞으로 어떤 일이 일어날지 모릅니다. 그러니 철저히 준비하는 게 좋습니다."

의아해하는 수아를 보며 인호는 쓴웃음을 지었다. 파출소에 가는 거로 상황이 괜찮아지면 얼마나 좋을까? 그러나 그는 잘 알고 있었다. 그런 일이 일어날 일은 절대 없다는 것을.

그래도 그는 자기 생각을 드러내지 않았다. 그저 필요한 물품을 가방에 꽉꽉 눌러 담을 뿐.

"그럼 출발하겠습니다."

"네."

마침내 편의점을 나선 인호와 수아. 그리고 골목을 빠져나와 밖에 펼쳐진 대로를 본 순간,

"이건……."

"이럴 수가!"

인호의 얼굴은 순식간에 싸늘히 굳었고 수아의 안색은 새파랗게 질렸다. 그럴 수밖에 없었다. 그만큼 그들의 앞에 펼쳐진 광경은 처참했으니까.

도로는 난장판이었다. 차들끼리 부딪쳐 엉켜있거나 아니면 차들이 인도를 넘어 건물 여기저기에 처박혀 있었다. 버스 정류장에는 커다란 버스가 전복되어 있었고 길 한 가운데에는 트럭이 불타오르고 있었다.

하지만 가장 충격적인 광경은,

-키에엑!-

-캬아악!-

다친 사람들을 공격하고 있는 고블린들이었다.

놈들은 사람들을 공격하고 있었다. 자동차 안에 있는 사람, 인도를 거닐던 사람들을 한 사람도 남김없이 닥치는 대로 공격했다. 아니, 그 모습은 차라리 사냥이라고 하는 게 옳으리라.

"사, 살려주세요!"

"으아아악!"

사방에서 비명이 울려 퍼졌다. 간혹 야구 배트나 골프채로 저항하는 사람들이 있었지만 그런 무기로 싸울 수 있을 만큼 고블린은 호락호락하지 않았다. 오히려 놈들의 경계심만 자극해 더 처참히 살해당할 뿐이었다.

지옥.

이보다 지금 광경에 어울리는 설명은 없으리라.

"경찰이 있을 텐데……."

수아는 크게 당황했다. 그녀가 속한 파출소는 이곳에서 약 100m밖에 되지 않았다. 난리가 났으니 당연히 경찰들이 수습해야 하는데 아무도 보이지 않았다.

혼란에 빠진 그녀에게 인호가 답을 제시했다.

"전부 당한 것 같군요."

인호는 자신의 왼쪽을 가리켰다.

그곳에는 활활 불타오르고 있는 파출소가 있었다. 주변에는 경찰들이 차가운 시체가 되어 쓰러져 있었고. 그 수만 무려 10명이 넘었다. 경찰들 주변에는 고블린들의 시체가 놓여 있었는데 경찰들이 얼마나 열심히 싸웠는지를 보여줬다.

'역시 이렇게 되는 건가?'

인호는 굳은 얼굴로 죽은 경찰들을 바라보았다. 수아에게 미안하지만, 그는 일이 이렇게 될 거라 예상했다. 근무지 바로 앞에서 차량이 연쇄 충돌하고 사람들이 비명을 지르는데 경찰들이 가만히 앉아있을 리 없지 않은가.

문제는 대한민국 파출소에서 근무하는 경찰들의 평균 무장이었다. 권총, 테이저건, 가스분사기 혹은 진압봉 같은 무기로는 저 많은 고블린들을 전부 제압하는 건 불가능했다.

"김 경장님, 경사님, 소장님……."

플레이어로 각성하면서 신체 능력이 좋아진 수아는 멀리 떨어져 있는 경찰들의 이름을 차례차례 불렀다.

언제 쓰러져도 이상하지 않을 정도로 그녀의 안색은 나빴다. 그도 그럴 것이 하루도 안 돼서 동료들이 모두 몰살당했다. 사람이라면 충격을 받는 게 당연했다.

그런데도 수아는 무너지지 않았다. 오히려 이를 꽉 악물고 인호를 돌아보았다. 절망감과 공포에 사로잡혀 지금 당장 무너져도 이상할 게 없는데도. 정말 대단한 정신력이었다.

"도움이 못 되어 죄송해요. 아무래도 목적지를 바꿔야 할 거 같아요."

"어디로 말입니까?"

"아무래도 본서로 가 봐야 할 거 같네요."

"본서라 하면 서초경찰서입니까? 대검찰청 뒤에 있는?"

"맞아요. 인호 씨도 가실 건가요?"

자신과 함께 가고자 하는 그녀의 마음이 느껴졌다. 원래라면 따라갔을 것이다. 서초경찰서 부근은 대한민국의 법무 중심지이며 경찰의 주요 방호구역 중 하나인 만큼, 더 안전할 테니까.

그러나 인호는 대답하지 않았다. 아니, 할 수 없었다.

집에 가려면 서쪽으로 가야 하지만 서초경찰서에 가려면 북쪽으로 올라가야 했다. 거길 들리게 되면 빙 돌아 집에 가야 한다. 그리되면 누나를 만나는 게 늦어지게 되는데 그 상황만큼은 반드시 피해야 했다.

"죄송……."

결론을 내린 인호가 자신의 의사를 밝히려고 할 때,

-아우우우!-

거대한 포효가 주변을 뒤흔들었다.

인호와 수아는 본능적으로 소리가 난 곳으로 고개를 돌렸다. 서초3동 방면, 인호가 집에 가기 위해서는 반드시 지나가야 하는 길 위에 수십 마리의 회색 늑대와 그 위에 올라탄 고블린들이 있었다.

-이런 젠장! 도망쳐라, 김인호!-

파바바밧!

무명의 말이 끝나기도 전에 늑대들이 질주를 개시했다. 마치 중세 시대의 기병처럼. 2km 이상 떨어져 있지만, 압박감과 기세가 생생하게 느껴졌다.

"으아악!"

"아아악!"

고블린 기병들은 사람들이 살아있는 걸 용납하지 않았다. 길 위에 있는 생존자들을 닥치는 대로 공격했다. 피가 도로를, 자동차를 붉게 물들였다. 늑대들은 기다렸다는 듯이 시체를 물어뜯기 시작했다.

-얼른 달아나지 않고 뭐하나!-

덥석.

다시 경고하는 무명. 인호는 수아의 손을 붙잡았다.

"이, 인호 씨!?"

"같이 가겠습니다! 지금 당장!"

수아의 손을 붙잡은 채, 인호는 땅을 박찼다.

이길 수 없다.

도망쳐야 한다.

두 가지 생각이 인호의 뇌리에 떠올랐다. 다수의 기병을, 그것도 늑대를 탄 괴물들에게 맨몸으로 대항하는 건 미친 짓이었으니까.

그때, 남부터미널역의 입구가 인호의 시야에 들어왔다.

'지하에도 분명히 괴물이 나왔을 텐데⋯⋯.'

지상이 이 꼴이 된 이상, 지하라고 안전할 가능성이 없음을 잘 알고 있다. 그래도 지하로 가야 했다. 괴물로 가득 찬 지상을 통과하는 건 아예 불가능했기 때문에.

또 지하철의 철로를 이용하면 교대역, 나아가 서초역까지 갈 수 있다. 서초역까지만 가면 서초경찰서까지는 금방이고.

-아래에 두 마리가 숨어 있다-

입구가 가까워지자 무명이 경고했다. 갑작스러웠지만 인호는 무명에게 어떻게 알았냐고 묻지 않았다. 대신 수아의 손을 놓은 뒤, 지면을 박찼다.

-키익!?-

-케엑!-

무명의 말대로 계단 아래쪽에는 자기보다 더 큰 도끼를 든 고블린 두 마리가 앉아있었다. 깜짝 놀란 놈들은 황급히 자리에서 일어나려고 했지만 인호가 더 빠르게 움직였다.

'비명을 지르게 해서는 안 돼.'

역 안에도 괴물들이 있을지 모르는 만큼, 단숨에 처리해야 했다. 순식간에 거리를 좁힌 인호는 검을 내질렀다.

콰드득!

검은 고블린의 목을 꿰뚫었다. 인호는 있는 힘껏 검을 옆으로 그었고 목이 그대로 잘려 바닥에 떨어졌다.

-키에엑!-

동족이 죽는 사이, 자세를 잡은 한 마리가 도끼를 휘둘렀다. 목표는 인호의 목이었지만 상대의 공격은 무위로 돌아갔다. 어느새 인호가 양손으로 검을 내려찍어 고블린의 도끼를 눌렀다.

쿵!

검에 눌린 도끼가 바닥에 떨어졌다. 깜짝 놀란 고블린이 무기를 회수하려고 했다. 허나 인호는 상대에게 그럴 기회를 주지 않았다.

검은 도낏자루를 타고 올라가더니 그대로 고블린의 목을 후려쳤다. 피가 치솟더니 곧 시체가 바닥에 쓰러졌다.

"인호 씨는 특공대 같은데 나오신 건가요?"

"특전사 특수임무여단 출신입니다. 그럼 내부로 진입하겠습니다."

수아의 감탄에 어울려줄 여유는 없었다. 인호는 바로 무명을 불렀다.

'무명.'

-왜?-

'주변에 있는 괴물들을 느낄 수 있는 건가?'

무명은 지하철역 아래에 있는 적을 보지도 않고 알아차렸다. 그의 도움이 없었다면 난감한 상황이 일어났으리라.

-물론이지. 대략 4장(12m) 정도가 한계지만-

'주변 환경이나 상황에 상관없이?'

-당연한 걸 묻는군. 지형지물이 가로막아도, 주변이 시끄러워도 느낄 수 있다-

'괜히 영웅이 아니군.'

영웅은 정말 영웅이었다.

인호 본인도 30m 정도까지는 부스럭거리는 소리만 듣고 몸을 돌려 총을 쏠 수 있었다. 또 10~20m 내에서는 발소리만으로도 사람을 구분할 수 있었고. 다만 이곳처럼 사방에 소음과 진동이 난무하고 장애물이 많은 곳에서는 감지 범위가 줄어든다.

그런데 무명은 약 12m의 공간은 전부 파악할 수 있다고 하니, 어떤 의미에서는 미니맵이라 부를 만했다. 수아가 가진 인벤토리와 비교해도 절대 뒤떨어지지 않는 능력이었다.

'근처에 누가 있나?'

-아무도 없으니 걱정하지 않아도 된다

자기도 모르게 얼굴을 찌푸리는 인호. 무명의 말은 단순히 괴물이 없다는 게 아니었다. 생존자 또한 남아있지 않음을 의미했다.

씁쓸함을 느끼며 인호는 수아를 돌아보았다. 본격적으로 움직이기 전에 확인해야 할 사항이 있었다.

"조금 전의 사태 때문에 제대로 이야기를 못 했군요. 몇 가지 물어볼 게 있습니다."

"뭔가요?"

"수아 씨는 마력탄을 몇 발 쏠 수 있습니까?"

"6발이에요. 다 쏘면 한 시간 동안 쏠 수 없고요."

"10분당 한 발이라는 건데, 다 쏜 후에 쿨타임이 차는 겁니까? 아니면 탄환 하나, 하나 쿨타임이 따로 적용되는 겁니까?"

"그것까지는 모르겠어요. 한 번 쏴봐야 알 거 같아요."

수아가 난처한 얼굴로 대답하자 인호는 고개를 끄덕였다. 나중에 알아보면 그만이었다.

"사격은 잘하십니까?"

"군인 앞에서 할 말은 아니지만 그래도 못 쏜다는 말은 들은 적 없어요."

"그럼 마력탄은 수아 씨가 쏴야겠다 싶을 때 쏘십시오. 수아 씨의 판단에 맡기겠습니다."

"근데 마력탄을 쏴도 될까요? 만약 총처럼 폭음이 울리면 적들이 몰려들 수 있잖아요. 좀비 영화에서는 그런 이유로 총이 잘 안 나오고."

일리 있는 의견이었다. 처음에 조용히 적을 죽인 것도 그런 이유였고. 그러나 인호는 고개를 흔들었다.

"총소리로 적이 오는 것보다 당장 안 죽는 게 더 중요합니다. 그러니 신경 쓰지 마세요."

"그렇게 할게요."

"그럼 다시 출발하겠습니다."

두 사람은 계단을 지나 역 안으로 들어왔다. 그리고 두 사람의 얼굴이 다시 어두워졌다.

역 내부는 바깥처럼 끔찍했다. 반 이상 내려져 있는 셔터나 바닥, 벽, 천장을 가리지 않고 묻어 있는 피, 바닥에 쓰러져 있는 시체들까지. 이들 모두 이곳에 재앙이 닥쳤음을 보여주었다.

"……괴물들한테만 당한 게 아니네요."

"죽음의 공포 앞에서 타인을 신경 쓰는 건 거의 불가능하니까요."

자신들이 살기 위해 서로를 밀쳤는지 신발 자국으로 더럽혀진 시체들이 곳곳에서 보였다.

특히 어린 아이와 노인들의 비중이 상당했다. 소중한 사람을 끌어안은 채 죽은 사람들도 있었지만.

"그나저나 어두운데도 굉장히 잘 보여요. 인호 씨도 그런가요?"

"저도 그렇습니다."

어색하게 화제를 전환하려는 수아. 인호는 그녀의 배려를 생각해 순순히 대답했다.

그녀의 말대로 주변이 잘 보였다. 전기가 사라져서 역 안이 굉장히 캄캄했는데도. 단순하게 어둠에 익숙해진 게 아니라, 그냥 다 잘 보였다.

"플레이어가 되면 신체 능력이 발달합니다. 그러니 시각이 좋아지는 것도 이상한 일은 아닙니다."

"좋아해야 할까요? 싫어해야 할까요?"

수아의 이번 질문만큼은 대답할 수 없었다.

일행은 앞으로 나아갔다. 사방에 시체가 널려있고 피비린내가 진동했지만 둘 다 내색하지 않았다.

묵묵히 걸은 두 사람. 개찰구가 나오자 가볍게 뛰어넘은 뒤, 교대역 방향의 계단으로 향했다.

그렇게 인호가 먼저 계단을 내려갔을 때,

-조심해라!-

무명이 소리쳤다.

동시에 인호는 온몸에 소름이 돋는 것을 느꼈다. 공기의 떨림을 통해 무언가가 자신에게 다가오는 게 느껴졌다. 그는 본능적으로 검을 뽑았다.

-왼쪽 위!-

무명의 경고를 듣자마자 인호는 제대로 보지 않고 검을 높게 쳐올렸다. 사실 확인할 여유도 없었지만.

쩌엉!

"크윽!"

검에 무언가 닿았지만, 완전히 막지 못했다. 무언가는 그대로 그의 왼쪽 어깨를 가르고 바닥에 떨어졌다. 화살이었다.

"인호 씨!"

다급히 외치는 수아. 그러나 인호에게 그녀의 말에 대답해 줄 시간은 없었다.

-또 온다! 이번에는 심장 쪽이다!-

또 한 발의 화살이 인호에게 쇄도했다. 왼팔이 고통스러웠지만, 그는 이를 악물고 검을 휘둘렀다. 검과 화살이 정면충돌했고 화살은 그대로 튕겨 허공으로 떠올랐다.

'이런 게 가능할 줄이야.'

막아내면서도 어이가 없었다.

검으로 화살을 막아내는 건 영화에서나 볼 법한 묘기가 아니던가. 전성기 시절보다 몸이 좋아졌다는 건 알았지만 자신의 상상 이상으로 월등해진 게 분명했다.

그러나 잡생각도 잠시, 인호는 화살이 날아온 곳을 노려보았다. 한쪽으로 기울어진 열차의 창문 사이로 활을 겨누고 있는 고블린이 보였다. 스크린 도어들은 하나같이 다 깨진 상태였다.

놈과의 거리는 대략 50m. 무명의 감지 영역에서 벗어난 상태였다.

"수아 씨는 거기서 놈들을 쏘십시오!"

"네!"

팟!

수아의 대답을 들은 인호는 곧장 고블린을 향해 질주했다. 놈 역시 가만히 있지 않고 다시 시위를 당겼다. 화살이 그를 노리며 매섭게 날아왔다.

'보인다!'

화살이 빠르게 날아오고 있는데도 움직임이 똑똑히 보였다. 인호는 단숨에 검을 밑에서 위로 올려쳤다.

쩽!

인호의 복부를 노리고 날아온 화살이 위로 치솟았다. 그는 이를 보지도 않고 바닥을 박찼다.

고블린은 갑작스러운 쇄도 때문에 당황했다. 재빨리 화살을 걸려고 했지만 실수로 놓쳤고 그사이, 그는 놈에게 다가가는 데 성공했다. 검이 수직으로 떨어졌고 활을 들고 있던 놈의 머리가 바닥에 떨어졌다.

-뒤쪽을 조심……!-

다급히 경고하려던 무명은 입을 다물었다. 경고도 하기 전에 인호가 먼저 몸을 틀더니 날아오는 화살을 튕겨낸 것이다.

-기대했던 것보다 훨씬 잘 싸우는군. 네놈이 어디까지 강해질지 지켜보는 것도 재미있겠어-

'이 정도로 유난 떨지 마라.'

이미 누군가 다가오는 걸 느꼈고 밑창이 부딪치는 소리가 없다는 걸 파악했다. 그러니 다가오는 놈은 괴물일 수밖에 없었고.

쉬엑!

다른 칸에서 건너온 고블린이 또 화살을 날렸다. 이번에도 인호는 화살을 튕겨내려 했다. 요령을 알기에 화살을 막는 건 이제 일도 아니었다.

허나 그때, 예상치 못한 일이 발생했다. 새로 온 놈 옆에 또 다른 놈이 나타난 게 아닌가? 그놈 역시 그를 향해 활을 겨눈 상태였다. 시간차 공격을 노리는 게 분명했다.

'머리를 썼군.'

한 발은 막을 수 있다. 다만 뒤이어 오는 한 발은 막을 자신이 없었다. 게다가 위치가 묘해 수아가 사격으로 놈을 잡을 거라 확신할 수도 없었다. 그렇다 해도 물러날 생각은 없었다.

인호는 왼팔로 자신의 상체를 가렸다. 살을 주고 뼈를 취하겠다는 심정으로.

그런데 그때였다.

타앙!

폭음이 울려 퍼지더니 뒤이어 화살을 쏘려 했던 놈의 머리가 박살 났다. 슬쩍 고개를 돌리니 권총을 겨누고 있는 수아의 모습이 눈에 들어왔다.

미소를 지은 인호는 검을 내질렀고 화살이 바닥에 떨어졌다. 그다음, 몸을 날려 마지막 고블린의 머리를 벴다.

치열했던 전투가 마침내 끝났다. 하지만 수아의 안색은 여전히 나빴다.

"인호 씨! 피, 피가!"

"괜찮습니다. 이런 건 지혈하면 낫습니다."

화살이 스쳤던 왼쪽 어깨에서 피가 흘러내리고 있었다. 다행히 코트를 입고 있었기 때문에 상처 자체는 깊지 않았다.

"그보다 구해주셔서 감사합니다. 정말 대단한 사격 솜씨였습니다."

"인호 씨한테 받은 도움에 비하면 이건 아무것도 아니죠."

그리 말한 수아는 인벤토리를 열었다. 편의점에서 챙긴 붕대를 꺼낸 뒤, 인호에게 내밀었다. 그런 그녀를 바라보는 인호의 입가에는 어느새 진한 미소가 자리 잡은 상태였다.

'경찰이라 다행이군.'

군인 시절의 동료보다는 못 해도 그녀는 임기응변에 능했고 상황 판단도 빨랐다. 게다가 인벤토리를 가지고 있었으며 자신이 할 수 없는 원거리 공격도 가능했다. 이보다 더 뛰어난 동료를 또 구할 수 있을까 싶을 정도로 훌륭했다.

쿠쿵.

옷을 벗어 지혈을 준비하던 인호는 지하철 천장에서 묘한 진동이 일어난 걸 느꼈다. 뒤이어 무명이 인호에게 경고했다. 그의 얼굴은 경악과 당혹감으로 일그러졌다.

-빌어먹을! 위다!-

콰쾅!

굉음이 일더니 곧 지하철의 천장이 박살났다. 그렇게 모습을 드러낸 놈은 고블린의 얼굴을 가졌지만 이제까지 만난 놈들과 차이가 있었다. 185cm의 인호보다 훨씬 거대하며 검은 피부와 불꽃처럼 타오르는 붉은 안광을 가진 괴물이었다.

인호는 본능적으로 옆에 있던 수아를 밀쳤다. 그리고 그런 그에게 괴물의 주먹이 작렬했다.

콰드득!

인호의 몸이 기역으로 꺾인 채 나가떨어졌다.

"컥!"

인호는 비명을 질렀다. 주먹에 얻어맞기 직전, 왼팔로 몸을 보호했는데도 격통이 그를 괴롭혔다. 왼팔은 공격을 막는 순간, 부러졌다.

어처구니없는 건 왼팔을 희생해 공격을 막았는데도 복부가 파열된 것처럼 아팠다. 숨을 쉬는 게 어려웠고 의식이 흐릿해졌다. 살아있다는 걸 실감조차 할 수 없을 정도였다.

그렇게 쓰러진 그의 눈앞에,

메시지가 나타났다.

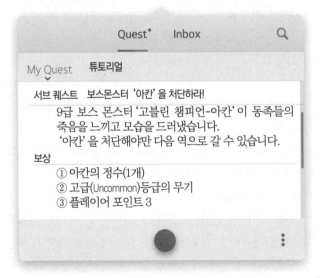

어이가 없었다. 메시지가 조금만 더 빨리 나왔다면 놈의 등장에 대비할 수 있었을 텐데.

'……대체 어디서 나온 거지?'

고통과 별개로 인호는 의문을 느꼈다. 분명 처음 지하철 안에 들어왔을 때만 해도 저 괴물은 없었다.

설령 멀리 있었다 해도 문제 될 건 없었다. 놈이 접근하는 순간, 무명이 눈치를 챘을 테니까.

그런데 그 무명이 놈의 존재를 놓쳤다.

그런 인호의 생각을 읽었는지,

-미안하다. 놈은 갑자기 나타났다. 하늘에 뚝 떨어진 것 처럼 말이다-

무명은 풀 죽은 어조로 말했다.

'그렇게 된 건가.'

무명을 책망할 마음은 없었다. 기습을 당한 건 자신이 약 했기 때문이지, 그의 잘못이 아니었다.

그때였다.

타앙!

거대한 폭음이 지하철을 뒤흔들었고 지하철의 좌석이 박 살 났다.

한 번 들어본 소리였기 때문에 판단은 빨랐다. 수아가 괴 물을 향해 마력탄을 쏜 게 분명했다.

"빌……어먹을!"

이번에 나타난 괴물은 고블린 따위와는 비교를 거부했다. 그녀가 플레이어로 각성했다 해도 혼자서 놈을 이길 가능성 은 희박했다. 자신이 가세하지 않으면 그녀는 금방 목숨을 잃으리라.

"크으으!"

극심한 고통을 무릅쓰고 자리에서 일어난 인호.

-도망쳐라. 그 상태로 싸워봤자 금방 죽는다-

'그럴 지도 모르지.'

인호는 순순히 무명의 말에 동의했다. 위험을 감수할 이유는 없었다. 자신에게는 누나를 지켜야 할 의무가 있으니까.

꾸욱.

하지만 인호는 무명의 말을 따르지 않았다. 대신 검을 굳세게 움켜쥐었다. 그 모습을 본 무명의 입가에 희미한 미소가 피어올랐다.

-싸울 거냐? 자살 행위라는 걸 알면서도-

'동료를 버릴 수는 없다.'

의병 제대를 했지만, 자신은 군인이었다. 그리고 군인은 생사를 함께 한 전우를 버리지 않는다. 설령 자신이 죽는 한이 있더라도 끝까지 함께 해야 했다.

-똑똑한 줄 알았는데 영 아니군-

'정말 도망쳤으면 실망했을 놈이 잘도 지껄이는군.'

-당연하지. 동료를 버리는 놈과 왜 함께 하겠나? 다행히 내가 사람 하나는 잘 봤군-

무명의 시험 아닌 시험에 통과했음을 느꼈다. 그래도 별 감흥은 없었다. 그저 수아와 함께 저 괴물과 싸워 살아남는 것이 중요할 뿐.

팟!

인호는 발을 내디뎠다.

'아칸……'

퀘스트 메시지는 수아의 앞에도 나타났다. 그러나 그녀는 메시지를 바로 넘겼다. 지금 중요한 건 퀘스트 내용이 아니라 아칸을 상대하는 거였으니까. 그녀는 38구경 권총을 겨누었다.

-크르릉!-

붉은 안광을 번뜩이며 아칸은 수아를 경계할 뿐, 섣불리 움직이지 않았다. 조금 전, 그녀가 쏜 마력탄을 보고 함부로 움직이면 안 된다는 사실을 깨달았기 때문에. 그 모습을 보며 그녀는 속으로 한탄했다.

'그걸 피할 줄이야……'

정확히 표현하자면 맞추기는 맞췄다. 아칸의 왼쪽 어깻죽지가 터져 녹색 피가 흘러내리고 있었으니까.

다만 딱 거기까지였다. 상대가 인호에게 신경 쓰고 있을 때 잡지 못한 이상, 자신에게 승산이 없음을 수아는 잘 알고 있었다.

대학교 때, 전공 혹은 교양으로 태권도를 배웠고 그중에는 무기를 빼앗는 것도 있었다. 허나 지금 적의 무기는 손톱이었다. 손톱인 만큼 빼앗는 건 불가능했고 맨손으로 싸워 이길 가능성은 없다고 봐도 무방했다.

아칸이 거리를 좁혀 자신을 공격하면 그대로 당할 게 뻔했다. 그런데도 자신이 아직 살아있는 건 놈이 마력탄을 경계해서일 뿐, 그 이상도 그 이하도 아니었다.

덜덜덜.

생각이 거기까지 미치자 몸이 떨렸다. 아칸이 거칠게 숨을 몰아쉬는 모습, 안광을 번뜩이는 모습을 보니 당장이라도 도망치고 싶었다.

그러나 수아는 도망치지 않았다.

두려움을 떨쳐내는 데도 성공했다. 한 사람이 떠올랐고 그 사람을 위해서라도 이곳을 떠날 수 없었다.

'인호 씨를 배신할 수는 없어!'

그에게 얼마나 많이 도움을 받았던가. 생명의 은인을 저버리면서까지 살고 싶지 않았다. 결의를 굳힌 그녀는 방아쇠를 당겼다.

타앙!

새하얀 빛의 구체가 아칸을 향해 쇄도했다. 구체가 눈 깜짝할 사이에 날아갔지만, 놈은 그 전에 오른쪽으로 몸을 움직여 피했다. 수아가 겨눈 방향을 통해 궤적을 미리 읽어서 가능했다. 놈은 그대로 지하철 차체를 밟더니 그녀를 향해 달려들었다.

-크허어엉!-

공격이 빗나가서 당황할 법했지만 수아는 여전히 침착했다.

'걸렸어!'

마력탄 한 방으로 아칸을 잡을 거라고는 처음부터 생각하지 않았다. 그녀는 상대가 공격을 피해 허공으로 떠오르는 순간만을 기다렸고 놈은 제대로 그녀의 꾐에 넘어갔다.

타앙!

방아쇠를 당겼고 마력탄이 허공을 가르며 날아갔다.

이겼다.

수아는 승리를 확신했다. 아무리 아칸이라도 허공에서 움직일 수는 없을 테니까. 그러나 기쁨도 잠시, 그녀의 얼굴이 크게 일그러졌다.

서걱!

허공에 떠 있던 아칸이 처음으로 오른팔을 휘두르자 빛의 구체가 반으로 갈라졌다. 두 개로 쪼개진 구체는 양옆의 좌석을 박살냈다. 공격을 막은 아칸은 바닥에 착지했고 그제서야 수아는 상대가 어떻게 마력탄을 갈랐는지 알 수 있었다.

아칸의 손톱이 이전과 달리 길게 늘어난 상태였다. 그것도 5개 모두.

-크허어어엉!-

"윽!"

아칸이 포효를 내지르자 수아는 외마디 비명을 질렀다. 고막이 찢어질 듯이 아팠고 몸이 돌이 된 것처럼 무거워졌다.

파밧!

아칸은 땅을 박차 단숨에 그녀와의 거리를 좁혔다. 그리고 오른손을 뻗었다.

그렇게 손톱이 그녀를 관통하려는 순간,

쩌어엉!

지하철의 창문을 박찬 인호가 검으로 손톱을 내리찍었다.

쿵!

자연스럽게 아칸의 몸이 균형을 잃고 아래로 쓰러졌다. 인호는 바닥에 착지하자마자 검을 내질렀다. 놈은 균형이 무너진 상태에서도 왼손을 휘둘러 그의 공격을 막아냈다. 충돌로 인해 인호가 비틀거리자 놈은 바로 물러나 거리를 벌렸다.

-크르르-

그렇게 아칸과 인호 사이의 거리가 벌어졌고 그로 인해 전투는 잠시 소강상태에 들어갔다.

"인호 씨……."

인호를 부르는 수아는 자기도 모르게 울먹였다.

벌써 몇 번째일까?

셀 수도 없이 자신을 구해준 그를 보며 그녀는 복잡한 감정을 느꼈다. 조금 전에 아칸의 공격을 정통으로 얻어맞아 몸 상태가 좋지 않을 텐데 그는 또 자신을 구해줬다.

"일단 물러나세요."

"그렇게 할게요. 다만 필요하다 싶을 때, 원호사격을 하는 건 괜찮겠죠?"

"예."

인호가 대답하자 수아는 그대로 물러났다. 사격하기 좋은 곳을 발견한 그녀는 그곳으로 간 뒤, 다시 사격 자세를 취했다. 언제든 인호를 도울 수 있도록.

-저 검은 놈은 일반 난쟁이와 차원이 다르다. 인호 네놈도 강해졌지만, 저놈에 비하면 여전히 약해. 이길 가능성은 굉장히 희박하다-

'그렇겠지.'

아칸은 상상을 초월했다.

단순히 공격의 위력만 뛰어난 게 아니었다. 아무리 마력탄의 속도가 일반 권총 탄환보다 느려도, 설령 놈이 궤적을 미리 읽어도 저 공격을 쉽게 피하는 건 어려웠다.

그런데 놈은 그걸 해냈다. 그것도 다친 상태에서. 놈의 신체 능력이 어느 정도일지 가늠이 되지 않았다.

'도와줄 거지?'

-능글맞은 새끼. 어쩌다 이런 놈하고 계약을 맺어서 이렇게 시달리는 건지 원-

'쓸 수 있는 건 뭐든 다 쓰는 주의라.'

-어쨌든 네놈은 운이 좋다. 여기서 죽을 일은 없으니 안심해도 된다

그 모습을 보며 인호는 힘을 느꼈다. 영웅이 승리를 자신하는데 어찌 축 늘어질 수 있겠는가.

-캬오오!-

더는 딴생각을 할 여유가 없었다. 자세를 바로잡은 아칸이 크게 울부짖더니 인호를 향해 돌진했다. 인호 또한 적과 맞서기 위해 몸을 날렸다.

아직 무명이 이길 방법을 가르쳐주지 않았지만 인호는 그를 믿었다. 기억을 잃어도 영웅은 영웅. 무명은 가슴 속에 자신에 대해 자부심과 긍지를 품고 있었다. 그런 이의 말을 안 믿으면 누구의 말을 믿을까?

-왼쪽 옆구리!-

그리고 무명은 인호의 믿음에 응답했다. 자신만의 방법으로.

'역시 영웅.'

단지 보는 것만으로 상대의 공격을 파악하다니, 가공할 동체 시력이었다. 인호는 감탄하며 검을 찔렀다.

쩌엉!

검과 손톱이 격돌하며 불꽃이 튀었다. 아칸은 팔을 빼더니

높게 들어 올렸다.

-오른쪽 어깨!-

벼락처럼 내려치는 손톱은 빨랐지만 그 뿐이었다. 어디를 노리고 있는지 알고 있는 이상, 못 막는 게 오히려 이상하리라. 인호는 이번에도 상대의 공격을 막는데 성공했다.

채애앵!

"칫!"

공격 자체는 제대로 막았다. 다만 위력이 너무 강해 오른팔이 저릿했다. 한 손으로 공격을 버티기에는 놈의 완력이 너무 강했다. 그나마 수아가 놈의 팔 하나를 날려버리지 않았다면 정말 위험했으리라.

-물러나라!-

무명이 경고하기 무섭게 뒤로 물러나는 인호. 아칸의 발이 그의 앞머리를 스치고 지나갔다. 죽음의 공포가 전신을 훑었다. 조금만 더 늦었어도 머리가 터졌을 것이다.

인호는 두려워하지 않았다. 끝까지 상대를 보고 빈틈을 찾기 위해 노력했다.

-왼쪽 옆구리를 노려라!-

마침내 발견한 빈틈. 아칸이 자세를 바로잡는 과정에서 상체가 훤히 드러났다. 기회를 포착한 인호는 전력을 다해 검을 내질렀다. 매섭게 허공을 가른 검이 아칸의 왼쪽 옆구리를 베었다.

'제기랄!'

공격이 정통으로 들어갔는데도 인호의 안색은 나빴다. 온 힘을 다해 날린 공격이었는데 고작 생채기라니, 아칸의 몸은 빌어먹을 정도로 단단했다.

-심장!-

인호는 곧장 칼날을 세워 심장을 보호했다. 그 위로 아칸의 손톱이 떨어졌다. 굉음이 울려 퍼지면서 그의 몸이 형편없이 밀려났다.

'부족하다.'

무명의 도움은 분명히 대단했다.

다만 자신에게 문제가 있었다.

공격의 방향을 알고 피하면 뭐하나? 공격을 날려도 먹히지 않는데. 맞아도 아무렇지 않은 놈과 피하기만 하는 놈의 차이는 컸다. 이대로 계속 시간이 흐르면 결국 자신이 놈보다 먼저 지쳐서 나가떨어지리라.

힘.

그것도 놈의 몸을 벨 수 있을 정도로 압도적인 힘이 필요했다. 그런데 대체 어디서 힘을 얻는단 말인가? 무명을 소환하고 싶어도 아직 쿨타임이 차려면 한참 남았다.

살면서 이렇게 무력한 적이 있었던가. 부상 때문에 강제로 전역했을 때보다 더 분했다.

그렇게 인호가 이를 갈 때,

-크르르르!-

갑자기 아칸이 거리를 벌렸다.

'물러나는 건가?'

잠시 그런 생각이 들었지만, 그는 고개를 흔들었다. 그럴 리 없었다. 우위를 점한 건 놈이었는데 왜 물러나겠는가? 계속 살벌한 눈초리로 노려보고 있는 것을 보아, 뭔가를 노리는 게 분명했다. 의문도 잠시, 아칸은 인호의 의문에 답했다.

쿠오오!

아칸에게서 엄청난 살기와 함께 붉은 연기가 뿜어져 나왔다. 피를 연상케 하는 붉은 연기는 아칸의 몸을 휘감았다. 마치 갑옷처럼.

-말도 안 돼! 마력을 다루는 놈이 벌써 튀어나오다니!-

무명의 말을 제대로 이해할 수 없었다. 그래도 그가 당황하는 모습을 통해, 사태가 심각하다는 건 파악했다.

꾸욱!

"크윽!"

인호는 자기도 모르게 신음을 토했다. 붉은 연기가 자신을 짓눌렀고 몸이 굳어버렸다.

[플레이어 김인호의 패시브 스킬 '용맹(Lv.1)'이 발동합니다.]
[9급 보스 몬스터 '고블린 챔피언-아칸'의 액티브 스킬 '위압(Lv.5)'이 '용맹(Lv.1)'을 무력화시킵니다. 플레이어 김인호가 상태 이상 '위압'에 걸립니다. 신체 능력이 10% 감소합니다.]

전투 시, 혼란을 방지하는 스킬 '용맹'이 막혔다. 처음으로 용맹의 효과를 알게 됐지만 부질없는 깨달음이었다.

-도망……이미 늦었나-

인호의 상태를 살핀 무명은 얼굴을 찌푸렸다. 도박하는 심정으로 그는 인호의 몸을 향해 손을 뻗었다.

파지직!

-크윽!-

거센 스파크가 일자 무명은 황급히 손을 뗐다. 정체를 알 수 없는 강력한 힘이 그를 거부한 것이다.

[쿨타임이 지나지 않았기 때문에 영웅을 소환할 수 없습니다.]

혹시나 했지만 예상한 대로 일이 흘러갔다. 자신이 소환될 수 없음을 깨달은 무명은 한숨을 내쉬었다. 이제는 인정해야 했다. 인호를 도울 방법이 없다는 것을.

-미안하다. 이럴 줄 알았으면 제대로 단련시켜주는 건데-

상대의 꼬임 아닌 꼬임에 넘어와서 이승에 남게 됐다. 썩 마음에 드는 놈은 아니었지만, 계약은 제대로 지키려 했다. 그런데 일이 이렇게 흐를 줄이야. 결국 무명은 눈을 감았다.

-크르릉-

절망한 무명과 달리 승리를 확신한 아칸. 놈은 느릿하게 인호에게 다가갔다. 그를 놀리듯이.

"……."

인호는 굳은 얼굴로 놈을 응시했다. 놈이 한 걸음씩 발걸음을 내디딜 때마다 억장이 무너지는 걸 느꼈다. 그를 지탱하고 있던 유일한 의지, 누나를 만나겠다는 결심마저 흔들렸다.

그 와중에도 아칸은 계속 다가왔다. 입가에 비웃음을 머금은 채 착실히 한 걸음씩.

타앙!

폭음이 울리며 빛의 구체가 아칸을 향해 날아왔다. 허나 놈은 보지도 않고 오른팔을 휘둘렀고 빛의 구체는 허망하게 옆으로 튕겼다.

"아, 안 돼!"

비명을 지르는 수아. 아칸은 아랑곳하지 않고 계속 걸었다. 마치 자신이 죽음의 화신이라도 되는 것처럼. 그 모습을 보면서도 인호는 아무것도 할 수 없었다.

두렵다.

자신이 죽는 건 상관없었다. 단지 세상에 하나뿐인 가족인 누나를 남겨두는 것이 두려웠다. 자신이 죽으면 누나는 이 미친 세상에서 혼자가 되니까. 또 한 사람이 마음에 걸렸다.

이수아.

그녀에 대해 개인적인 감정은 없었다. 그녀와의 인연은 헤어지면 끝나는, 딱 그 정도였다. 그렇다 해도 자신만 믿고 여기까지 따라온 사람 아니던가? 그런 사람을 죽게 내버려 두고 싶지 않았다.

그러니 싸우리라. 살아있는 그 순간까지 계속.

그렇게 인호가 각오를 다질 때,

[플레이어 김인호가 '죽음을 두려워하지 않는 용기'를 선보였습니다. 본디 영웅이란 어떠한 고난을 만나도 결코 물러서지 않습니다. 영웅의 조건을 만족시킨 결과, 영웅화가 1퍼센트 진행됩니다. 현재 영웅화-4%]

[플레이어 김인호가 칭호 '결코 물러서지 않는 자'를 획득합니다. 자신보다 강한 상대와 싸울 때 모든 능력이 20% 상승합니다.]

[판정 결과, 고블린 챔피언 아칸은 플레이어 김인호보다 강합니다. 칭호 '결코 물러서지 않는 자'의 효과가 발동됩니다.]

갑자기 몸을 구속하고 있던 위압감이 사라졌다. 부러졌던 왼팔이 회복됐고 몸에서 힘이 샘솟았다. 패시브 스킬 '용맹'이 칭호 '결코 물러서지 않은 자'와 연동되어 레벨이 대폭 상승해 10에 도달했고. 더욱 기쁜 건 아직 더 강해질 여지가 남았다는 점이었다.

> 플레이어가 김인호가 첫 칭호를 얻었습니다. 이에 따라 플레이어 포인트 1이 주어집니다. 현재 플레이어 포인트-3 플레이어 포인트 3을 소모하면 이름 없는 검의 첫 번째 봉인을 해제할 수 있습니다.
>
> 플레이어 포인트를 소모하겠습니까?
>
> | Yes | No |
> | --- | --- |

메시지를 본 인호의 눈이 번쩍였다. 그는 본능적으로 자신이 뭘 해야 할지 깨달았다.

> 이름 없는 검'의 첫 번째 봉인을 해제합니다.
> 봉인 해제 결과, '이름 없는 검'이 '격을 잃은 마검'으로 진화합니다. 현재 플레이어 포인트-0
>
> | Close | View |
> | --- | --- |

새롭게 떠오른 메시지. 이번에도 인호는 망설이지 않고 자신이 해야 할 일을 했다.

'묵린.'

[액티브 스킬 '수라마공-묵린'을 발동했습니다. 60초 동안, 모든 능력이 30% 향상됩니다.]

> '격을 잃은 마검'이 플레이어 김인호에게 귀속됩니다. 액티브 스킬 '수라마공(修羅魔功)-묵린(墨燐)'을 발동할 수 있습니다.

Close	View

[플레이어 김인호는 수라마공을 익히지 않았습니다. 이에 따라 페널티 '고통'이 부여됩니다.]

우우웅!

인호가 새로운 스킬을 사용하자 검에서 검붉은 기운이 불꽃처럼 피어올랐다. 검붉은 기운은 순식간에 검을 뒤덮더니 그대로 확산되어 인호를 휘감았다.

"크윽!"

인호는 신음을 삼켰다. 힘이 강해진 게 느껴졌지만 동시에 고통스러웠다. 처음 아칸에게 기습을 허용했을 때보다 더. 정말 마공이라는 이름에 맞는 스킬이었다.

-참아라! 그래야 이길 수 있다!-

무명이 큰소리로 외쳤다. 그의 눈은 어느새 희망으로 가득 찼다.

-크허어어엉!-

아칸의 반응은 달랐다. 울부짖는 놈에게서 더는 여유를 찾아볼 수 없었다. 아니, 두려워하는 기색이 역력했다.

팟!

결국 공포를 이기지 못한 아칸이 먼저 인호를 덮쳤다. 이번에야말로 반드시 끝내겠다는 의지를 드러내며.

무명은 이번에는 충고하지 않았다. 인호 역시 그에게 도움을 요청하지 않았다. 그저 스스로 발을 내디딜 뿐.

콰쾅!

검과 손톱이 부딪쳤다. 다만 이전과 달리 아칸이 뒷걸음질 쳤다. 놈은 자세를 바로잡고 다시 공격 자세를 취했지만 이미 인호는 그 앞에 없었다. 왼쪽 좌석을 밟고 놈의 뒤를 점한 인호는 검을 크게 내리그었다.

녹색 피가 허공으로 치솟았고 아칸은 비틀거렸다. 하지만 아직 놈은 쓰러지지 않았다. 끝까지 버티더니 몸을 돌려 인호에게 손톱을 찔러 넣었다.

콰아아앙!

폭음이 일었고 인호는 무명의 도움 없이 공격을 막았다. 다만 충격파 자체는 피할 수 없었고 검을 쥐고 있던 그의 손과 팔이 찢겼다. 고통스러웠지만 그는 아랑곳하지 않고 검을 휘둘렀다. 이에 질세라 아칸도 맞섰다.

검과 손톱이 휘둘러질 때마다 서로의 몸에 상처가 늘어났다. 다른 색깔의 피가 뒤섞여 허공으로 흩어졌다.

쿵!

인호와 아칸이 검과 손톱을 맞댄 채 대치했다. 원래라면 물러났겠지만, 그는 그러지 않았다. 그저 온 힘을 다해 아칸의 공격을 버틸 뿐.

-이대로 가면 질 거다-

'상관없다.'

수라마공을 펼친 지 어느덧 40여 초가 지났다. 이대로 시간이 흐르면 자신이 질 것이다. 아칸이 약해졌다 해도 우세

라는 점은 분명했기에. 그래도 그는 걱정하지 않았다.

'혼자가 아니니까.'

동료가 있었다. 그리고 동료를 믿었다.

타앙!

어느새 지하철 밖에 나가 있던 그녀가 방아쇠를 당겼다. 인호가 맞을 수 있다는 생각은 그녀에게 없었다. 마지막 탄환은 정확히 날아가 아칸의 오른쪽 허리를 강타했다. 살과 뼈의 파편이 사방으로 튀었고 녹색 피가 폭포수처럼 흘러나왔다.

-크아아아앙!-

고통을 이기지 못한 아칸은 비명을 지르며 한쪽 무릎을 굽혔다.

-끝내라!-

무명이 말하지 않아도 그럴 생각이었다. 인호는 검을 휘둘렀고 마검은 놈의 왼쪽 어깨에서 오른쪽 허리까지 갈라버렸다. 아칸의 몸은 반쯤 쪼개진 상태에서 쓰러졌다.

씨익.

놈이 죽었음을 확인한 인호는 웃었다. 곧이어 눈앞이 캄캄해졌고 결국 그는 바닥에 쓰러졌다.

제2장 전리품

'꿈인가?'

인호는 자신의 아래 펼쳐진 광경을 보며 의아해했다. 그곳에는 거대한 산성이 있었다. 한국 사극 드라마에서나 볼 법한 종류의 성이.

성안이나 성 밖이나 눈으로 세기 힘들 정도로 많은 병력이 모여 있었는데 무장이 특이했다. 총기나 대포는 찾아볼 수 없었고 다들 창칼로 무장한 상태였다. 박물관에서 볼 법한 갑옷을 입고 있었고.

어느 시대인지 모르겠지만 한 가지는 분명했다. 이건 현실이 아니었다.

짝!

혹시나 해서 뺨을 때렸지만, 전혀 아픔을 느낄 수 없었다. 볼을 꼬집었지만 이번에도 마찬가지였다.

'꿈이면 알아서 깨겠지.'

깨어날 방법도 모르겠다, 인호는 느긋하게 아래에서 일어나고 있는 일을 관찰했다. 양측의 상황을 볼 때, 곧 있으면 전투가 시작되리라.

'수성 측이 불리한 거 같은데.'

대규모의 기병이 성벽을 포위한 상태였는데 그들의 얼굴에는 자신감이 넘쳤다. 이에 반해 성벽에 있는 병사들의 안색이 새파랗게 질려있었다. 수성 측이 저런 상태면 머지않아 성이 함락되리라.

그때였다.

끼익.

성문이 열렸다. 그리고 붉은 갑옷을 입은 청년이 말 위에 올라탄 채 모습을 드러냈다. 병사들과 달리 그는 전혀 적을 두려워하지 않았다. 오히려 사냥감을 포착한 맹수처럼 살벌한 눈빛을 드러내고 있었다.

'무명?'

그런 청년의 모습을 보며 인호는 크게 당황했다. 갑자기 고대의 전쟁이 눈 앞에 펼쳐진 것도 놀라웠지만 지금 받은 충격이 더 컸다. 청년은 분명히 무명이었기 때문에. 덕분에 이곳이 어디인지 결론을 내릴 수 있게 됐다.

'무명의 기억인가.'

무명의 잃어버린 기억 중 일부를 보게 된 것이다. 인호는 더욱 흥미를 느끼며 무명을 내려다보았다.

쿠오오오!

무명의 몸을 중심으로 피어오르는 검붉은 기운. 그 모습을 본 평야의 병사들이 웅성거렸다. 겁먹고 몸을 움츠리는 이들도 있었다. 그만큼 그의 박력은 대단했다.

히이잉!

무명을 태운 말이 마침내 땅을 박찼다. 병사들이 뒤따랐지만, 그는 개의치 않았다. 그의 시선은 오직 성을 포위한 적들에게 고정되어 있었다.

적들도 가만히 있지 않았다. 수백, 수천의 화살이 무명을 노렸다. 화살을 본 그는 검을 내리쳤다. 단지 그뿐이었는데…….

말도 안 되는 일이 일어났다.

검은 기류가 몰아치며 화살은 모두 날려버리더니 그것으로 모자라 선두에 있던 적들을 강타했다. 병사들은 제대로 된 형체도 남기지 못한 채 갈가리 찢겼다.

그 모습을 본 인호는 온몸에 소름이 돋는 것을 느꼈다. 현실이었다면 식은땀을 흘렸으리라.

'진짜 사람이 맞나?'

자신이 상대한 고블린 챔피언은 강했지만, 무명에 비하면 아무것도 아니었다. 놈도 괴물이었지만 검 한 번 휘둘러 수십 명을 갈아버리는 이를 어찌 비교하겠는가?

인호의 반응에 상관없이 계속 전진한 무명은 적진에 다다랐다. 한 명 대 수천 명 이상의 격돌이었지만 압도하는 것은 오히려 한 명이었다. 무명은 오연하게 적들을 쳐다보며 검을 휘둘렀다.

수평으로 휘둘러지는 검은 깔끔하면서도 아름다운 궤적을 그렸다. 인호는 멍한 얼굴로 무명을, 무명의 검을 바라보았다.

무명처럼 검을 휘두르고 싶다.

무명처럼 압도적으로 강해지고 싶다.

강렬한 열망이 인호의 마음속에서 피어올랐다. 당장 저렇게 되는 게 무리일지라도 언젠가 반드시 강해지리라. 그래야 죽을 위기에 처하지도 않고 소중한 사람을 지킬 수 있을 테니까.

그리 다짐하며 무명을 더 지켜보려 했다. 그러나 상황은 인호의 뜻대로 흘러가지 않았다. 무명이 휘두른 검이 반원을 그리며 나아가 적의 장수를 죽이자,

번쩍!

빛이 세상을 휘감았다.

그걸 시작으로 빛은 입자가 되어 모든 것이 사라졌다. 마치 환상이었던 것처럼. 이와 함께 인호는 자신의 의식이 어딘가로 끌려가는 느낌을 받았다.

"으윽."

작은 신음을 내뱉은 인호는 마침내 눈을 떴다. 다만 그의 눈에 처음 들어온 건 수아도 무명도 아니었다.

[플레이어 김인호가 서브 퀘스트, '보스몬스터 아칸을 처단하라!'를 달성했습니다. 다음 역으로 갈 수 있는 길이 열렸습니다.]
[보상으로 아칸의 정수와 플레이어 포인트 3을 획득합니다. 현재 플레이어 포인트-3]
[퀘스트 평가 결과, 김인호가 MVP로 인정됐습니다. 이에 따라 보상이 강화되어 고급(Uncommon) 등급의 무기 대신, 희귀

(Rare) 등급의 무기를 받을 수 있습니다. 보상 목록에서 고르시길 바랍니다.]

　[칭호 '고블린 헌터'를 획득했습니다. 이에 따라 플레이어 포인트 1이 주어집니다. 현재 플레이어 포인트-4]

　'고블린 헌터라……'

　칭호의 효과는 좋았다. 앞으로 고블린들은 자신을 볼 때마다 공포를 느끼고 이 때문에 신체 능력이 10% 감소하게 된다. 고블린들은 앞으로도 계속 만날 것 같으니 유용하게 써먹을 수 있으리라.

　인호는 자신의 손을 보았다. 어느새 손은 붉은 보석을 움켜쥔 상태였다.

　<아칸의 정수(精髓)>
　1.종류: 정수
　2.등급: 고급(Uncommon)
　3.설명: 고블린 챔피언 아칸이 쌓아온 힘의 응집체. 섭취할 시, 마력 감응 능력이 향상되고 마력의 양이 늘어난다.

　'무명. 이게 뭔지 알고 있나?'
　-물론이다. 나중에 다 설명할 테니 지금은 네 일이나 마무리 지어라
　고개를 끄덕인 인호는 다음 메시지를 읽었다.

쓰러지는 바람에 변화의 과정을 체험하지 못했다. 그래도 확실히 변한 게 느껴졌다.

겉으로는 큰 변화가 없었지만, 내부는 달랐다. 뼈가 튼튼해지고 근육이 질겨졌으며 감각이 발달했다. 한 단계 앞으로 나아갔다는 기분이 들었다.

인호가 자신의 변화를 만끽하고 있을 때,

"인호 씨!"

애절한 외침이 울려 퍼지더니 누군가 인호의 손을 꼭 붙잡았다.

바로 수아였다. 어둠 속이었지만 그는 눈물로 얼룩진 그녀의 얼굴을 볼 수 있었다.

"다, 다행이에요. 인호 씨가 혹시라도 못 일어날까 봐……."

"저는 괜찮습니다."

인호는 담담히 대답하며 그녀의 손을 마주 잡았다. 펑펑 울고 있는 그녀를 보니 얼마나 자신을 걱정했는지 알 수 있었다. 왠지 모르게 가슴이 따뜻해져 잡은 손을 놓지 않았다.

"아, 아파요."

"죄, 죄송합니다."

자기도 모르게 힘을 준 걸 깨달은 인호는 황급히 그녀의 손을 놨다. 그리고 그녀의 반응을 살폈는데 어둠 속에서도 부끄러워하고 있는 그녀의 모습이 그의 눈에 들어왔다.

"죄, 죄송해요. 이상한 모습을 보였네요."

"아닙니다. 그보다 괴물은 어떻게 됐습니까? 마지막 탄환까지 다 쏘신 거로 아는데."

"고블린 챔피언? 그 괴물이 죽고 난 이후, 여기에는 아무도 안 왔어요. 이유는 모르겠지만요."

"다행이군요."

인호는 안도했다. 안 그래도 혼자 남은 그녀가 걱정됐는데 아무 일도 일어나지 않았다. 주위가 안전하다는 걸 파악한 그는 고개를 숙였다.

"정말 감사합니다. 수아 씨 덕분에 놈을 이길 수 있었습니다."

"아, 아니에요. 인호 씨가 없었다면 저는 그 괴물을 만나자마자 죽었을 거예요. 시스템이 인호 씨를 MVP로 임명한 것도 그런 이유겠죠."

"수아 씨가 없었으면 저도 죽었을 겁니다."

진심이었다.

수아가 놈의 왼팔을 미리 날려버렸기 때문에, 마지막 순간에 허리를 쐈기 때문에 이길 수 있었다. 두 가지 중 하나라도 충족되지 않았다면 그는 두 번 다시 그녀의 얼굴을 보지 못했으리라.

"······그러면 서로 잘했다고 해요."

"그렇게 하죠."

수아가 납득하자 인호 역시 고개를 끄덕였다. 그때, 익숙한 목소리가 그의 귓가에 울렸다.

-생각한 것보다 숫기가 너무 없군-

'무슨 뜻이냐?'

-두려움에 떨면서도 자리를 떠나지 않은 여인, 한 번쯤 꼭 안아주면 좋지 않겠나?-

'······.'

-그녀도 안심하고 마음도 얻고 일거양득이지 않나?-

'원래 그런 성격인 건가?'

인호는 어이가 없다는 얼굴로 무명을 올려다보았다. 처음에는 진중하다 싶었는데 이제 보니 영 아니었다. 가볍다 못해 깃털 같지 않은가?

-사내와 여인이 서로에게 끌리는 건 당연한 이치. 이런 것도 모르다니, 쯧쯧-

'그녀와는 아무런 관계도 아니다.'

만난 지 얼마나 됐다고 사람을 끌어안을까? 민폐도 그런 민폐가 없었다. 단호하게 말하는 인호를 보며 무명은 혀를 찼다. 결국 그는 화제를 바꿨다.

-어쨌든 축하한다. 그 괴물을 이기다니 정말 놀라웠다. 설마 거기서 묵린을 펼칠 줄도 몰랐지만-

'운이 좋았지.'

-이제 와서 뭘 새삼스럽게 그러나? 나를 소환했을 때, 네 놈은 이미 행운아였다. 그러니 자괴감을 느낄 필요 없다. 그건 그렇고……

"인호 씨."

수아는 갑자기 아무 말도 하지 않는 인호를 걱정스러운 얼굴로 바라보았다. 혹시 다친 게 아닌가 싶었기 때문에.

"미안해요. 잠시 신경 쓸 게 있어서요. 그건 그렇고 제가 얼마나 쓰러져 있었는지……. 시간을 알 수가 없군요."

말을 하며 자신의 실수를 깨달은 인호. 전자 제품이 모두 고장 난 이상, 시계라고 멀쩡할 리 없지 않은가. 주변에 기계식 시계도 없었고. 그러나 돌아오는 수아의 대답은 그를 당황하게 만들기에 충분했다.

"네? 시간은 알 수 있잖아요? 시계도 있고요."

"무슨 말입니까?"

"개인 정보? 상태창? 하여튼 저는 이걸 확인하면 자기 능력과 시간을 볼 수 있어요. 인호 씨도 당연히 볼 수 있을 거라고 생각했는데."

고개를 갸웃거리는 수아. 의아해하는 그녀의 모습을 보니 거짓말을 한다고 보기에는 어려웠다.

"어떻게 하면 볼 수 있습니까?"

"속으로 상태창이라고 하니 나왔어요."

'상태창.'

Status   Inbox   Q

My Staus ⌄ 김인호   영웅화 5%

칭호: 결코 물러서지 않은 자   고블린 사냥꾼
고유: 능력 뽑기   **플레이어 포인트:** 4

액티브 스킬   **패시브 스킬**

없음   하급검술 (Lv.10)
             용맹   (Lv.10)
             투척   (Lv.01)

✕   •••

"보이나요?"

"예. 좋은 정보 알려주셔서 감사합니다."

생각해보면 상태창이 나오는 게 당연했다. 플레이어라는 명칭, 게임에서 따온 것 같은 고유 능력, 결과에 따른 메시지 모두 게임의 요소가 아닌가? 사냥해서 경험치를 쌓고 스킬 숙련도를 올리는 점 역시 마찬가지였다.

"그러고 보니 수아 씨는 보상으로 뭘 선택했습니까?"

"아직 안 골랐어요. 인호 씨가 일어났으니 이제 골라야죠. 인호 씨도 얼른 고르세요."

"알겠습니다."

"그런데 이 무기, 제가 마음대로 골라도 될까요? 인호 씨가 보는 게 더 정확할 거 같은데."

인호는 고개를 가로저었다. 어차피 아이템에 대해 자세히 모르는 건 그녀나 자신이나 마찬가지이지 않은가.

"수아 씨가 앞으로 사용해야 할 무기입니다. 직접 보고 고르는 게 의미가 있지 않을까요?"

"그럼 그렇게 할게요. 인호 씨도 좋은 무기 고르세요."

수아의 격려를 들은 인호는 곧장 보상 목록이라 적혀 있는 메시지를 열었다. 그러자 보상 목록이 나타났다.

⟨보상 목록⟩
1. 로드나이트의 검

'하필 칼일 줄이야.'

한숨이 절로 나왔다. 차라리 방패가 나왔다면 좋았을 텐데. 자신에게는 이미 검이 있지 않은가. 그것도 엄청나게 좋은 검이.

인호의 시선이 허리춤에 있는 '격을 잃은 마검'을 향했다.

⟨격을 잃은 마검⟩
1.종류: 장검
2.등급: 고유(Unique)
3.내장 스킬: 액티브 스킬 '수라마공(修羅魔功)-묵린(黑燐)'
4.설명: 과거에 이름을 널리 알린 장군이 사용한 검. 현재 봉인된 상태이며 플레이어 포인트 100을 소모하면 봉인을 풀 수 있다.

전반적으로 검은색을 띠고 있는 검신, 검신 가운데에 새겨진 푸른 문양만 보면 예술품을 보는 느낌이었다. 그러나 이 검의 진정한 가치는 아름다운 외형에 있지 않았다.

수라마공 묵린

이 스킬이야말로 이 검의 진정한 가치라 할 수 있으리라. 발동할 경우, 온몸이 고통스러워진다는 단점이 있었지만 감수할 수 있었고.

무려 고유 등급의 검이다. 이 세상이 만약 정말 게임처럼 변했다면 튜토리얼에서 이보다 좋은 검을 찾는 건 힘들 것이다. 그런데 다른 검이라니, 꼭 얻을 필요가 있나 싶었다.

-쌍검을 못 다루는 건가?-

'못 다룬다고 봐야지.'

군대 선임과 후임들이 모여 쌍검을 연습하는 동아리를 만든 적이 있었다. 쌍검을 다루는 게 예상 이상으로 어려워 다들 금방 포기했지만. 쌍검을 다룰 줄은 알지만, 실전에서 써먹을 수준은 절대 아니었다.

그 외에도 문제점은 많았다.

'쌍검은 필요 없지 않나? 상대가 사람이라면 모르겠지만.'

상대가 사람이라면 심리적 우위를 점할 수 있다. 문제는 자신의 적이 사람이 아닌 몬스터라는데 있었다. 본능에 충실한 몬스터에게 무슨 심리적 우위란 말인가?

끽해야 다른 무기가 부러졌을 때, 그 자리에서 바로 대체할 수 있다는 게 유일한 장점이리라.

-그건 네놈이 각성하기 전의 이야기지. 이제는 각성자가 됐고 과거와 비교도 할 수 없을 정도로 뛰어난 신체 능력을 손에 넣지 않았나?-

그건 사실이었다.

고작 5퍼트 진행된 영웅화였지만 신체의 발달은 눈이 부셨다. 운동 종목에 상관없이 올림픽 금메달을 가볍게 따고도 남을 정도로.

-네놈이 대검을 들고 있다면 모를까, 중검 하나로 싸우겠다는 건 자살행위다. 앞으로 종종 무공을 가르쳐줄 테니 잔말 말고 얼른 받아라

"무공이라……."

눈을 반짝이는 인호. 무명이 말한 무공이 무협 소설의 무공인지는 아직 확신할 수 없다. 그래도 영웅이 익힌 무예가 평범할 리 만무했기 때문에 기대감이 생겼다.

어떤 무공을 가르쳐줄까 생각하며 인호는 보상 목록에 있는 검을 눌렀다.

[플레이어 김인호가 '로드나이트의 검'을 선택했습니다. '로드나이트의 검'이 귀속됩니다.]

번쩍!

환한 빛이 피어오르더니 인호의 손에 칼집에 든 검이 나타났다. 그는 바로 검을 뽑았다. 그러자 베기와 찌르기 양쪽을 할 수 있는 형태의 아밍 소드가 그 자태를 드러냈다.

-처음 보는 형태다만, 그래도 좋은 검이군-

'확실히.'

아름다운 외양을 자랑하는 '격을 잃은 마검'과 달리 '로드나이트의 검'의 디자인은 단순했다. 실용성에 치중됐다고

할까? 허나 검의 무게 중심, 날의 예리함은 물론 검안에 깃든 힘까지 결코 마검에 뒤떨어지지 않았다.

인호는 바로 검의 정보를 살폈다.

〈로드나이트의 검〉
1.종류: 아밍 소드
2.등급: 희귀(Rare)
3.내장 스킬: 패시브 스킬 '마력 안정'
4.설명: 이계의 고명한 기사가 썼던 검. 마력의 흐름을 안정적으로 유지시켜 마력이 폭주하는 사태를 방지한다.

-엄청난 능력이군-
'그 정도인가?'

격을 잃은 마검에 비하면 굉장히 수수한 능력이었다. 그런데 왜 무명이 저리 극찬한단 말인가? 인호의 반응을 알아차린 무명은 크게 한숨을 내쉬었다.

-보검을 얻었으면서도 그 가치를 모르다니, 안목 좀 키워라. 아니지. 애초에 마력도 제대로 모르는 놈한테 그런 걸 바라는 게 잘못인가?-

'무슨 능력인데 그리 호들갑이지?'

-이 검은 무인의 이상이라 봐도 무방하다. 주화입마의 두려움에서 벗어날 수 있으니까. 후우, 됐다. 일단 본론으로 들어가지-

'본론?'

-네놈의 자질은 뛰어나다. 각성자인지 아닌지를 떠나 어

떻게 하면 잘 싸울 수 있는지 알지. 그건 분명 대단한 재능이다. 하지만 재능이 뛰어나도 이를 살리지 못하면 아무런 의미가 없다. 그런 의미에서 넌 너무 약해-

'그야 그렇지.'

무명의 지적은 신랄했지만 인호는 이를 인정했다. 자신이 약해서 멀리 돌아 집으로 가야 했고 수아를 위험에 빠뜨렸다. 강했다면, 힘이 있었다면 위기에 빠질 일 자체가 없었을 텐데.

-강해지는 방법은 간단하다. 우선 네놈은 마력을 깨달아야 한다. 그러기 위해서는 무공을 익혀야 하고-

"그런데 마력이 정확히 뭐지? 칼을 반짝이게 해주고 몸 튼튼하게 해주는 건 알겠는데."

-음. 거참……

인호의 질문을 듣고 할 말을 잃은 무명. 그것도 잠시, 그는 갑자기 친절해진 목소리로 말했다.

-그래, 네놈이 그렇게 이해했다면 그런 거겠지-

입가에 미소를 머금는 것도 잊지 않은 무명이었다. 인호는 얼굴을 찌푸렸다. 왠지 모르게 마음에 들지 않았다.

인호와 무명 사이에 침묵이 감돌았다. 그러나 이는 오래가지 못했고 무안해진 무명이 먼저 입을 열었다.

-흠흠. 마력이란 자연 그 자체이자 생명의 근원을 이루고 있는 위대한 힘이다. 즉, 생명체들은 모두 기를 품고 태어난

다고 할 수 있지-

'아아.'

무명의 설명을 듣는 순간, 인호는 마력이 뭔지 이해했다. 기, 포스, 차크라 등 마력은 다양한 용어로 불리고 있으며 수많은 미디어 매체에서 이를 다루지 않았던가. 모를 수가 없었다.

-단, 마력을 가지고 있다고 해서 느낄 수 있는 건 아니다. 느낄 수 있다고 해서 바로 운용할 수 있는 것도 아니고-

'이유가 있나?'

-마력을 느끼고 운용하려면 재능이 있어야 한다. 뭐 너나 저 여인한테는 상관없지만-

'우리가 플레이어라서?'

플레이어는 기존 인류의 한계를 뛰어넘은 초인, 기를 느끼지 못하는 게 이상하리라. 인호의 추측이 맞았는지 무명은 고개를 끄덕였다.

-그렇지. 개개인의 시간이나 노력에 따라 차이가 있겠지만 각성자들은 모두 마력을 다룰 수 있다. 무공을 익히면 더 효율적으로 마력을 운용할 수 있고-

'무공이라…….'

-혹시 무공에 대해 알고 있나?-

인호는 고개를 저었다. 무공을 아예 모르는 건 아니다. 중학생, 고등학생 때 장르 소설을 많이 읽었기 때문에.

다만 무명이 알고 있는 개념과 자신이 알고 있는 바가 같다고 어찌 확신하겠는가. 잘 모르면서 아는 척하는 건 최악의 행위다.

-무공은 사람과 자연을 이어주는 매개체다. 사람은 무공을 통해 자연에 퍼진 마력을 흡수하고 운용할 수 있게 되지. 이해가 되나?-

'거기까지는 이해했다.'

-더 자세히 설명하자면 인위적으로 세상에 퍼진 마력을 흡수하는 기예, 그게 무공이다. 이렇게 모인 마력은 단전에 응축되지-

무명의 설명은 이해하기 쉬웠다. 예전에 읽었던 장르 소설의 설정과 큰 차이가 없었던 것도 한몫했고.

-그런 의미에서 너는 운이 좋았다. 수라마공은 넘쳐나는 무공 중에서도 꽤 쓸 만하니까-

'펼치자마자 죽을 뻔했는데, 쓸 만하다고? 농담이겠지?'

인호가 어처구니없다는 얼굴로 무명을 올려다보았다. 수라마공을 처음 펼쳤을 때의 기억은 여전히 생생했다. 검붉은 기운은 자신의 몸을 강화시켰지만 동시에 내부부터 박살내려했다.

이겨야 한다는 의지, 살아남아야 한다는 각오, 60초의 제한 시간이 없었으면 어땠을까? 생각만 해도 모골이 송연했다.

-한심한 놈! 네놈이 마력을 제대로 다뤘다면 그런 일이 있었을 거 같으냐!-

'애초에 마공이라 불리는 무공이 좋은 거 같지 않은데?'

-되지도 않는 편견이다! 마공이든 신공이든 무공은 그냥 무공일 뿐!-

무명이 길길이 날뛰었다. 그 모습이 웃겨서 인호는 피식 웃었다.

'그렇다고 해두지.'

-빌어먹을 새끼. 어쨌든 네놈이 강해지기 위해서는 우선 수라마공을 익혀야 한다. 그걸 위해 정수를 흡수해야 하는 거고-

'정수하고 수라마공하고는 무슨 상관이지?'

-수라마공을 운용하려면 일정량 이상의 마력이 필요한데 지금 너에게는 없지 않나? 정수를 흡수하여 부족한 부분을 채우는 거다

인호는 자신의 손에 있는 '고블린 챔피언의 정수'를 내려다보았다. 마력의 양을 늘려주고 마력 감응 능력까지 상승시키는 아이템인 만큼, 무명의 말은 일리가 있었다.

그 전에 처리해야 할 문제가 있지만.

"인호 씨, 다 고르셨어요? 전 골랐어요."

"……권총입니까?"

인호의 시선이 수아의 손에 고정되었다. 총의 형태는 권총과 닮았지만, 현대나 과거 어디에서도 찾아볼 수 없는 외양을 가지고 있었다. 굳이 찾자면 게임 속에나 나올 법한 형태였다. 아니면 SF나.

"마력 권총이라고 해요. 마력탄을 쏠 수 있는 사람만 사용할 수 있는 무기인데, 사용자의 마력을 강화해주는 효과가 있어요. 덕분에 마력탄의 위력과 연사력을 강화할 수 있게 됐죠."

"엄청난 무기군요."

마력탄은 일반 권총의 탄환에 비해 느리지만, 위력은 그에 필적한다. 그런데 위력이 더 강해지는 것도 모자라 연사까지

가능해지다니, 정말 대단한 무기였다.

"마력탄의 숙련도도 올라갔고 마력의 양도 많이 늘었죠. 스킬도 얻었고. 이제 인호 씨의 발목을 잡을 일은 없을 거예요."

"믿겠습니다."

씩씩하게 웃는 수아. 그녀를 보며 인호는 좋은 동료를 얻었다고 생각했다.

"수아 씨. 한 가지 이야기할 게 있습니다. 보아하니 정수는 하나밖에 안 나오는 거 같더군요."

"인호 씨가 가지세요."

운을 떼자마자 수아가 대답했다. 굉장히 단호한 태도라 인호는 크게 놀랐다.

"애초에 정수는 인호 씨 손에 나타났잖아요. 인호 씨를 주인이라 생각해서 그런 거라고 봐요."

"감사합니다. 다만 출발하기 전에 정수를 흡수하려고 합니다. 다음 역에서 또 보스 몬스터가 나올 수 있으니 조금이라도 더 강해져야 하지 않겠습니까?"

"그게 좋을 거 같아요. 안전한 게 최고죠!"

말과 달리, 인호의 마음은 얼른 수아를 서초역에 데려다준 뒤에 집으로 가라고 외쳤다. 하지만 그게 욕심이라는 걸 잘 알고 있었다. 과욕은 일을 망치기만 할 뿐, 전혀 도움이 되지 않는다. 무언가를 해내기 위해 때로는 멀리 돌아갈 필요가 있다.

2보 전진을 위한 1보 후퇴.

지금은 그게 최선이었다.

"그럼 정수를 하겠습니다. 흡수하는 동안, 못 싸울 거 같으니 잘 부탁드립니다."

"저만 믿으세요. 저 정말 강해졌거든요."

인호는 자신만만해하는 수아를 믿었다. 그녀는 단 한 번도 자신을 실망시킨 적이 없었으니까.

-격을 가진 놈이 나타나면 널 깨울 거니 너무 걱정하지 마라. 뭐 네가 걱정할 정도로 저 여인이 약하지도 않고-

'네가 그렇다면 그런 거겠지. 그러면 이제 뭘 해야 하지? 가부좌라도 틀어야 하나?'

-그건 인간들이나 하는 거지 각성자들한테는 무의미하다. 일단 정수부터 삼켜라. 단, 비명은 지르지 마라. 절대로!-

'알았다.'

인호는 정수를 응시했다. 이걸 먹으면 강해질 수 있다. 물론 단숨에 과거의 무명처럼 강해질 수 없다는 건 안다. 하지만 앞으로 한 발자국 나아갈 수는 있으리라. 각오를 다진 그는 정수를 삼켰다.

[플레이어 김인호가 9급 보스 몬스터 '고블린 챔피언'의 정수를 흡수합니다.]

보석처럼 생긴 정수는 입안에 들어가자마자 녹아서 사라졌다.

위이잉!

동시에 거대한 힘이 단전 부근에 형성됐다. 그 힘은 소용돌

이치면서 크기를 불리더니 순식간에 그의 몸 안을 채워나갔다.

-묵린을 펼쳐라. 앞으로 어떤 일이 있어도 소리를 내지 말고-

다음 지시를 내리는 무명. 이에 맞춰 인호는 '격을 잃은 마검'을 움켜쥔 뒤, 수라마공-묵린을 발동시켰다.

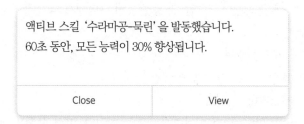

액티브 스킬 '수라마공-묵린'을 발동했습니다.
60초 동안, 모든 능력이 30% 향상됩니다.

Close	View

메시지가 나타나는 것과 함께 인호의 복부에서 새로운 힘이 나타나 자신의 존재감을 드러냈다. 수라마공 역시 빠르게 세력을 확장해 복부를 장악했지만 거기까지였다. 미리 자리를 잡은 불청객, 정수 때문에 그 이상 나아갈 수 없게 됐다.

수라마공과 정수.

전혀 다른 성질을 가진 두 힘은 상대의 존재를 허락하지 않았다. 오히려 기다렸다는 듯이 부딪쳤다.

파아아아아앗!

"!"

소리 없는 비명이 인호의 입에서 터지려고 했다. 무명이 미리 경고하지 않았다면 그 자리에서 바로 울부짖었으리라.

처음 영웅화를 경험했을 때나 수라마공을 펼쳤을 때와는 비교가 안 될 정도로 고통스러웠다.

뼈가 부러지는 것 같았다.

피가 역류하는 것 같았다.

근육이 비틀리는 것 같았다.

내장이 찢기는 것 같았다.

두 힘의 격돌로 인해 인호의 혈관이 순식간에 부풀어 올랐다. 붉게 물든 눈에서는 피가 줄줄 흘러내렸다. 그러나 이는 시작에 불과했다. 코, 입, 귀 등 온몸의 구멍에서 피가 흘러내렸다.

-어차피 네놈이 그 힘을 통제하는 건 불가능하다. 마음 편히 먹고 수라마공에 모든 걸 맡겨라-

개소리하지 마라!

말만 할 수 있다면 이렇게 외치고 싶었다. 이런 고통을 어떻게 마음 편히 받아들이란 말인가?

-그럼 그대로 죽던가-

무명의 어조는 장난기가 가득했다. 이를 들으며 인호는 다짐했다. 다음에 무명을 소환한다면 반드시 그의 면상에 주먹을 꽂아 넣겠다고.

-할 수 있으면 해봐라. 100년쯤 시도하면 한 번은 성공시키겠지-

콰드득!

인호의 의지에 동조한 것일까? 수라마공의 힘이 정수의 힘을 받아들이기 시작했다.

아니, 받아들였다기보다 게걸스럽게 탐하는 게 맞으리라. 수라마공은 정수의 존재를 용납하지 않고 인호의 몸에 퍼진 정수의 잔재를 모조리 집어삼켰다.

그렇게 합쳐지는 두 개의 힘. 이에 맞춰 이제까지 인호의 몸을 괴롭혔던 고통이 완화되었다.

쿠오오오!

마침내 정수를 없애는 데 성공한 수라마공. 인호의 전신에서 예의 검붉은 기운이 피어올랐다. 그 기운은 불청객이 사라진 자리를 샅샅이 채웠다.

중간에 길을 막는 혈도가 있었지만 검붉은 힘 앞에서 무력했다. 검붉은 힘은 거침없이 움직이며 인호의 몸 안에 있는 불순물을 모조리 박살을 냈다. 자신 이외에는 어떤 것도 있어서는 안 된다고 주장하듯이.

그때마다 미친 듯이 비명을 지르고 싶었지만 참고 또 참았다. 이제까지 겪은 고통을 공염불로 만들고 싶지 않았으니까.

그렇게 얼마나 시간이 흘렀을까?

있는 힘껏 날뛰던 수라마공의 기운이 마침내 잠잠해졌다. 계속 그를 괴롭히던 고통도 사라졌다. 아니, 오히려 몸이 좋아졌다.

[플레이어 김인호가 고유(Unique) 등급의 액티브 스킬 '수라마공(Lv.1)'을 익혔습니다.]

['격을 잃은 마검'에 내장된 스킬 묵린이 플레이어 김인호에게 전달됩니다. 고유(Unique) 등급의 액티브 스킬 묵린(Lv.1)을 습득합니다.]

['격을 잃은 마검'의 액티브 스킬 수라마공-묵린이 패시브 스킬 '근접전 보정'으로 변경되었습니다.]

[수라마공을 익힘에 따라 마력을 각성합니다. 패시브 스킬 '마력 친화(Lv.1)'와 패시브 스킬 '신체 강화(Lv.1)'를 습득합니다.]

[영웅화가 3퍼센트 진행됩니다. 현재 영웅화-8퍼센트]

인호의 입가에 미소가 떠올랐다.

새로이 얻은 스킬들 모두 좋았다. 우선 묵린이 정식 스킬이 되면서 페널티가 사라졌다. 더는 그 끔찍한 고통에 시달리지 않아도 됐다. 유지 시간 역시 5분으로 늘어났고.

마력 친화는 마력의 회복 속도 및 증진 속도를 상승시킨다. 또 신체 강화는 마력을 사용할 때마다 신체의 기본적인 능력을 끊임없이 강화하는 스킬이었다.

근접전 보정은 또 어떤가? 적과 싸우다가 실수를 할지 모르는데 그 잘못을 알아서 고쳐준다. 좋은 스킬이 확실했다.

그러나 그보다 그를 기쁘게 한 건,

우웅.

온몸에 넘쳐흐르는 힘 그 자체였다.

복부 아래쪽에 자리를 잡은 수라마공이 이제까지 느껴보지 못한 충족감을 선사했다. 현재 상태라면 고블린 챔피언도 혼자 싸워 이길 수 있을 것 같은 느낌이 들었다.

-수라마공을 익힌 걸 축하한다. 아직 무인이라 하기는 그렇지만-

'다른 무공은 언제 가르쳐줄 거지?'

-일단 수라마공부터 제대로 다뤄라. 마력을 제대로 운용하지 못한 상태에서 무공을 배워봤자 헛수고다

바로 새로운 걸 배우고 싶었지만, 무명이 저리 나오는데 어쩌겠는가. 수라마공을 익힌 것만으로도 충분히 만족스러웠고.

"저, 저기 인호 씨?"

그때, 수아의 목소리가 들렸다. 눈을 뜬 인호는 몸을 돌렸다. 그녀는 걱정 가득한 얼굴로 그를 지켜보고 있었다.

"예."

"괘, 괜찮은 거 맞죠? 피, 피가 엄청나게 나와서요. 몸도 막 흔들리고. 어디 아픈 거 아니죠?"

"괜찮습니다. 마력 각성이 이렇게 힘들 줄은 몰랐지만요. 어쨌든 무사히 각성했으니 걱정하지 않아도 됩니다."

수아가 안심했으면 싶었다. 그러나 이어지는 그녀의 반응은 인호의 생각을 벗어났다.

"마력 각성이…… 원래 그런 건가요?"

"예?"

인호가 반문했지만 수아는 대답하지 않았다. 대신 손바닥을 내밀었다.

우웅.

대기가 흔들리더니 푸른색의 작은 구체가 만들어졌다. 구체의 정체는 보자마자 알 수 있었다. 바로 마력이었다. 인호는 경악을 금치 못했다.

"어, 어떻게……?"

"새로 얻은 스킬이에요. '마력 운용'이라고 하는데 이 스킬을 얻으면서 마력을 각성했는데……. 죄송해요!"

허둥지둥하던 수아는 그대로 고개를 숙였다.

'거참.'

인호의 입가에 쓴웃음이 떠올랐다. 누구는 죽을 둥 살 둥 해서 겨우 마력을 깨달았는데 누구는 한 방에 익히다니, 기분이 오묘했다.

  -말하지 않았나? 저 여인의 권능은 마력. 마력을 다루는 자질만 볼 때, 어떤 이도 저 여인을 이길 수 없다. 그러니 네 놈은 노~력을 계속해라. 그래야 따라잡을 수 있을 테니까

  '그래야겠군.'

  무명이 놀리듯이 말했지만 인호는 전혀 신경 쓰지 않았다. 수아가 강하면 더 빨리 서초역에 도착할 수 있지 않은가. 차라리 그의 입장에서는 다행이었다. 영웅화나 뽑기가 마력의 권능에 비해 뒤떨어진다고 생각하지 않았고.

  "인호 씨?"

  "아무것도 아닙니다. 그럼 출발하죠."

  "네."

  수아의 표정이 진지해졌다. 다음 목적지인 교대역에도 몬스터가 많을 것이 분명했기 때문에.

  그리고 그들의 예상은 제대로 맞아떨어졌다.

제3장 피할 수 없는 악몽

쉬에엑!

어둠 속을 가르며 날아오는 두 발의 화살. 자신을 노리는 게 보였지만 인호는 가만히 서 있었다. 아직 나설 때가 아니었기 때문에.

탕! 탕!

빛이 끊임없이 번쩍이며 어둠을 몰아냈다. 동시에 인호를 노리던 화살이 박살 났다. 수아의 사격 솜씨가 빛을 발휘하는 순간이었다.

"지금이에요!"

수아의 말을 듣자마자 발을 내딛는 인호. 이미 수라마공을 펼쳤기 때문에 그의 몸은 검붉은 기운으로 휘감긴 상태였다. 묵린을 펼쳤을 때보다는 색깔이나 형태가 옅었지만, 어둠 속에 숨어있는 적을 상대하기에는 충분했다.

-앞에 네 마리-

무명의 목소리가 인호의 머릿속에 울려 퍼졌다. 인호는 전방을 응시했다.

2m에 달하는 거구, 갈색 피부, 멧돼지를 연상하게 하는 얼굴을 가진 괴물이 서 있었다. 그 몬스터의 이름은 바로 오크였다. 네 마리 중 둘은 인호를 향해 활을 겨눴고 나머지 둘은 각각 창과 글레이브를 들고 있었다.

좌악! 좌아악!

오크 궁수들이 다시 화살을 날렸다. 하지만 이번에도 인호는 안 막았다. 자신을 든든하게 원호해주는 사람이 있는데 왜 막겠는가? 그럴 시간에 어떻게 하면 적을 처리할지 생각하는 게 효율적이었다.

번쩍!

또 빛이 번쩍이더니 화살이 박살 났다.

-엄청난 솜씨군. 생사의 경계를 넘어서 그런가? 사격 솜씨가 일취월장했다-

박살이 나는 화살을 보며 무명이 감탄했다. 그만큼 수아의 사격 솜씨는 정확했다.

그 사이, 인호는 땅을 박찼다. 순식간에 천장 가까이에 도달한 그는 오크들 뛰어넘어 그들의 뒤를 잡는 데 성공했다.

-취익!-

-꾸이익!-

창과 글레이브를 들고 있던 오크들은 깜짝 놀라며 뒤돌아섰다. 인호를 바라보는 놈들의 눈빛에는 경계심이 가득했다.

-도와줄까?-

'필요 없다.'

무명의 도움을 받으면 쉽게 이길 수 있다. 대신 강해질 수는 없었다. 스스로 판단하고 싸우는 자만이 한 발자국 나아갈 수 있다. 그리 믿고 있었기 때문에 고블린 챔피언 이후, 인호는 무명의 도움을 받지 않았다. 단 한 번도.

오크가 글레이브를 휘둘렀다. 목을 노리는 것을 파악한 인호는 가볍게 허리를 뒤로 젖혀 피했다. 이를 기다리고 있었다는 듯, 다른 하나가 빈틈이 드러난 인호를 향해 창을 밀어넣었다.

훌륭한 연계 공격이었다. 다만 훌륭한 공격이라고 해서 반드시 통하라는 법은 없다는 게 문제였을 뿐.

우우웅!

"하앗!"

인호가 기합을 지르자 수라마공의 마력이 용솟음쳤다. 눈 깜짝할 사이에 증가한 마력은 그의 몸 곳곳으로 퍼져 근육과 신경 반응 속도를 강화했다. 온몸에 넘치흐르는 활력을 느끼며 그는 '격을 잃은 마검'을 휘둘렀다.

콰창!

오크의 공격에 비해 분명 한 박자가 늦었는데도 인호는 상대의 창을 막는 데 성공했다. 아니, 창날 자체를 박살 냈다. 창을 쥐고 있던 오크는 충격을 버티지 못하고 비틀거렸다.

숨통을 끊을 좋은 기회였지만 인호는 바로 죽이지 않았다. 대신 그는 상대의 가슴을 세게 걷어찼고 놈은 그대로 나가떨어져 땅바닥을 굴렀다.

-좋은 판단이다

만족스러운 듯 웃는 무명. 만약 인호가 창을 든 오크를 죽였다면 바로 글레이브를 든 놈이 그를 덮쳤으리라.

-취익!-

결국 기회를 놓친 오크는 인호를 향해 달려들었다. 그리고 머리를 향해 글레이브를 거세게 내리쳤다. 이에 질세라 인호 역시 '로드나이트의 검'을 세워 상대의 공격을 막아냈다.

쩌어엉!

굉음이 요란하게 울렸다. 동시에 글레이브의 검신이 반 토막이 나 바닥에 떨어졌다. 깜짝 놀란 오크의 가슴이 활짝 열렸다.

"하앗!"

울려 퍼지는 기합. 내질러지는 검.

마검이 화살처럼 매섭게 날아가 오크의 목을 뚫었다. 인호는 확실히 마무리 짓기 위해 마검을 뽑은 뒤, 로드나이트의 검을 휘둘러 목을 날려버렸다. 몬스터 특유의 녹색 피가 분수처럼 뿜어져 나왔다.

-취에엑!-

그때, 아직 살아있던 오크가 인호를 등 뒤에서 덮쳤다. 놈은 달려들면서 창대를 힘껏 내질렀고 창대는 빠른 속도로 나아갔다.

그러나 창대는 인호에게 닿지 않았다. 어느새 팽이처럼 몸을 회전시킨 그가 마검을 휘둘러 창대를 잘라버렸기 때문에.

회심의 공격이 막혔지만, 오크는 당황하지 않았다. 오히려 왼손에 들고 있던 창날을 인호의 목을 향해 찔러 넣었다.

'못 피한다.'

그렇다고 검으로 막을 수 있는 것도 아니었다. 결론을 내린 인호는 양손을 펼쳐 검을 바닥에 떨어뜨렸다. 그리고는 양손으로 오크의 왼쪽 손목을 붙잡았다. 창날이 목덜미에 슬쩍 닿았지만, 그는 아랑곳하지 않고 자신의 무릎으로 상대의 무릎을 찼다.

콰드득.

-꾸에엑!-

뼈가 부러지는 소리가 울리더니 오크는 비명을 지르며 주저앉았다. 인호는 바닥에 떨어진 마검을 줍고는 수평으로 크게 휘둘렀다. 오크의 목이 몸과 분리되어 높게 치솟았다.

[하급 검술의 레벨이 1 상승합니다.]

"후우."

승리를 거둔 인호는 호흡을 가다듬었다. 수라마공은 다 좋은데 체력 소모가 너무 컸다. 쌍검술 역시 예상 이상으로 어려웠고.

-약한 소리 하기는. 쌍검을 못 다룬다고 징징거렸지만 실제로는 어떠냐? 잘만 다루고 있지 않으냐-

'플레이어가 정말 대단하기는 하군-

교대역에 들어온 뒤부터는 계속 쌍검술만 사용했다. 익숙하지 않았지만, 플레이어의 몸과 스킬이 그를 도왔다. 만약 이 두 가지 없었다면 진즉에 뻗었으리라.

-게다가 저 여인도 잘 도와주고 있고-

'그게 제일 놀라웠지.'

진심이었다.

새로운 무기를 얻은 수아는 정말 강해졌다. 더는 그녀를 돕기 위해 무리할 필요가 없어졌을 정도로. 인호는 오크 궁수들이 있는 쪽으로 몸을 돌렸다.

탕!

마력탄이 오크 궁수의 머리를 강타했다, 목이 사라진 육체는 바닥에 쓰러졌다.

-취이익!-

남은 오크 궁수가 연거푸 화살을 세 발 쐈다. 묘기에 가까운 공격이었다. 하지만 수아는 지그재그로 빠르게 움직였고 세 발의 화살 모두 벽에 부딪혀 바닥에 떨어졌다. 분노한 오크는 다시 화살을 꺼내려 했지만 그녀는 이를 용납하지 않았다.

탕!

허공을 가르며 날아간 마력탄은 오크가 들고 있던 활을 파괴했다. 놈은 기겁하면서 물러났는데 그 와중에 빈틈을 보였다. 수아는 기다렸다는 듯이 방아쇠를 당겼고 마력탄은 오크의 심장을 꿰뚫었다. 가슴이 뻥 뚫린 놈은 힘없이 바닥에 쓰러졌다.

[교대역의 몬스터들을 모두 토벌하는 데 성공했습니다. 다음 역으로 갈 수 있는 길이 열렸습니다.]

"인호 씨! 저도 잡았어요!"

"수고하셨습니다. 이제는 정말 제가 없어도 되겠군요."

"에이. 인호 씨에 비하면 아직 멀었죠. 그래도 이 총을 골라 정말 다행이에요."

"확실히 전투가 수월해진 것 같습니다."

마력 권총의 첫 번째 성능은 연사였다. 마력탄의 위력을 1/10로 줄이는 대신 이전보다 5배 많이 쏠 수 있게 됐다. 쿨타임 역시 1/5로 줄었고. 자연스럽게 그녀는 이전보다 마력탄을 많이 쏠 수 있게 됐으니 전투가 쉬워지는 게 당연했다.

"그건 그렇고 이제 서초역도 다 왔네요. 두 정거장을 지나는데 한 시간 반이나 걸릴 줄은 몰랐지만요."

수아가 한숨을 내쉬었다.

현재 시각은 15시 28분. 남부터미널역을 떠났을 때가 정확히 14시 10분이었으니 결코 빠르다고 할 수 없었다.

"그만큼 몬스터들이 많았으니까요."

"100마리가 넘었죠. 레벨 업이 빠른 것도 다 이유가 있네요. 스킬 숙련도도 많이 올랐고."

몬스터들은 사방에 널려있었다. 철로, 역사 내부 등 장소를 가리지 않았다. 제일 어려운 건 상대가 고블린이 아닌 오크였다는 점이었다.

고블린은 물론 일반적인 성인 남성보다 큰 오크는 상대하기 굉장히 까다로웠다. 고블린과 같은 9급 몬스터였는데도.

고블린 챔피언과 상대하면서 여러모로 발전한 게 다행이었다. 보스 몬스터가 나오지 않은 것도 한몫했고. 그렇지 않았다면 서초역에 도착하기도 전에 죽었으리라.

그만큼 교대역은 위험했다.

그래도 두 사람은 물러나지 않았다. 오히려 끝까지 달려들어 오크들을 한 놈도 남기지 않고 전멸시키는 데 성공했다. 죽은 놈들은 경험치가 되어 두 사람을 성장시켰고.

My Staus ∨ **김인호**   **영웅화** 8%

칭호: 결코 물러서지 않은 자   고블린 사냥꾼

고유 능력: 뽑기   **플레이어 포인트:** 4

액티브 스킬		패시브 스킬	
수라마공	(Lv.3)	하급검술	(Lv.14)
묵린	(Lv.1)	용맹	(Lv.12)
		투척	(Lv.5)
		마력 친화	(Lv.3)
		신체 강화	(Lv.2)

    영웅화나 플레이어 포인트는 하나도 얻지 못했다. 수라마공의 숙련도를 비롯하여 다른 스킬들의 숙련도가 많이 올랐다. 특히 쌍검술을 사용하면서 하급 검술의 숙련도가 크게 올랐다. 여러모로 만족스러웠다.

    "그래도 이제 조금만 더 가면 되네요. 서초역만 가면 이 고생도 끝나겠죠."

    "그랬으면 좋겠습니다."

    지금쯤이면 서초역 주변에 경찰들이 많이 모였을 것이다. 청와대, 국회의장만큼은 아니더라도 평범한 곳보다는 안전할 것이다. 그곳에 도착하면 안심하고 수아의 곁을 떠날 수 있겠지.

-정말 떠날 거냐?-

'처음부터 그럴 생각이었다.'

몬스터들 때문에 여기까지 왔지만, 자신에게 가장 중요한 건 누나의 안전이었다. 수아와 헤어지는 건 기정사실이었다. 그렇다고 오늘 처음 만난 그녀에게 위험을 무릅쓰고 따라오라고 할 수는 없지 않은가?

-집에 간다는 건 곧 혼자서 그 많은 괴물을 뚫어야 한다는 거다. 가능하다고 보나?-

'가능성을 따질 생각은 없다. 어차피 가야 하니까.'

분명히 어려울 것이다. 죽을 위기도 많이 겪을 테고.

그래도 못할 건 없지 않겠나. 남부터미널역에서 서초역까지 갔듯이 서초역에서 사당역까지 가면 그만인 것을. 조심해서 가면 혼자라고 가지 말라는 법도 없다.

-저만한 동료를 얻는 것도 쉬운 일은 아닌데, 안타깝군-

'그건 그렇지.'

이번만큼은 무명의 의견에 동의하는 인호였다. 자신이야 특전사 출신이었기 때문에 현재 상황에 빨리 적응할 수 있었다.

이에 반해 수아는 어떤가?

정신력부터 대단했다. 동료들의 죽음을 목격했는데도 그녀는 무너지지 않았다. 오히려 시민인 자신을 계속 안심시키려고 했다. 상황을 판단하는 능력 역시 뛰어났고.

전투력으로 따지자면 더 놀라웠다. 일반적으로 대한민국 경찰은 1년에 두 번 있는 정례 사격에서 총을 쏘는 게 전부였다. 그런데 그녀는 총을 잘 쐈다. 패시브 스킬 사격이 덧붙은 걸 고려해도. 특전사 뺨칠 정도로 터프한 건 덤이었다.

'나에게는 가족을 지켜야 할 의무가 있다. 단지 그뿐이다.'

어떤 위험한 곳이라도 망설임 없이 나아가리라. 누나를 지킬 수만 있다면.

"인호 씨?"

"아, 죄송합니다. 잠시 생각할 게 있어서."

"……가족인가요?"

망설이며 묻는 수아.

가족 문제는 민감한 사안이었기 때문에 이제까지 묻지 않았다. 다만 생각에 잠긴 인호의 모습이 워낙 심각해서 한 번 물어보았다. 그를 달랠 수 있다면 달래기 위해. 그런데 그녀의 생각과 달리, 인호는 흔쾌히 대답했다.

"예. 누나가 지금 집에 혼자 있습니다. 강한 사람인 걸 아는데도 불안한 마음을 지울 수가 없군요."

"누구나 다 그럴 거예요. 저도 부모님이 걱정돼서 미칠 거 같거든요. 마음 같아서는 당장 집에 가고 싶어요."

"왜 안 가셨습니까?"

"저는 경찰이에요. 시민을 지키는 경찰. 제 의무를 저버릴 수는 없잖아요? 물론 제가 인호 씨를 지킨 거 같지는 않지만요. 그래도 고마워하고 있어요!"

씨익.

인호의 입가에 미소가 떠올랐다. 역시 그녀는 멋진 사람이었다. 남겨두고 떠나는 게 아쉬울 정도로.

"감사합니다. 그럼 출발하죠."

"알았어요."

두 사람은 발걸음을 옮겼다. 10분 뒤, 마침내 서초역에 도착했다.

"······뭔가 이상하네요. 안 그런가요?"

"저도 그렇게 생각합니다."

인호는 역 내부를 살폈다. 죽은 사람들은 많았지만 정작 몬스터들은 한 마리도 보이지 않았다. 남부터미널역에는 고블린들이, 교대역에는 오크들이 쫙 깔려 있었는데 말이다.

'무명.'

-안에는 아무도 없다

무명은 이제까지 한 번도 적을 놓친 적이 없었다. 즉, 반경 12m 안에는 적이 없다는 뜻이다. 그런데 왜 더 불안할까? 역 안을 가득 채운 적막감이 불쾌했다.

타타타탕!

두 사람이 천천히 움직일 때, 총소리가 울려 퍼졌다. 그것도 소총의 탄환이 쏟아지는 소리가.

"교전 중인가 봅니다!"

"얼른 가요!"

인호와 수아는 빠르게 달렸다. 출입구로 갈수록 총소리가 더 커졌다. 동시에 사람들의 비명이 들리기 시작했다.

'젠장.'

인호의 얼굴이 크게 일그러졌다. 단순히 비명을 들어서 그런 게 아니었다. 전혀 줄어들 기미가 보이지 않는 총성이 그를 불안하게 만들었다.

소총은 굉장히 강력한 무기였다. 대한민국 남성들에게 익숙한 K-2 소총이나 M-16 소총이 있다면 오크나 고블린 수십, 아니 수백을 순식간에 쓸어버릴 수 있을 정도다.

그런데도 계속 총성이 울린다?

이것이 의미하는 바는 단 하나, 소총으로 감당할 수 없는 적이 나타났다는 거다. 즉, 서초역 주변에 모인 경찰들은 위기에 빠졌을 확률이 높았다.

'부디 착각이기를!'

그러나 하늘은 인호의 바람을 외면했다. 지상으로 나온 두 사람은 할 말을 잃고 말았다.

투투투투퉁!

"죽어! 죽으라고!"

"아아아악!"

대한민국의 법무 중심이라 알려진 서초역 일대. 이곳은 이미 지옥으로 바뀐 상태였다. 사방이 불타오르고 있었다. 건물도, 차도, 거리도 전부. 허나 두 사람의 시선을 사로잡은 건, 여기저기에 널린 경찰과 의경들의 시체였다.

그리고 이보다 더 두려운 사실이 있었으니,

-크허어어어엉!-

이 광경을 만든 몬스터가 고작 한 마리뿐이라는 점이었다.

5m는 될 법한 거대한 체구, 피처럼 붉은 피부를 가진 괴물은 전설 속의 거인을 떠올리게 했다. 그리고 전설만큼 흉악했다.

Quest ·   Inbox   🔍

My Quest   **튜토리얼**

서브 퀘스트   7급 몬스터 '블러디 오우거'를 처단하라!

7급 몬스터 블러디 오우거가 서초역에 모습을 드러냈습니다. 블러디 오우거는 동족을 제외한 이들을 닥치는 대로 공격하는 공격적인 몬스터입니다. 놈을 처단하여 공격받고 있는 사람들을 구하세요!

보상

①블러디 오우거의 정수(1개)
②패시브 스킬 '블러디 오우거의 존재감(1개)'
③희귀(Rare) 등급의 신발
④플레이어 포인트 7

갑작스러운 7급 몬스터의 등장.

악몽이 현실이 된 순간이었다.

타타탕!

소총의 탄환이 비처럼 쏟아졌다. 탄환은 블러디 오우거의 몸을 꿰뚫었다. 머리부터 발끝까지 모두. 그런데도 놈은 아무렇지 않다는 듯 서 있었다.

아니, 엄밀히 말하자면 공격 자체는 통했다. 살이 터지고 피가 흩뿌려지는 모습만 봐도 명백했다. 다만 엄청난 속도로 상처가 아문다는 게 문제였다. 다치자마자 살점이 아무는 게 보일 정도였다. 두 눈으로 봐도 믿어지지 않는 재생 속도였다.

쾅!

괴물은 장난을 치듯 손에 쥔 몽둥이를 휘둘렀다. 공격에 맞은 사람은 그대로 나가떨어졌다. 방패를 들고 있었고 기동복으로 온몸을 단단히 무장했는데 그 사람은 형체도 남기지 못했다.

그 뒤에도 마찬가지였다.

중대 단위의 의경과 경찰들이 탄환을 퍼부었지만, 괴물은 끄떡도 하지 않았다. 묵묵히 공격을 버티며 자신을 귀찮게 하는 놈들을 닥치는 대로 돌파할 뿐.

-당장 도망쳐라!-

본능과 무명이 동시에 경고했다. 인호 역시 그 의견에 동의했다.

자신은 분명히 강해졌다. 수라마공을 비롯하여 여러 스킬을 얻었고 칭호를 획득해서 자체 버프를 걸 수 있었다. 또 영웅화가 10%나 진행되어 진짜 영화나 게임 속에서나 나올 법한 초인이 됐다.

그러나 블러디 오우거를 상대하기에는 무의미했다. 고블린 챔피언이 반딧불이라면 저놈은 태양이라 봐도 무방했다. 싸움 자체가 성립되지 않는 괴물, 그게 블러디 오우거였다.

도망쳐야 한다.

살기 위해서는 그래야 했다. 저놈이 자신들을 신경 쓰지 않는 지금이 도망칠 수 있는 마지막 기회였다. 만약 저놈이 눈치를 채면 돌이킬 수 없는 사태가 일어나리라.

그런데도 인호는 도망칠 수 없었다. 자신을 바라보는 수아 때문에. 그녀의 얼굴은 결의로 가득 차 있었다. 무슨 말을 할지 예상이 됐고 그래서 말리고 싶었다.

"그동안 정말 고마웠어요. 인호 씨는 얼른 안전한 곳으로 피하세요."

그 말이 유언처럼 들린 건 왜일까? 허나 수아는 개의치 않고 괴물을 향해 달려갔다. 그런데 갑자기 자리에서 멈춘 그녀. 그녀는 몸을 돌려 인호를 다시 응시했다. 그리고 그에게 경례했다.

"충성!"

그 말을 끝으로 그녀는 다시 괴물에게 갔다.

"저 바보가……."

멀어져가는 그녀의 등을 쳐다보며 인호는 짧게 탄식을 내뱉었다. 그녀는 이미 공포에 질려 있었다. 그런데도 괴물에게 달려든 것이다. 퀘스트 때문이 아니었다. 단지 경찰의 본분을 다하기 위해 그녀는 나섰다.

-말려야 하는 거 아닌가? 저 괴물과 싸우는 건 무모함을 넘어 그냥 자살행위다-

'그렇겠지.'

지금 뛰어가면 수아를 잡을 수 있었다. 말릴 수 있었다. 설령 그녀가 거부한다고 해도 힘으로 제압하면 그만이었다. 마력의 재능은 그녀가 더 뛰어나지만, 그 외에는 자신이 압도적이라 충분히 할 수 있었다.

그런데도…….

그렇게 할 수 없었다.

수아는 훌륭한 경찰이었고 그에 맞는 책임감이 있었다. 그 모습을 몇 번이나 봤는데 어찌 말리겠는가? 설령 이번에 제압한다고 해도 그녀는 같은 상황에서 또 나설 게 분명했다. 그렇기 때문에 말리는 건 의미가 없었다.

결론을 내린 인호는,

덥석.

수아를 쫓아서 손목을 붙잡았다. 자연스럽게 그녀는 멈출 수밖에 없었다. 뒤를 돌아보는 그녀의 얼굴은 당혹감으로 물들어 있었다.

"이, 인호 씨!? 어, 어째서?"

"지금 싸우는 건 자살행위입니다."

상대는 총이 안 먹히는 괴물 중의 괴물이었다. 무턱대고 달려들면 시체만 한 구 더 늘어나리라.

"그래도 전 가야 해요! 저도 경찰이라고요! 인호 씨만이라도 얼른 도망치세요!"

"수아 씨가 동료 경찰들을 버릴 수 없듯이, 저도 전우를 버릴 수 없습니다."

"하지만……."

"함께 싸우겠습니다. 다만 놈을 상대할 방법을 찾을 때까지 기다려 주십시오."

담담히 말하는 인호. 수아는 아무 말 없이 그를 바라보았다. 어느새 그녀의 눈에서는 뜨거운 눈물이 흘러내리고 있었지만, 그는 애써 못 본 척했다.

'무명. 저 괴물의 재생을 막는 법을 알고 있나?'

-방법 자체는 간단하다. 공격할 때, 마력만 실으면 되니까

'마력을?'

-거대한 괴물들의 재생 원리는 간단하다. 저놈은 많은 마력을 가지고 있다. 자신도 주체하지 못할 정도로-

'재생을 하는데 마력을 쓴다는 건가?'

-그렇지. 놈은 넘쳐나는 마력을 본능적으로 생명력으로 바꾼다. 그게 재생으로 이어지고. 그래서 마력이 실리지 않는 공격은 의미가 없다-

들으면 들을수록 어처구니가 없었다. 괜히 7급이 아님을 실감했고.

'마력을 실어 공격하면 어떻게 되지?'

-다른 이의 마력이 몸에 스며들면 본인이 가진 마력의 흐름이 흐트러진다. 재생의 진행도 더뎌지지-

방법은 알았다. 동시에 인호는 결론을 내렸다.

'총은 못 쓰겠군.'

수라마공을 익히면서 마력을 다룰 수 있지만, 아직 마력을 운용하기에 미숙한 부분이 많았다. 그래도 검의 경우에는 계속 쥐고 있어서 마력을 넣기 수월했다.

이에 반해 총은 사정이 달랐다. 탄환 자체에는 마력을 주입할 수 있다. 다만 탄창에 탄환을 넣으면 바로 마력이 사라지는 게 문제였다.

그렇다고 탄창 안에 들어있는 탄환 하나에만 마력을 주입할 수는 없었다. 총구에 마력을 불어넣어 탄환에 덧씌우는 행위 역시 불가능했고. 초음속으로 날아가는 탄환에 타이밍을 맞춰 마력을 불어넣는 건 그의 능력을 한참 벗어났다.

그래도 인호는 걱정하지 않았다. 자신을 대신할 사람이 있었으니까.

"수아 씨, 저 괴물에게 제대로 타격을 줄 수 있는 사람은 당신뿐입니다."

"마력탄 때문인가요?"

"예. 저 괴물은 일반적인 공격은 다 재생해버립니다. 마력을 실은 공격만 통하는데 수아 씨의 마력탄이 가장 효과적입니다."

수라마공을 최대한 운용해서 날린 공격도 수아가 전력을 다한 마력탄에 비할 바가 아니었다. 묵린을 펼치면 엇비슷하겠지만 그건 비장의 한 수라 섣불리 사용할 수 없었고. 그러니 저 괴물을 잡기 위해서는 수아의 역할이 굉장히 중요했다.

"혹시 탱커와 딜러의 개념에 대해서 알고 있습니까?"

"알고……. 인호 씨는 또 위험한 역할을 자처하시네요. 탱커처럼 저 괴물의 어그로를 끌겠다는 거죠?"

"예. 제가 시선을 끄는 사이, 수아 씨는 빈틈이 드러날 때마다 마력탄을 쏘면 됩니다. 딜러처럼요."

인호는 속으로 웃었다. 현실에서 전략을 짜면서 게임의 용어를 사용할 거라고는 전혀 생각하지 못했다. 게임과 달리 진짜 목숨을 걸어야 한다는 점이 달랐지만.

"또 빚이 늘었네요."

"저는 빚이라고 생각하지 않습니다. 그럼 시작하겠습니다."

우우웅.

몸을 돌린 인호는 수라마공을 운용했다. 마력이 용솟음치며 그의 신체 능력을 강화했다. 처음부터 전력을 끌어올렸지만, 여전히 괴물의 기세를 떨쳐낼 수 없었다. 그런데도 그는

오히려 각오를 드러냈고,

칭호 '결코 물러서지 않는 자' 의 효과가 발동됩니다.

이에 따라 모든 능력치가 20% 상승합니다.

| Close | View |

그에 보답하듯 메시지가 떠올랐다.

콰콰콰!

몸속에서 마력이 폭발하듯 끓어올랐다. 뼈가 더 단단해지고 근육이 탄탄해졌다. 온몸에 힘이 넘쳤고 이를 느끼며 인호는 블러디 오우거를 노려보았다.

힘을 최대한 드러냈는데도 놈은 인호를 전혀 신경 쓰지 않았다. 여전히 경찰들과 싸우기 바빴다. 분명히 인호의 존재를 느끼고 있을 텐데도.

물론 상대의 심정은 이해했다. 벌레가 아무리 대단해봤자 결국 벌레 아닌가? 블러디 오우거에게 자신은 벌레와 똑같으리라. 다른 벌레보다 좀 더 강한 벌레 정도랄까?

-묵린은 최대한 아껴라-

'그럴 거다. 독충이 얼마나 무서운지 알려줘야지.'

벌레라도 다 똑같은 벌레가 아니다. 맹독을 품은 벌레는 어떠한 동물도 죽일 수 있었다. 그리고 자신에게 있어 5분 동안 모든 능력치를 30% 올려주는 묵린은 맹독이었다. 이 맹독으로 저 괴물의 숨통을 끊으리라.

'무명.'

-말해라-

'잘 부탁한다.'

-하하하! 설마 네놈한테서 그런 말을 들을 줄이야! 좋다!
최선을 다할 테니 네놈도 최대한 따라와라!-

무명의 격려를 들으며 인호는 다시금 각오를 다졌다. 반드
시 살아남을 것이다. 그리고 살아서 누나를 만나러 가리라.

당장 날뛰고 싶은 마음과 달리 인호는 섣불리 달려들지 않
았다. 오히려 차분하게 블러디 오우거를 살폈다. 아직은 공
격할 때가 아니었다.

투투퉁!

아직 남아있는 경찰의 저항은 격렬했다. 동료들이 계속 죽
어가는 모습을 봤는데도 위치를 옮기면서 끝까지 방아쇠를
당겼다.

마음 같아서는 당장 도와주고 싶었지만 그럴 수 없었다.
무턱대고 달려들었다가는 괴물들한테 죽기 전에 먼저 벌집
이 될 테니까.

"으아악!"

"김지운 수경!"

또 한 사람이 목숨을 잃었다. 곁에 있던 동료가 애절하게
불렀지만 죽은 자가 대답할 리 만무했다. 그 사이, 블러디 오
우거는 다른 놈들을 쫓아 계속 공격을 가했다.

"후퇴! 전원, 후퇴해라!"

"서초경찰서에서 다시 라인을 만든다!"

이길 수 없다고 판단한 지휘관이 육성으로 외쳤다. 살아남은 사람들은 총을 쏘는 걸 멈추고 곧바로 도망치기 시작했다. 물론 괴물 역시 가만히 있지 않았다.

-크허어엉!-

사냥감을 모두 잡겠다는 듯 움직이기 시작한 괴물. 그 모습을 본 순간, 인호는 눈을 번뜩였다. 동시에 무명이 외쳤다.

-지금이다!-

팟!

마침내 땅을 박찬 인호. 용솟음친 마력이 그의 신체를 한계까지 강화했다. 그 때문에 그는 단숨에 블러디 오우거와의 거리를 좁힐 수 있었다. 놈의 등이 보이자 인호는 높게 뛰었다. 그리고 '격을 잃은 마검'을 단숨에 내리그었다.

'빌어먹을.'

절로 욕설이 튀어나왔다.

상대는 맨살이었고 마력을 전부 실어 마검을 내리쳤다. 그런데도 몸을 제대로 벨 수 없었다. 눈에 겨우 보이는 생채기를 만든 게 전부였다. 그나마 다행이라면 총에 맞았을 때와 달리 상처가 바로 재생되지 않는다는 점이었다.

-크허어엉!-

총을 그렇게 얻어맞고도 내색하지 않았던 블러디 오우거는 바로 몸을 돌렸다. 인호를 바라보는 놈의 눈은 분노로 점철되어 있었다.

-바늘로 찔리면 아픈 것도 아프지만 굉장히 짜증 나지-

'온 힘을 다한 공격이 바늘 취급받는 건 좀 그렇지만.'

-분하면 강해져라. 다른 누구에게도 지지 않을 정도로. 왼쪽에서 온다!-

무명의 마지막 말을 듣자마자 오른쪽으로 몸을 움직이는 인호. 조금 전까지 그가 서 있던 자리에 돌기둥이 떨어졌다.

콰앙!

아스팔트 도로가 박살이 났고 파편이 튀었다. 공격을 피했는데도 인호는 순간 균형을 잃고 비틀거렸다. 공격 자체에도 마력이 실렸는지 위력이 상상을 초월했다. 그러나 블러디 오우거의 공격은 이제 시작일 뿐이었다.

-숙여라!-

황급히 몸을 낮추는 인호. 그 위로 상대의 돌기둥이 수평으로 휘둘러졌다.

단지 그뿐이었지만,

콰직!

건너편에 있던 가로수가 꺾여 부러졌다.

'미친!'

점점 강해지는 공격을 보니 어이가 없었다. 인호는 평정심을 유지하기 위해 애써 노력하면서 물러났다. 그러나 물러났다고 해서 쉴 틈이 있다는 건 아니었다.

-오른쪽이다!-

블러디 오우거가 돌기둥을 높게 들어 올렸다. 그 모습을 본 무명은 재빨리 외쳤고 인호는 이에 맞춰 피했다. 그리고 몸을 움직여 상대의 뒤를 파고든 뒤, 로드나이트의 검을 휘둘러 발목 부근을 베었다. 이번에도 생채기가 났다.

흠칫!

생채기라 해도 통증을 느꼈는지 블러디 오우거는 자기도 모르게 움찔거렸다. 그 때문에 놈은 처음으로 제대로 빈틈을 드러냈다.

타아앙!

-크아아앙!-

한 발의 총성이 주변을 뒤흔들었고 블러디 오우거의 입에서 처음으로 비명이 튀어나왔다. 그 모습을 본 인호의 입가에 미소가 떠올랐다.

그는 똑똑히 지켜볼 수 있었다. 어느새 블러디 오우거의 뒤쪽에 자리를 잡은 수아의 모습을.

수아의 사격 자세는 완벽했다. 군대 시절 후임들에게 권총은 이렇게 쏘는 거라고 알려주고 싶을 정도로. 자세를 잡은 그녀는 다시 방아쇠를 당겼다. 빛의 구체, 마력탄은 블러디 오우거의 왼쪽 어깨 부분에 작렬했고 그대로 폭발했다.

탕! 탕!

공격은 거기서 끝이 아니었다. 두 발의 마력탄이 시차를 두고 날아왔다. 한 발은 척추 부분을 강타했고 다른 한 발은 오른쪽 허벅지 뒤쪽을 꿰뚫었다.

-캬오오오오!-

비명을 지르며 괴로워하는 블러디 오우거. 고통을 버티지 못한 놈은 그 자리에서 주저앉았다. 상처가 어찌나 큰지 재생이 진행되는데도 아물 기미가 보이지 않았다.

'뭐지?'

공격이 통한 것과 별개로 인호는 의문을 느꼈다. 마력탄의 위력이 그의 예상보다 훨씬 강했다. 서초역에 도착했을 때와는 비교가 안 될 정도로. 특히 첫발은 탄환이 아닌, 포탄이 작렬한 느낌이었다.

-그 여인, 재능이 있다는 건 알고 있었는데 확실히 대단하군-

'갑자기 그게 무슨 소리지?'

-마력탄이라는 기술에 마력을 더했다. 위력을 끌어올리려고 말이다. 저 정도 위력이라면 저 괴물도 버티기 힘들 거다. 기회가 왔으니 절대 놓치지 마라!-

'그럴 거다.'

인호는 블러디 오우거의 상처를 응시했다. 아무리 놈의 몸이 튼튼해도 상처를 입은 부위까지 튼튼할 가능성은 없었다. 상처 부분만 집중적으로 공격하면 놈도 더는 버티지 못 할 테고. 인호는 상대의 허벅지 뒤쪽을 노리며 땅을 박찼다.

하지만 그것도 잠시, 그는 더는 나아가지 못했다.

-크아아아아!-

그 어느 때보다 우렁차게 외치는 블러디 오우거. 단순한 포효가 아니라는 건 듣자마자 알 수 있었다. 그래 봐야 대처할 수 있는 건 아니었지만.

[플레이어 김인호의 패시브 스킬 '용맹(Lv.12)'이 발동합니다.]

[7급 몬스터 블러디 오우거의 액티브 스킬 '피어(Lv.8)'가 '용맹(Lv.12)'을 무력화시킵니다. 플레이어 김인호가 상태 이상 '공포'에 걸립니다. 신체 능력이 20% 감소합니다.]

넘쳐흐를 것 같던 마력이 사라졌다. 활력이 사라졌고 몸이 무거워졌다. '결코 물러서지 않는 자'의 효과가 완전히 무력화된 순간이었다. 그러나 인호를 당황하게 만든 건 따로 있었다.

놈이 자리에서 일어났다. 그리고 인호는 깔끔히 무시한 채, 돌기둥을 집어던졌다. 조금 전까지 마력탄이 날아왔던 곳으로.

"안 돼!"

비명을 지르듯 외친 인호는 황급히 막으려 했다.

허나 이미 때는 늦었다.

콰아아앙!

요란한 소리가 주변을 뒤흔들었다.

수아는 사격이 용이한 장소를 찾은 뒤 그곳으로 이동했다. 그곳에는 커다란 화물차가 있었고 그녀는 이를 엄폐물로 삼았다. 몸을 가리기도 쉬웠고.

주변에 차들이 많았지만, 몸을 제대로 숨길만 한 곳은 이 화물차밖에 없었다. 몇 번 마력탄을 쏘고 나면 금방 블러디 오우거가 눈치를 채리라. 놈이 몬스터인 건 맞지만 아예 지능이 없지는 않을 것이다.

'빌딩이 더 좋을 거 같은데.'

그러나 그럴 기회는 그녀에게 주어지지 않았다. 혹시 아는 가? 빌딩으로 가는 사이, 인호가 블러디 오우거에게 당할지.

끔찍한 상상이었지만 그 가능성이 있는 상황이었다.

"아……."

화물차 뒤에 몸을 숨긴 수아는 인호와 블러디 오우거가 있는 곳을 바라보았다. 그리고 자기도 모르게 신음을 내뱉었다.

쾅! 쾅!

인호와 블러디 오우거가 치열하게 싸우고 있었다. 그의 입장에서는 한 방만 맞아도 죽는 싸움이었다. 바람 앞의 촛불이나 다름없는 신세인데도 그는 물러나지 않았다. 오히려 상대와 간격을 좁혀 끊임없이 빈틈을 찔렀다.

"인호 씨……."

처음 만났을 때부터 신기한 사람이라고 생각했다. 위기에 빠진 이를 보자마자 구하는 사람이 얼마나 있을까?

한 번쯤은 도와줄 수 있다. 남들보다 정의롭거나 아니면 양심의 가책을 못 이기는 경우가 있지 않은가.

그러나 딱 거기까지다.

사람을 계속 돕는 이는 굉장히 드물었다. 자신의 몸을 건사하기 힘든 상황에서는 더욱더 그렇고.

그런데 인호는 달랐다.

그는 자신을 한 번 구해준 것으로 인연을 끝내지 않았다. 다양한 정보를 알려줬으며 자신을 플레이어로 각성시켰다. 또 누나를 만나고 싶다는 목적이 있는데도 함께 다녔고 그 과정에서 몇 번이나 목숨을 구해줬다.

"미안해요."

그래서 수아는 인호에게 사과했다.

이곳이 위험한 장소라는 건 블러디 오우거를 보자마자 알았다. 자신이 죽을 수 있다는 사실도 물론 파악했다. 그래도 남아서 싸워야 했다. 자신은 경찰이었으니까.

그러나 인호는 예비역이라고 하지만 사실상 민간인과 다를 바 없지 않은가? 괜히 자신의 일에 엮이지 말고 얼른 누나를 만나러 갔으면 싶었다.

그런데도 인호는 끝까지 자신의 곁을 떠나지 않고 결국 위기에 봉착했다. 그럴 필요가 없었는데도.

대체 왜?

물론 인호가 자신에게 뭔가 바라는 건 예전에 눈치를 챘다. 그래도 그녀는 개의치 않았다. 사람은 자신의 목적을 위해서라면 뭐든지 하지 않는가?

사실 이제 무슨 목적으로 자신을 도와줬는지 알고 싶지 않았다. 아니, 알 필요가 없었다.

'믿을 수 있는 사람이야.'

그녀에게 있어 김인호는 이제까지 만났던 그 어떤 사람보다 신뢰가 갔다. 부모님만 제외하면.

'반드시 잡아야 해.'

수아는 결의를 다졌다.

인호는 자신을 믿고 기꺼이 위험을 감수했다. 자신은 그의 기대에 부응해야 할 의무가 있었다.

그녀는 냉정함을 유지한 채, 블러디 오우거를 살폈다.

'마력탄.'

수아가 생각하기 무섭게 마력 권총의 총구에 빛이 모여들었다. 하지만 그녀는 바로 쏘지 않았다. 대신 그 상태에서 마력을 끌어모았다. 고블린 챔피언을 잡고 난 다음에 새롭게 얻은 '마력 운용'을 이용해서.

우우웅.

몸에서 마력이 움직이는 게 느껴졌다. 이물질이 움직이는 느낌이라 굉장히 불쾌했지만, 그녀는 내색하지 않고 마력을 자신의 팔에 모았다. 그다음, 팔에 모은 마력을 총구로 보냈다.

빛의 구체가 더 밝아졌다. 허나 그녀는 멈추지 않았다. 마력을 보낼 수 있을 때까지 계속 보냈다.

번쩍!

총구에 머무른 빛이 환하게 피어올랐다. 그와 동시에,

> 플레이어 이수아가 액티브 스킬 '차지 어택'을 습득했습니다.
>
> Close | View

메시지가 나타났다.

'역시……'

예상이 맞았다.

바뀐 세상은 게임과 비슷했지만 진짜 게임이 아니었다. 자신의 의지와 상황에 따라 새로운 스킬을 만들 수 있었다.

그렇게 만들어진 차지 어택은 좋은 스킬이었다. 기존의 액티브 스킬의 위력을 강화할 수 있었으니까. 차지하는데 걸리는 시간에 따라 스킬의 위력이 정해진다는 점에서 단점이 있었지만.

'최소 3초에서 최대 1분.'

그래도 이것 하나만큼은 명백했다. 이는 반드시 인호에게 도움이 되리라.

촤악!

때마침 블러디 오우거의 등 뒤에 나타난 인호가 발목을 베었다. 놈은 자기도 모르게 움찔거렸다.

'지금!'

수아는 방아쇠를 당겼다. 총성이 주변을 뒤흔들었고 어느 때보다 커진 마력탄은 소리보다 더 빨리 날아갔다.

콰아앙!

-크아아앙!-

포탄처럼 거대해진 마력탄은 블러디 오우거의 어깨에 작렬했다. 살이 터지면서 녹색 피가 땅을 뒤덮었다. 뼈가 보일 정도의 중상을 입혔지만 아직 공격을 멈출 생각은 없었다.

탕! 탕!

3초 간격으로 두 번의 차지 어택을 날린 수아. 두 발의 마력탄은 각각 척추와 오른쪽 허벅지 뒤쪽을 꿰뚫었다.

"하아……하아……."

마력을 다 소진했는지 마력이 느껴지지 않았다. 마력을 운용하는 과정에서 체력도 크게 소모됐는지 숨을 쉬는 것도 어려웠다.

'아직이야.'

온몸이 무거워져 주저앉고 싶었지만, 그녀는 그러지 않았다. 오히려 의지를 불태우며 마력을 모으기 시작했다. 조금이라도 더 많이 공격하기 위해. 단, 이곳에서 말고.

팟!

수아는 다른 곳으로 이동하기 위해 무거워진 몸을 움직였다. 이미 세 발 연속 쐈으니 블러디 오우거에게 들키고도 남았을 테니까.

그렇게 그녀가 다른 곳으로 이동하려 할 때,

-크아아아아!-

천둥 같은 포효가 귀에 들렸다.

[7급 몬스터 블러디 오우거가 액티브 스킬 '피어(Lv.8)'를 펼칩니다. 플레이어 이수아가 상태 이상 '공포'에 걸립니다. 신체 능력이 20% 감소합니다.]

서초역 일대를 뒤흔든 포효를 듣자 몸이 더 무거워졌고 다리는 아예 굳어버렸다. 균형을 잃은 그녀는 그대로 바닥에 쓰러졌다.

"으윽!"

비명을 지르는 수아. 다만 그게 도움이 됐다. 고통으로 인해 몸의 마비가 풀려 움직일 수 있게 된 것이다. 그렇다고 그녀의 상태가 좋은 건 아니었다. 찢긴 이마와 볼에서 피가 뚝뚝 떨어졌다.

"플레이어라 다행이네."

플레이어가 되면서 몸이 튼튼해졌기에 망정이었지 하마터면 진짜 죽을 뻔했다. 안도한 그녀는 다시 자리에서 일어나려 했다.

그런데,

우우웅!

대기가 뒤흔들렸다.

당황한 그녀는 다시 얼굴을 내밀었다. 그리고 볼 수 있었다. 자신을 향해 날아오는 돌기둥의 모습을.

덜덜덜.

몸이 요동쳤다. 갑작스러운 한기 때문일까 아니면 생명이 이제 끝났다는 걸 느꼈기 때문일까? 그녀는 그 답을 알지 못했다.

죽는다.

저 돌기둥에 맞는 순간, 수아는 죽는다.

인호는 그렇게 생각했다.

블러디 오우거의 공격은 굉장히 빨랐다. 비장의 한 수인 묵린조차 펼칠 시간이 없을 정도로. 저 거대한 돌기둥에 맞는 순간, 그녀는 시체도 남기지 못한 채 목숨을 잃으리라.

그러나 세상일이 모두 예상대로 흘러가라는 법은 없었다. 때때로 예상에 어긋나는 일도 있기 마련이었다.

마치 지금처럼.

콰앙!

귀가 먹먹해질 정도로 굉음이 울렸다. 수아가 맞아서 생긴 소리가 아니었다.

'뭐지?'

흩날리는 얼음 파편을 본 인호는 당혹감을 감추지 못했다. 돌기둥에 얻어맞기 직전, 수아의 앞에 거대한 얼음 덩어리가 나타났다. 상대의 공격은 자연스럽게 얼음 덩어리로 향했고 그 때문에 그녀는 살아남을 수 있었다.

-정신 차려라, 김인호!-

무명이 귀가 아플 정도로 호통을 지르자 인호는 땅을 박찼다. 물러나는 순간, 그가 있던 자리에는 블러디 오우거의 주먹이 벼락처럼 떨어졌다. 아스팔트 파편이 튀고 땅이 가라앉는 광경은 보는 것만으로 섬뜩했다.

블러디 오우거는 분노를 표출하며 달려들려고 했다. 허나 놈은 자기 뜻을 이루지 못했다.

쾅! 쾅!

-캬오오오!-

얼음으로 만들어진 창 두 자루가 블러디 오우거의 등에 부딪혔다. 그중 한 자루는 수아가 만든 상처에 작렬했고 놈의 입에서 비명이 튀어나왔다. 결국 놈은 오른쪽 무릎을 굽히며 주저앉았다.

-아무리 동료가 위험에 빠졌다 해도 바로 평정을 잃다니, 미숙한 놈-

"반성하고 있다."

-알면 됐다. 그건 그렇고 저 인간에게 고마워해라-

"그래야지. 수아 씨를 구해준 은인인데."

인호는 블러디 오우거 뒤쪽을 바라보았다. 서울고속버스터미널로 향하는 도로 위에 애쉬블론드로 염색한 청년이 서 있었다.

나이는 20대 초반이나 중반으로 보였으며 굉장히 날카로운 인상이었다. 게다가 명품으로 온몸을 도배하고 있는 게, 마치 부잣집 도련님처럼 보였다.

"거기 너. 기껏 틈을 만들었는데 그 기회를 날리다니, 지금 뭐 하는……."

-크와아아!-

블러디 오우거가 청년의 말이 끝나기도 전에 자세를 바로 잡았다. 그다음 온 힘을 다해 바닥에 있는 아스팔트 덩어리를 걷어찼다.

"윽!"

돌기둥 못지않게 빠르게 날아가는 아스팔트 덩어리를 본 청년은 자기도 모르게 움찔했다. 그로 인해 피할 수 있는 타이밍을 놓쳤고. 이제 곧 있으면 피떡이 되겠지.

탕!

그때였다. 새하얀 구체가 날아가 아스팔트 덩어리를 박살을 냈던 것은.

분노한 블러디 오우거가 다시 청년을 향해 공격하려고 했지만, 놈은 자기 뜻을 이루지 못했다. 어느새 인호가 '격을 잃은 마검'을 휘둘러 놈의 발목을 베었기 때문에. 피가 뿜어져 나왔고 놈은 휘청거렸다.

공격을 성공시킨 인호는 물러났다. 그리고 마력탄이 날아온 곳을 향해 고개를 돌렸다.

"인호 씨! 괜찮죠? 괜찮은 거 맞죠!?"

울먹이면서 외치는 수아. 여기저기 다치긴 했지만 무사한 그녀의 모습을 보며 인호는 안도했다.

"저는 괜찮으니 걱정하지 않아도 됩니다! 그러니 전투에 집중해주십시오!"

"그럴게요! 그래도 절대 무리하면 안 돼요!"

"이런 상황에서 연애질이라니, 제정신이 아닌 거 같은데 나중에 병원에 가보는 게 어때?"

두 사람의 대화에 끼어드는 청년. 그의 말대로 아직 싸움은 끝나지 않았다. 기쁨은 블러디 오우거를 죽인 후에 누려도 늦지 않으리라.

"엄호를 부탁한다. 할 수 있겠지?"

"너나 죽지 마라. 이자까지 쳐서 빚을 받아낼 거니까."

"조금 전에 구해주지 않았나? 그것도 두 번이나. 이걸로 빚은 물론 이자까지 갚았다고 생각하는데."

"뭐!?"

청년이 어처구니없다는 표정으로 인호를 노려보았다. 인호는 어깨를 으쓱였다. 수아를 구해준 건 고맙지만 처음 보는 상대에게 빚을 질 생각은 없었다. 무엇보다 본능이 경고했다. 저놈하고 제대로 엮이지 말라고.

"MVP가 정수와 스킬을 독식하는 거로 하지. 상관없겠지? 이제 동등한 입장이니까."

"누구 마음대로 정해! 내가 빠지면……."

"그럼 빠지던가. 대신 보상은 우리가 전부 다 갖겠다."

"X새끼가!"

고래고래 소리를 지르는 청년. 인호는 가볍게 무시했다. 대신 블러디 오우거를 노려보았다. 연이은 공격으로 인해 놈은 이미 만신창이였다. 재생은 아예 안 되는지 다친 부위에서 피가 쏟아졌다.

-크르르르!-

그런데도 놈의 기세는 여전히 강렬했다. 오히려 살기는 더 강해져 뼈가 시릴 정도였다. 상처 입은 맹수가 뭔지 놈은 제대로 보여주고 있었다.

　-겁먹은 건 아니겠지?-

　'그럴 리가.'

　-정말 그리 생각하면 네가 직접 놈을 끝장내라-

　'처음부터 그럴 생각이었다. 묵린.'

　[액티브 스킬 '묵린'을 발동했습니다. 5분 동안, 모든 능력이 30% 향상됩니다.]

　화르르!

　인호의 몸을 중심으로 피어오르는 검붉은 기운. 갑자기 강렬한 기운이 느껴지자 블러디 오우거의 시선이 인호를 향했다. 다른 인간들도 위험하지만, 눈앞의 상대가 가장 위험하다고 본능이 경고했고 놈은 경고를 받아들였다.

　'그래봤자 소용없지만.'

　인호는 자신을 노려보는 블러디 오우거의 눈동자가 흔들리는 것을 놓치지 않았다. 그게 그가 노리는 바였다. 다른 사람들에게 신경 써야 하는 만큼, 놈은 자신에게만 집중할 수 없었다. 그게 틈이 될 것이고 그 틈이 놈의 목을 죄리라.

　'끝낸다!'

　더는 저 괴물의 상판을 보고 싶지 않았다. 반드시 이 자리에서 놈을 죽인다, 인호는 전의를 다지며 몸을 날렸다.

인호가 몸을 날리는 순간, 바로 그 자리에서 사라졌다.

"뭐, 뭐야!"

지켜보던 청년마저 당황할 정도로 인호의 움직임은 빨랐다. 그러나 블러디 오우거는 청년과 달리 그 속도를 포착했다.

-크르르-

하늘을 향해 고개를 들어 올린 블러디 오우거. 놈의 생각대로 그곳에는 인호가 허공에 떠 있었다. 놈은 인호를 공격하기 위해 주먹을 날리려고 했지만 뜻을 이루지 못했다.

타앙!

어느새 마력탄이 날아왔기 때문에. 마력탄은 정확히 블러디 오우거의 가슴 한복판에 작렬했고 놈은 충격으로 인해 비틀거렸다.

그 사이, 아래로 떨어지던 인호는 로드나이트의 검으로 블러디 오우거의 쇄골 바로 밑 부분을 찍었다.

중력의 법칙에 의해 검과 인호의 몸은 쭉 내려갔고 이에 맞춰 놈의 몸은 검에 의해 길게 갈라졌다. 녹색 피가 얼굴을 더럽혔지만, 그는 무시하고 놈의 몸을 양발로 걷어찼다.

-캬오오오!-

인호가 매달려 있던 자리에 블러디 오우거의 주먹이 꽂혔다. 본의 아니게 자신을 때린 놈은 고통에 몸부림쳤다.

"수아 씨!"

인호가 외치기 무섭게 두 발의 마력탄이 쇄도했다. 새하얀 구체는 블러디 오우거의 오른쪽 허벅지와 왼쪽 어깨를 연이어 파고들었다. 그러나 공격은 여기서 끝이 아니었다.

콰드득!

3m에 달하는 기다란 얼음 창이 블러디 오우거의 복부를 관통하는 거로도 모자라 등까지 뚫고 나왔다. 무시무시한 관통 능력이었다.

"좋았어!"

환호하는 청년. 블러디 오우거는 그를 한 번 노려보고는 단숨에 얼음 창을 박살을 냈다. 더는 성한 곳을 찾아보기 어려울 정도로 놈의 상태는 엉망이었지만 아직 마음을 놓을 때가 아니었다. 여전히 눈초리가 매서웠기 때문에.

-캬아악!-

이를 증명하듯 블러디 오우거는 다시 인호를 향해 달려들었다. 아니, 달려들려고 했다. 생각과 달리 균형을 잃고 바닥에 쭉 미끄러진 게 문제였을 뿐. 그제야 놈은 눈치를 챘다. 주변의 도로가 모두 얼어붙어 있다는 사실을. 눈치를 챘다고 해서 상황이 바뀌는 건 아니었지만.

"멍청한 놈."

-궁지에 몰릴수록 주변을 못 보게 되지. 그건 괴수든 인간이든 마찬가지다. 그보다 저놈도 물건이군-

'대화를 나누지 않았는데 이렇게 연계를 잘할 줄이야. 보통 놈은 아니다.'

-싸움이 끝나도 마음을 놓지 마라-

고개를 끄덕인 인호는 블러디 오우거를 노려보았다. 놈이 쓰러진 지금이야말로 전투를 끝낼 절호의 기회였다. 어떻게 해야 얼어붙은 길을 넘어 놈을 공격할 수 있을까? 고민을 마친 그는 로드나이트의 검을 바닥에 박고는 바로 품속에 손을 넣었다.

쉬에엑!

품속에 있던 단검들이 날아갔다. 다섯 자루의 단검들이 얼음으로 뒤덮인 도로에 착착 꽂히더니 그대로 블러디 오우거에게 다가가기 위한 길이 되었다. 인호는 다시 로드나이트의 검을 잡은 뒤, 단검 위에 올라섰다. 그리고 다른 단검들을 발판삼아 앞으로 돌진했다.

-어설프게 상처를 노리지 마라! 확실하게 왼쪽의 심장을 노려야 한다!-

상처를 찌른다고 해서 놈이 죽는다고 확신할 수 없었다. 놈의 상체 중 가장 멀쩡한 부분, 왼쪽 심장을 확실하게 꿰뚫어야 했다.

우우우웅!

묵린으로 증폭된 마력을 모두 '격을 잃은 마검'으로 보냈다. 마력이 흩어지려고 했지만 '로드나이트의 검'이 이를 허락하지 않았다. 마력을 안정시킨다는 성능을 증명하듯 검은 마력을 억지로 붙잡아 계속 응축시켰다.

주르륵.

그래도 무리한 것 자체는 맞았기 때문에 입에서 피가 흘러내렸다. 물론 인호는 개의치 않았지만.

조금만 더.

아직 버틸 수 있었다. 그러니 더 힘을 끌어 모으는 것도 가능하리라. 인호는 그리 생각하며 마력을 전부 검으로 보냈다.

그 순간,

번쩍!

불꽃처럼 타오르던 검붉은 기운이 마침내 뭉쳐졌다.

그 형태는 검과 같았다. 오직 빛으로만 이루어진 검.

> 플레이어 김인호가 액티브 스킬 '수라검기(Lv.1)'을 익히
> 는 데 성공했습니다. 단, 이는 깨달음에 의해 만들어진 검
> 기가 아니기 때문에 마력 소모가 30% 증가합니다.
>
> | Close | View |
> | --- | --- |

메시지가 떠올랐지만 무시했다. 시야에 담을 상대는 블러
디 오우거로 충분했다. 아직 균형을 못 잡았는지 놈은 간신
히 상체만 일으킨 상태였다.

-캬오오오오!-

처음으로 죽음의 공포를 느낀 블러디 오우거는 오른손을
얼음 바닥에 꽂고 왼손을 뻗었다. 어떻게든 인호의 공격을
막겠다는 의지가 느껴졌다.

'나야 고맙지.'

자신만 노려보는 블러디 오우거를 보며 인호는 웃었다. 자
신의 동료는 이런 기회를 놓칠 정도로 둔하지 않았다.

콰아앙!

수아는 인호의 기대를 저버리지 않고 방아쇠를 당겼다. 어
느 때보다 환한 빛의 구체가 블러디 오우거의 왼팔을 박살을
냈다.

"쌩!"

MVP를 뺏길 거라는 걸 알았는지 욕설을 내뱉는 청년. 그러면서도 그는 또 얼음 창을 날렸다. 그렇게 날아간 창은 놈의 오른쪽 종아리를 꿰뚫더니 그대로 바닥에 박혔다. 블러디 오우거는 괴성을 지르며 고통스러워했다.

"가세요, 인호 씨!"

마지막 힘까지 쥐어 짜낸 수아가 외쳤다. 그녀의 기대에 부응하기 위해 인호는 마지막 단검을 밟았다. 마침내 블러디 오우거의 품을 파고드는 데 성공했고 '격을 잃은 마검'은 오우거의 심장에 박혔다.

쾅!

포탄이 터지듯 블러디 오우거의 심장이, 가슴이, 마지막으로 등이 터졌다. 누가 보더라도 놈이 죽었다고 생각할 정도로 강력한 일격이었다.

그러나 인호는 마음을 놓지 않았다. 아직 승리를 알리는 메시지가 나타나지 않았기 때문에. 그는 마검을 손에서 놓고는 블러디 오우거의 허벅지를 박차고 높게 뛰었다. 그다음, 로드나이트의 검을 머리 위로 들어 올렸다.

우웅!

로드나이트의 검에도 예의 검붉은 빛이 나타났다. 이번에도 무리하게 마력을 운용했지만 이계의 기사가 사용한 검은 이번에도 주인의 의지를 받들어 마력을 모두 붙잡았다.

"하앗!"

이번 공격이 마지막이다. 인호는 그리 직감하며 검을 내리쳤다. 검붉은 빛의 검은 블러디 오우거의 머리를 가르더니 그 안의 뼈와 뇌까지 전부 헤집었다.

그러자,

플레이어 김인호가 서브 퀘스트, '7급 몬스터 블러디 오우거를 처단하라!'를 달성했습니다.
보상으로 블러디 오우거의 정수, 패시브 스킬 '블러디 오우거의 존재감', 플레이어 포인트 7을 획득합니다 현재 플레이어 포인트-11

Close	View

일반인 김태경을 비롯하여 총 37명의 사람을 구했습니다. 아무런 조건 없이 타인을 구하는 건 분명 영웅의 행보입니다. 영웅의 조건을 만족시킨 결과, 영웅화가 2퍼센트 진행됩니다. 현재 영웅화-10%]

Close	View

그 외에도 많은 메시지가 떠올랐지만, 이를 확인할 여유는 없었다. 인호는 자신의 손바닥에 생긴 두 개의 구슬을 꽉 붙잡고 바닥에 착지했다. 그리고 두 자루의 검을 모두 회수했다.

"후우."

무리하게 힘을 운용해서 그런 것일까? 영웅화가 진행되어 몸이 좋아졌고 상처가 다 나았는데도 시야가 흐릿했다. 몸에도 힘이 안 들어갔고.

쓰러지면 안 된다는 것을 알지만 도저히 버틸 수 없었다. 마음 같아서는 한숨 자고 싶었지만 그럴 형편이 아니라는 게 안타까웠다.

푹!

마검으로 동맥을 피해 자신의 허벅지를 찌른 인호. 피가 흘러나왔고 굉장히 아팠다. 대신 의식이 또렷해졌고 몸이 조금 가벼워졌다. 의식이 돌아온 것을 느끼자 그는 곧바로 로드나이트의 검을 겨누었다. 여유롭게 웃고 있는 정체불명의 청년을 향해.

"이것 봐라? 이게 생명의 은인한테 할 짓이야?"

"생명의 은인? 말했을 텐데, 빚은 갚았다고. 그리고."

"그리고?"

"네놈이라면 이런 상황에서 알지도 못하는 사람을 믿을 수 있나? 그것도 자신의 동료를 숨기고 온 놈을."

힘겹게 웃는 인호.

이에 반해 청년, 권태한의 얼굴에서는 미소가 사라졌다.

인호와 권태한 사이에 침묵이 감돌았다. 그러나 그것도 잠시, 그는 다시 웃으며 입을 열었다.

"동료라니, 재밌는 소리를 하는데. 자신을 찌른 것도 그렇고, 머리를 다친 거 같은데 진짜 병원 가보는 게 어때? 물론 그 전에 빚부터……."

권태한은 말을 잇지 못했다. 인호가 손가락으로 어딘가를 가리켰기 때문에. 정확히 교회를 가리키고 있는 손가락을 보며 권태한은 침을 삼켰다. 그래도 아직 완전히 여유를 잃은 건 아니었다.

'어떻게 알아냈는지는 몰라도 다 알아차린 건 아닐…….
제기랄.'

속으로 욕설을 내뱉은 권태한. 어느새 인호의 손가락은 두 사람의 뒤에 있던 웨딩홀을 가리키고 있었다.

"숨은 거로 모자라 총까지 들었군. 그런데도 널 믿으라고?"

"……어떻게 알았냐?"

"가르쳐줄 이유가 있나?"

반문하는 인호를 보며 권태한은 이를 갈았다. 상대에게 휘둘릴 수밖에 없는 상황이 마음에 들지 않았다.

'진짜 어떻게 알아낸 거야?'

권태한의 '부하'들이 지금 장소로 이동한 건 정확히 블러디 오우거가 서초역 주변을 지키고 있던 경찰들을 공격하기 시작한 직후였다.

그런데 경찰이 와해되기 직전에 끼어든 놈들이 그 사실을 어떻게 알고 있단 말인가? 죽은 경찰들에게서 총을 챙긴 건 또 어떻게 알았고? 도저히 이해할 수 없었다.

'당황스러울 거다.'

고민하는 권태한을 보며 인호는 속으로 웃었다. 아무리 머리를 굴려도 해답을 발견하지 못하리라. 그리 생각하며 슬쩍 무명에게 시선을 돌렸다.

씨익.

인호와 눈을 마주치자 무명의 입가에 미소가 떠올랐다. 숨은 이들에게는 안타깝게도 그들은 무명의 감지 영역 안에 있었다. 그는 바로 인호에게 그 사실을 알려줬고 그 때문에 그들의 위치를 확인할 수 있었다. 덤으로 총기를 소지하고 있다는 사실도.

심리적 우위는 차지했다. 이제 대화를 유리하게 이끄는 것만 남았다.

'네 덕분이다, 무명. 정말 고맙다.'

-그리 생각해주니 고맙다만 지금은 저놈에게 집중해라. 아직 안심할 때가 아니니까-

'그래야지.'

무명의 말이 옳았다. 지금은 마음을 놓을 때가 아니었다. 눈앞의 놈은 겉모습만 보면 시시껄렁한 양아치지만 그게 본 모습이 아니라는 건 이미 잘 알고 있었기 때문에.

오늘 자신과 수아를 처음 만났는데도 제대로 연계를 이룰 정도의 실력자가 아닌가. 얼음을 다루는 권능은 그 자체로 강하지만 무엇보다 그걸 다루는 능력이 뛰어났다.

게다가 이런 실력자의 곁에 총을 가진 채 숨어있는 놈들이 있었다. 어떤 일이 일어날지 모르는 만큼, 긴장의 끈을 끝까지 유지해야 했다.

"숨은 놈들에게 나오라고 해라. 대화는 그다음이다."

"생명의 은인을 너무 의심하는 거 아니야? 내가 중간에 안 끼어들면 넌 죽었다고."

"7급 몬스터의 보상이다. 이걸 독차지하기 위해서라면 수작을 부리고도 남지. 안 그런가?"

인호는 품속에 넣은 두 개의 구슬을 보여줬다. 하나는 블러디 오우거의 정수였고 다른 하나는 패시브 스킬인 '블러디 오우거의 존재감'을 익힐 수 있는, 일종의 스킬북이었다.

두 개를 모두 얻으면 큰 힘을 얻을 수 있으리라.

그런데 상대가 아무 수작도 안 부리고 바로 물러날 거라고 믿는다? 그것도 뒤통수를 치고도 남을 힘을 가진 상대를? 그런 자살 행위를 감수할 생각은 추호도 없었다.

'젠장. 호구는 아니라는 거지.'

자기도 모르게 얼굴을 찌푸리는 권태한. 인호의 예상대로 그는 블러디 오우거에게서 나온 보상을 독차지할 생각이었다. 7급 몬스터에게서 나온 보상이라면 뭐가 나왔든 간에 도움이 될 게 분명하니까. 이를 위해서라면 살인도 저지를 용의가 있었다.

그냥 죽일까?

그 생각이 권태한의 뇌리를 스쳤다.

원래라면 절대 혼자 싸우지 않았으리라. 그러기에는 아직도 혼자서 블러디 오우에게 달려들어 결국 끝장을 낸 상대의 모습이 뇌리에 선명했기 때문에. 자신과 다른 이의 도움을 받았다 해도 눈앞의 놈은 강했다.

그런데 상황이 달라졌다.

뚝뚝.

상대는 자신의 허벅지를 칼로 찔렀고 지금도 피가 흘러내려 바닥에 떨어지고 있었다. 안 그래도 창백했던 안색은 아예 새파랗게 질렸고 눈의 초점이 크게 흔들리고 있었다.

'저 정도면 할 만한데.'

권태한의 눈초리가 매서워졌다.

상대와의 거리는 대략 2m.

플레이어라면 단숨에 좁힐 수 있는 거리지만 상대는 상처를 입었다. 원거리 공격이 가능한 자신이 압도적으로 유리했다. 결론을 내린 그는 조용히 마력을 운용했다.

'뭔가 찜찜한데.'

마력을 끌어올렸지만, 권태한은 인호를 바로 공격하지 않았다. 무언가 마음에 걸렸기 때문이다. 본능이 그에게 경고했다. 중요한 사실을 하나 놓치고 있다고.

계속 고민하면서 한동안 인호를 노려보던 권태한은,

"후우. 우리 쪽만 나타나는 건 불공평하잖아? 그쪽에 있는 경찰도 나오라고 해."

언제 그랬냐는 듯 활짝 웃었다.

그러자 인호의 눈에 이채가 떠올랐다. 설마 상대가 싸움을 포기할 줄은 몰랐다. 분명 마력까지 운용하는 걸 느꼈기 때문에 더 의외였다.

-그 상황에서 참다니, 오냐오냐 소리 들으면서 자란 것 같은 놈이 굉장히 냉정하군-

'그 정도 눈치가 없었다면 진작 죽었겠지.'

무명과 짧은 대화를 나눈 인호는 눈앞의 청년을 바라보았다. 설마 상대가 자신이 판 '함정'에서 벗어날 거라고 예상하지 못했기 때문에 경계심이 더 커진 상태였다.

"왜 대답이 없어? 부를 거야, 말 거야?"

"부르지."

대답을 마친 인호는 손을 높게 들어 올렸다. 그 모습을 본 권태한 역시 손을 흔들어 신호를 보냈다. 다들 플레이어라는 걸 증명하듯 1분이 채 지나기 전에 일행에 합류했다.

"인호 씨!"

"무사하셔서 정말 다행입니다, 수아 씨. 일단 이야기는 나중에 하죠."

수아의 말을 끊은 인호는 상대방을 응시했다. 새롭게 모습을 드러낸 이들은 30대 초반으로 보이는 사내와 20대 후반으로 보이는 여인이었다. 다들 양복을 입고 있는 게 경호원처럼 보였다.

'진짜 재벌인가.'

명품만 입은 것도 그렇고 경호원까지 대동하는 걸 보면 가능성이 있었다. 다만 그런 단순한 이유로 상대를 부잣집 도련님으로 여길 수는 없었지만.

"우리 깔끔하게 끝내자. 보상은 두 개잖아? 정수하고 스킬 하나씩. 너희한테 선택권을 줄 테니까 반반 콜?"

권태한이 웃으며 제안했다. 인호는 대답을 하는 대신, 자신이 가지고 있는 두 개의 구슬을 내려다보았다.

〈블러디 오우거의 정수(精髓)〉
1.종류: 정수
2.등급: 희귀(Rare)
3.설명: 블러디 오우거가 쌓아온 힘의 응집체. 섭취할 시, 마력의 양이 대폭 늘어나며 상처 회복 시간이 빨라진다.

〈블러디 오우거의 존재감〉
1.종류: 패시브 스킬
2.등급: 희귀(Rare)
3.설명: 블러디 오우거는 7급 몬스터로서 강렬한 존재감을

가지고 있습니다. 이를 섭취할 경우, 블러디 오우거가 가진 기세를 은연중에 드러낼 수 있습니다.

둘 다 대단한 아이템이었다. 그래서 더더욱 생각을 굳힐 수 있었다. 둘 중 뭐가 됐든, 상대에게 넘기지 않겠다고.

-좋은 판단이다. 투쟁의 시대에서 네 동료가 아닌 이들은 전부 경쟁자고 적이다. 그런 놈들이 강해질 여지를 주는 건 자살행위지-

무명이 희미하게 웃으며 인호를 칭찬했다. 수아 역시 인호와 같은 생각을 했는지 어처구니없다는 표정을 지으며 따졌다.

"뻔뻔함도 정도가 있어요. 당신도 우리가 아니었다면 죽었을 텐데, 무슨 염치로 보상을 달라는 거죠?"

"경찰 아가씨. 경찰이라고 당당하게 나오는 거면 생각 바꾸는 게 좋아. 이런 세상에서 경찰이 무슨 의미야? 다 이렇게 되는 판국인데."

권태한이 수아를 비웃으며 양팔을 벌렸다. 경찰과 의경들의 시체가 사방에 널려 있었다. 살아서 도망친 이들이 있음을 알고 있지만, 그렇다 해서 마음이 편안한 건 아니었다.

"당신……."

수아의 표정이 살벌해졌다. 권태한 일행이 들고 있는 총은 전부 죽은 경찰들에게서 얻은 게 분명했다. 그런데도 경찰의 죽음을 조롱하다니, 절대 용납할 수 없었다.

"아가씨가 경찰인 건 내 알 바 아니야. 중요한 건 당신이 나 때문에 살았다는 거지. 양심이 있으면 하나 정도는 주는 게 어때?"

"웃기지……."

"시스템은 나를 MVP로 인정했다. 그래서 정수하고 스킬이 전부 다 나한테 온 거고. 네놈이 그에 맞는 활약을 했으면 둘 중 하나는 얻었겠지."

수아의 말을 끊고 끼어드는 인호.

그러자 권태한이 마음에 안 든다는 듯 얼굴을 찌푸렸다. 평생 '갑'으로 살아온 그였기 때문에 누군가에게 주도권을 빼앗겼다는 게 불만이었다. 이를 내색할 상황은 아니었지만.

"지금 상황 파악이 안 되는 거 같은데 우리가 쪽수는 더 많거든? 힘으로 뺐을 수 있는데 봐주고 있는 거라고."

"그럼 힘으로 뺏어 보던가."

"우리가 못 할 거라고 생각해? 그럼 오산인데."

"뒷감당은 책임져야 할 거다."

척!

인호가 격을 잃은 마검의 칼자루를 움켜쥐었고 수아 역시 마력 권총을 겨누었다. 이제 질세라 권태한의 경호원으로 보이는 두 남녀 역시 K-2 소총을 겨누었다.

'이걸 어쩌면 좋다…….'

권태한은 인호를 노려보았다.

원래 그의 성격이었다면 상대와 대화를 나누기 전에 우선 공격부터 하고 봤을 것이다. 좋은 보상을 남에게 넘길 이유가 전혀 없지 않은가.

문제는 그의 본능이었다.

계속 머리 한구석에서 상대와 싸우지 말라고 본능이 외쳤다. 오늘만 해도 감 때문에 몇 번이나 살아남았고 그래서 저들과 싸우는 게 영 그랬다. 마치 몬스터를 대면하고 있는 심정이랄까.

결국 권태한은 자신의 '특성'을 사용했다.

잠시 인호를 살핀 그는,

"나도 개X끼라고 생각했는데 나보다 더한 새X가 있네. 치사하고 더러워서 안 갖는다."

결론을 내렸다.

그리고는 꺼지라는 듯 손을 까딱거렸다.

권태한이 순순히 포기하자 오히려 곁에 있던 경호원들이 당황했다. 물론 그는 전혀 신경 쓰지 않았지만.

"진심인가?"

"그래, 진심이다. 다들 총 내려."

두 남녀는 잠시 망설였지만 결국 총구를 내렸다. 수아 또한 총을 내렸으며 인호는 칼자루에서 손을 뗐다.

"야, 너 이름이 뭐냐?"

"남의 이름을 알고 싶으면 자기 이름부터 대라. 그게 예의다."

"더럽게 비싼 놈이네. 권태한이다. 이제 됐냐?"

"김인호."

김인호와 권태한. 두 사람이 서로의 이름을 인식하게 된 순간이었다.

"김인호라, 오케이. 너 내 밑으로 들어와라."

"뭐?"

권태한을 만나게 된 이후, 처음으로 인호의 얼굴에 당혹감이 떠올랐다. 그만큼 어이없는 말이었으니까.

"우리 아버지가 세화건설 회장이거든. 내 밑에 들어오면 몬스터한테 보호받을 수 있어. 옆에 있는 년뿐만 아니라 네 가족도 말이야."

"……재벌이라고 이 상황에서 안전하지는 않을 텐데?"

자식한테 경호원을 맡길 정도면 회장 본인이나 다른 가족들에게도 경호원이 있으리라. 허나 그뿐이었다. 경호원이 있다고 해서 다른 사람들보다 더 안전할 가능성은 작았다.

강력한 몬스터들 앞에서 경호원 몇 명이 뭘 할 수 있단 말인가? 권태한이야 운이 좋았다 치고.

"서민이라 그런지 역시 뭘 모르네. 이걸 보면 생각이 달라질걸?"

인호를 비웃은 권태한은 자신의 목걸이를 꺼냈다. 그걸 확인하자 인호는 물론 수아와 무명의 눈동자가 크게 흔들렸다.

얼핏 보면 평범한 금목걸이였다. 허나 그 실체는 평범함과 거리가 멀었다.

〈선덕여왕의 금목걸이〉
 1.종류: 장신구(유물)
 2.등급: 고유(Unqiue)
 3.설명: 신라 27대 국왕인 선덕여왕이 애용하던 목걸이. 착용할 시, 패시브 스킬 '카리스마' 및 '왕의 지혜'가 적용된다.

"우리 할아버지 취미가 고미술품이나 유물을 수집하는 거거든. 이건 우리 그룹 박물관에 있던 거고."

"그래서?"

"이런 게 한둘일 것 같아? 그리고 겨우 목걸이가 이 정도인데 무기는 어떻겠어? 이순신 장군님의 검 같은 걸 얻으면 진짜 대박이겠지."

"국립중앙박물관이라도 털 생각인가?"

"내 밑으로 들어오면 제대로 알려줄게. 아이템도 얻고 가족의 안전도 보장받을 수 있다고. 이 정도면 대박 아니냐?"

인호의 입가에 희미한 미소가 떠올랐다. 다른 건 몰라도 이것 하나만큼은 분명했다. 권태한에게 영업의 재능은 없었다.

-설득을 정말 못 하는 놈이지만 저 목걸이는 '진짜'다. 저런 게 있으면 더 빨리 강해질 수 있겠지-

'아이템이 좋은 게 무슨 의미가 있다고. 사람이 저 따위인데.'

권태한 같은 인간하고는 죽어도 엮이고 싶지 않았다. 그가 뭘 준다 해도 그 생각이 바뀔 일은 없으리라.

"제안은 고맙다만 사양하지. 다른 사람의 비위 맞추는 건 싫어하거든."

"후회할 텐데?"

제안이 거절당했는데도 권태한은 전혀 내색하지 않았다. 오히려 당연하다는 듯 받아들였다. 처음부터 예상했다는 듯이.

"그런 일은 없을 테니 걱정하지 않아도 된다."

"오늘 진짜 별의 별 경험을 다 하네. 뭐 나중에 몬스터한테 뒈질 때가 오면 알아서 후회하겠지."

마지막까지 웃으며 악담을 퍼부은 권태한. 그 말을 끝으로 그는 자신의 경호원과 함께 교대역 방향으로 내려갔다.

다시 둘이 남게 되자 수아가 화가 잔뜩 난 얼굴로 입을 열었다.

"되게 짜증나는 사람이었어요."

"저도 그렇게 생각합니다."

"그런데 왜 저리 쉽게 포기한 건지 모르겠어요. 싸울 거라고 생각했거든요."

"감이 좋은 놈이더군요. 어쨌거나 잘 떨쳐내서 다행입니다. 저런 놈하고 어울려봤자 좋을 게 없으니까요."

권태한과 헤어졌지만, 여전히 놈이 마음에 걸렸다. 단순히 그의 제안을 거절해서가 아니었다. 이유는 모르겠지만 앞으로도 권태한과 계속 얽힐 것 같다고 할까? 굉장히 불쾌한 예감이 그를 사로잡았다. 이에 쐐기를 박듯 무명이 한 마디 덧붙였다.

-저런 놈일수록 박회(바퀴벌레)처럼 오래 살지. 거머리처럼 달라붙고 말이야-

'다시는 만날 일이 없으면 좋겠군.'

인호는 허벅지를 쓰다듬었다. 바지를 붉게 물들였던 상처는 이미 사라지고 없었다.

"도련님."

"왜 저놈들하고 안 붙었냐고?"

정찬우가 부르자 권태한이 무심한 어조로 반문했다. 이제까지 보였던 가벼운 태도는 거짓말처럼 느껴졌다.

"예. 상대가 강한 건 맞지만 크게 다친 상태였습니다. 도련님이 충분히 제압하고도 남았는데 왜 안 싸웠는지 궁금합니다."

"그거 낚시야."

"예?"

정찬우와 이지연이 눈을 동그랗게 떴다.

"몬스터를 잡으면 레벨이 올라. 특히 몬스터가 셀수록 더 빨리 오르고. 여기서 질문. 지연아, 레벨이 오르면 어떻게 되지?"

"신체 능력이 향상되면서 상처가 회복······. 아!"

탄성을 지른 이지연. 이에 반해 아직 의혹을 해소하지 못한 정찬우는 계속 질문했다.

"상처가 회복되는 건 몬스터를 잡은 직후입니다. 사냥이 다 끝난 시점에서 상처를 내도 그게 나을 리 없을 텐데요?"

"그거야 모를 일이지. 또 알아? 재생 스킬이라도 있을지 말이야. 어쨌든 놈이 나를 낚으려고 한 건 분명해. 놈의 수작에 넘어갔다면 나는 제대로 한 방 먹었을 거고."

"도련님을 죽인다는 뜻입니까?"

"저런 놈이라면 그러고도 남지. 애초에 플레이어들은 서로 경쟁자지 협력자가 아니야. 괜히 투쟁의 시대겠어?"

만일 김인호가 공격을 가했다면 권태한은 그대로 당했으리라. 김인호를 근접전에서 이길 가능성은 희박했기 때문에. 보상을 얻으려다가 목숨까지 잃을 수도 있었다.

"그래도 저희 셋이 모였다면······."

"대신 우리 중에서 누군가는 죽었겠지. 난 내 목숨이 소중해. 너희들을 잃고 싶지도 않고."

그래서 싸움을 포기했다. 전부 다 잃는 것보다는 목숨이라도 지키는 게 좋았으니까.

"도련님······."

"무슨 기분인지는 알겠는데 됐어."

자신들을 생각해주는 권태한의 말에 두 사람은 크게 감동하였다. 그는 정작 그러지 말라는 듯 고개를 흔들었다.

"어쨌든 마음에 안 드는 놈이었어. 몬스터한테 걸려 콱 뒈졌으면 좋겠네."

"겨우 둘이서 뭘 어쩌겠습니까? 저희와 달리 좋은 아이템이 있는 것도 아니고."

정찬우의 말은 일리가 있었다. 권태한은 흐뭇해하며 자신의 목걸이를 내려다보았다.

"그렇지. 희귀 등급 따위 가지고 있어 봐야 유물에 비하면 아무것도 아니지."

"유물들은 다 고유(Unique) 이상이니까요."

"그러니까. 출발선이 다른데 제깟 놈들이 까불어봤자 뭘 어쩌겠어? 그나저나, 지연아, 우리 박물관에 국보급 유물이 있던가?"

"보물은 총 12점 있고 그 중 국보는 5점 있어요."

"오케이. 일단 그것부터 다 챙기고 보자고."

목표를 정한 권태한은 성큼성큼 나아갔다. 다만 그의 머릿속은 복잡했다.

'김인호라······.'

경호원들에게는 인호를 험담했지만, 본심이 아니었다. 그도 그럴 것이 확실하게 보지 않았던가. 찬란하게 빛나는 김인호의 잠재 능력을.

'미리 살펴보기를 잘했어.'

경호원들에게도 알리지 않은 자신의 특성을 떠올리며 권

태한은 웃었다.

그의 특성은 '관찰안.'

무지개의 일곱 빛깔을 통해 다른 사람의 잠재 능력을 볼 수 있었다. 빨간색인 사람은 능력이 떨어졌고 노란색, 파란색 순으로 갈수록 잠재 능력이 뛰어났다.

물론 한계도 있었다. 스스로를 제외하면 하루에 3명밖에 볼 수 없었으니까. 그래도 사기적인 특성이라는 점은 분명했기 때문에 권태한은 만족했다.

'놈은 보석이야.'

그것도 자신을 환하게 비춰줄 보석이었다. 똑똑히 보지 않았던가. 영롱하게 빛나는 보라색 빛이 놈의 몸을 휘감고 있었다. 자신을 제외하고 보라색 재능을 가진 사람은 처음이었고 그래서 탐이 났다.

'놈을 반드시 내 사람으로 만든다.'

마침내 권태한은 결론을 내렸다.

제4장 집으로

　권태한 일행이 완전히 시야에서 사라졌다. 그러자 수아는 몸을 돌린 뒤, 고개를 푹 숙였다.

　"걱정시켜서 미안해요, 인호 씨."

　"아닙니다. 그보다 다친 곳은 없습니까? 피가 많이 난 거 같은데."

　"레벨이 올라서 다 나았어요. 그보다 허벅지는 어때요? 갑자기 찔러서 깜짝 놀랐어요."

　"저도 다 나았으니 걱정하지 않아도 됩니다."

　인호가 상처가 난 부위를 보여줬다. 그의 말대로 피만 묻었을 뿐, 허벅지 자체는 멀쩡했다. 이를 본 수아는 안도의 한숨을 내쉬었다.

　"하아. 이번에는 정말 죽는 줄 알았어요. 설마 그런 몬스터가 있을 줄이야……."

　"이제 튜토리얼이라는 걸 생각하면 더 무서워지는군요."

　"그러게요. 더 센 놈들이 나올 수 있다는 거잖아요?"

블러디 오우거 같은 몬스터가 고작 7급이었다. 그 이상의 등급을 가진 몬스터들도 앞으로 많이 나올 텐데, 대체 어디까지 강해져야 생존을 확신할 수 있을까?

거기까지 떠올린 수아는 몸을 떨었다. 본능적인 공포만큼은 도저히 막을 수 없었다.

"수아 씨는 앞으로 어떻게 하실 겁니까?"

공포에 사로잡힌 그녀를 위해 인호는 화제를 바꿨다. 반드시 다뤄야 할 문제이기도 했고.

"인호 씨는 이제 집에 가실 거죠?"

"예. 수아 씨는?"

"저는 잘 모르겠어요. 서초경찰서도 엉망이 됐고."

수아가 서초경찰서를 바라보며 한숨을 내쉬었다. 경찰서의 모든 건물이 불꽃에 휩싸인 상태였다.

거기만 그런 게 아니었다. 대법원, 대검찰청을 비롯하여 서초역 일대가 이미 아비규환으로 바뀐 지 오래였다. 건물 안에서도 몬스터가 나타나니 이상할 건 없었지만.

-살아있는 사람도 없다. 조금 전까지 싸우던 놈들은 다 저쪽으로 빠지더군-

인호가 주변을 살피고 있을 때, 무명이 서울성모병원이 있는 곳을 가리켰다. 즉, 경찰이 서초역 일대를 완전히 포기했음을 의미했다. 그러니 이곳에 더는 남아 있을 이유도 없었고.

수아 또한 이를 깨달았는지 굳은 얼굴로 입을 열었다.

"싸우는 동안에 증원 부대가 안 오는 걸 보면 상부는 아예 이곳을 포기한 거 같아요."

"경찰서까지 붕괴됐을 때의 매뉴얼은 없습니까?"

"작년 을지훈련 때, 전시상황에서는 지정된 군부대의 통제를 받는다고 교육받았어요. 그런데……."

"어딘지 모르는 겁니까?"

"훈련 당일엔 청사로 파견 나가서……."

말끝을 흐리는 수아. 그녀의 얼굴에는 아쉬움이 가득했다. 허나 인호는 그녀를 탓할 마음이 없었다. 그녀의 잘못이 아닌데 왜 지적하겠는가?

"그럼 저와 함께 움직이는 게 어떻겠습니까? 전 누나를 만나면 바로 남태령으로 갈 생각입니다."

"남태령이요? 거긴 왜요?"

"거기에 수도방위사령부가 있습니다. 이미 전시 상황처럼 통제하고 있겠죠. 사당역까지 가면 바로 근처니 함께 가시죠."

"경찰인 제가 군부대에 바로 가도 될까요? 사당역이라면 차라리 방배경찰서로 가는 게 좋을 거 같아요."

수아의 말이 일리가 있었지만 인호는 고개를 저었다. 평시라면 그녀의 말이 옳지만, 현재는 전시였다. 전시에는 또 다른 규칙이 적용되는 걸 그는 잘 알고 있었다.

"아닙니다. 전시통제계획으로 군이 경찰을 통제해서 치안을 관리하고 있을 가능성이 높습니다."

"그럼 방배경찰서 쪽은 다 그쪽에 합류했겠네요?"

"현재로선 그럴 가능성이 높습니다. 그러니 저와 함께 가지 않겠습니까?"

"당연히 같이 가야죠. 잘 부탁드려요."

그제야 활짝 웃는 수아.

그렇게 두 사람의 목적지가 결정됐다.

"그럼 몬스터도 없는 거 같으니 보상을 확인하죠. 이것들도 나눠야 하고."

"정수하고 스킬이죠? 제가 그 '블러디 오우거의' 존재감을 익히면 될까요?"

"수아 씨가 정수를 흡수했으면 합니다. 스킬은 제가 익히고."

"인호 씨가 놈을 잡았으니 상관없는데……. 그래도 정수를 흡수하는 게 인호 씨한테 더 좋지 않을까요?"

수아는 인호가 쥐고 있는 '블러디 오우거의 존재감'을 바라보았다. 왜 저걸 선택했는지 이해할 수 없었다. 아무리 봐도 정수가 더 좋아 보였기 때문에. 정수를 먹으면 마력의 양이 대폭 증가하고 상처 회복 속도가 빨라지지 않는가?

"저보다 수아 씨가 정수를 먹어야 효과를 제대로 살릴 수 있습니다."

"제 권능을 생각하면 그렇긴 한데 그래도 상처 회복 시간이 있잖아요?"

"전 그걸 안 먹어도 상처 회복 속도가 빠릅니다. 그에 비해 수아 씨는 어떻습니까? 마력의 양이 늘어나는 속도는 빠르지만, 신체 발달은 더디지 않습니까?"

"그건……. 그 말 대로네요."

처음 남부터미널역을 떠났을 때만 해도 인호와 크게 차이가 없었다. 하지만 이제 상황이 바뀌었다. 영웅화와 패시브 스킬 때문에 인호의 신체 능력은 빠른 속도로 발달했다.

그에 반해 수아는 레벨업을 했을 때, 마력의 양이 늘어나고 그와 관련된 스킬의 레벨이 상승했다. 분명 초인의 신체인 건 맞지만 이제 인호에 비하면 확실히 부족한 감이 있었다.

"그러니 정수는 수아 씨가 먹는 게 좋다고 생각합니다."

"그러면 정수는 제가 먹을게요. 그런데 인호 씨는 벌써 이 스킬의 효과를 이해했나 봐요? 전 아무리 봐도 모르겠던데."

"간단합니다. 블러디 오우거 곁에 다른 몬스터들이 있었습니까?"

"아뇨. 한 마리도 없었잖아요. 지금도 하나도 안 보이고. 어라?"

침착하게 인호의 질문에 대답한 수아. 그 때, 한 가지 생각이 그녀의 뇌리를 강타했고 눈동자가 크게 흔들렸다.

'블러디 오우거가 한 마리만 있었어!'

그 외에 다른 몬스터들은 코빼기도 보이지 않았다. 심지어 시체조차. 그렇다고 몬스터들이 갑자기 사라졌을 가능성은 작았다.

"다른 몬스터들이 안 온 이유가⋯⋯. 블러디 오우거 때문이라는 건가요?"

"제 생각은 그렇습니다."

"일리는 있어요. 다만 그것만으로는 근거가 부족하지 않을까요?"

"여태까지 만난 몬스터들은 전부 동족끼리 뭉쳐있었습니다. 고블린은 고블린끼리, 오크는 오크끼리."

"확실히 그랬어요."

남부터미널역에서는 고블린들만 나왔고 교대역에서는 오크들만 나왔다. 차이가 있다면 고블린 쪽에서는 챔피언이 나왔지만, 오크 쪽에서는 나오지 않았다. 딱 그 정도의 차이였다.

"그걸 보면서 확신했습니다. 몬스터라고 해서 서로 어울리는 건 아니라고요."

"적대할 수도 있다는 거네요?"

"거기까지는 모르겠습니다. 그 경우가 저희한테 가장 이상적이긴 합니다만 중요한 건 몬스터들이 전부 함께 하는 건 아니라는 거죠."

"그러면 이 상황도 말이 되네요. 다른 몬스터들이 블러디 오우거에게 겁을 먹고 여기에 안 왔다는 거니."

"그런 이유로 이 스킬을 얻으면 다른 몬스터들이 저희를 두려워할 확률이 높습니다. 블러디 오우거라 착각해서요. 가설 단계지만 가능성은 높습니다."

거기까지 들은 수아는 한숨을 내쉬었다. 논리적인 대답이었지만 그 안에 깃든 숨은 의미를 모를 수가 없었다.

"그렇긴 한데, 결국 인호 씨는 또 도박하는 거네요. 인호 씨처럼 위험을 자초하는 사람은 처음 봤어요."

만약 블러디 오우거의 존재감이 꽝이라면? 결국 자신만 좋은 걸 얻는 게 아닌가. 그런데도 인호는 그 점을 내색하지 않았다. 이래저래 존경받아 마땅한 사람이었다.

"누나를 조금이라도 빨리 만나고 싶으니까요. 굳이 정수를 먹지 않아도 전 대체할 다른 수단이 있습니다."

영웅화라는 특성이 있는 이상, 정수의 효과는 언제든 볼 수 있었다. 그렇기 때문에 미련을 두지 않았지만, 수아에게 자세히 알려줄 필요성은 못 느꼈다.

"알았어요. 일단 저부터 정수를 흡수할게요. 그동안 잘 부탁해요."

"알겠습니다."

수아는 곧바로 정수를 삼켰다.

번쩍!

정수를 흡수하자마자 붉은빛이 수아의 몸에서 피어올랐다. 그렇게 나타난 빛은 빠른 속도로 그녀의 전신으로 빨려들어갔다. 우드득 소리와 함께 신체가 바뀌는 과정이 선명하게 들렸다.

-역시 마력의 권능 소유자답군. 본디 정수와 내단은 흡수하는 과정에서 손실되는 기운이 있는데 그 기운마저 모조리 자신의 것으로 삼다니-

'역시 이게 정답이었군.'

수아는 더 강해져야 했다. 그녀가 강해지는 만큼, 자신이 짊어질 부담감도 줄어드니까.

"후우."

정수의 기운을 전부 흡수한 수아가 숨을 깊게 내쉬었다. 그리고 눈을 뜨더니 해맑게 웃으며 질문했다.

"저 조금 강해진 거 같나요?"

"많이 강해졌습니다."

이전과는 전혀 다른 기세가 수아의 몸에서 흘러나오고 있었다. 지금의 그녀라면 블러디 오우거와 싸워도 조금 전처럼 쉽게 위기에 빠지지 않으리라.

"고마워요. 보상은 뭘 골라야 하려나요?"

말과 달리 수아의 고민은 금방 끝났다. 공간이 갈라지더니 그녀의 앞에 갈색의 하이 부츠가 나타났다.

"빨리 고르셨군요?"

"고르기 쉬웠어요. 보자마자 이거 다 싶었거든요."

"어떤 성능인지 궁금하네요."

"환영의 부츠라는데 분신을 한 명 만들어줘요. 실체가 있는 분신인데 5분 동안 유지할 수 있어요."

"좋은 스킬이군요."

수아의 입가에 자신만만한 미소가 떠올랐다. 실체가 있는 분신이라면 사실상 일행이 하나 더 늘어난 셈이었다. 그만큼 일행의 전투력이 오르는 거니 좋은 상황이었다. 그 외에도 다양한 용도로 사용할 수 있었고.

"스킬까지 쓸 수 있는 겁니까?"

"쓸 수 있긴 한데 위력이 1/10로 감소해요. 무기는 복제할 수 없어서 다른 무기를 사용해야 하지만요."

"수아 씨 입장에서는 상관없는 단점이군요."

"정말 그래요. 쓸모 있는 특성이 생겨서 다행이에요."

그녀의 특성은 인벤토리. 평소에 무기들을 넣어뒀다가 필요할 때 주면 그만이었다. 그리고 지금 이곳에는 K-2 소총들이 널려 있었다.

"인호 씨 차례에요. 제가 지켜드릴 테니 안심하고 보상을 얻으세요."

"예."

과연 '블러디 오우거의 존재감'은 어떨까? 부디 꽝이 아니기를. 인호는 진심으로 빌었다.

꿀꺽.

스킬이 깃든 구슬을 삼킨 인호. 삼키자마자 메시지가 나타
났다

> 플레이어 김인호가 패시브 스킬 '블러디 오우거의 존재
> 감(Lv.1)'을 익히는 데 성공했습니다. 9급 몬스터들은 당
> 신의 존재감을 느끼는 순간 곧장 도망칠 것이며 8급 몬스
> 터들은 극심한 혼란을 겪을 겁니다.

Close	View

'역시!'

자신의 가설이 옳다는 것을 확인한 인호의 입가에 미소가
떠올랐다. 8급 이하로 한정됐지만 몬스터가 자신을 피하게
됐다. 정체를 알 수 없는 몬스터들이 미쳐 날뛰는 세상에서
이보다 더 좋은 능력이 있을까?

-기쁜 건 알겠는데 너무 안심하면 곤란하다-

'부작용이라도 있나?'

-부작용이라면 부작용이지. 앞으로 커다란 괴물들은 너
한테 호승심이나 호기심을 느낄 거다-

'어째서?'

-그 존재감 자체가 놈들이 가진 본능을 자극하거든. 괜히
약한 놈들이 도망치는 게 아니다-

'조언 고맙다. 그 부분도 신경 써서 움직이지.'

무명의 경고가 두려움을 자극했지만 어쩌겠는가. 놈들이
무서워도 이대로 가만히 있을 수는 없었다. 무엇보다 잡다한
놈들을 상대하지 않아도 된다는 게 좋았고.

무명과의 대화를 마친 인호는 바로 아직 읽지 않은 메시지

들을 확인했다. 그러자 또 다른 메시지들이 나타났다.

> 패시브 스킬 '하급 검술'의 레벨이 소폭 상승합니다.
> 현재 하급 검술의 레벨-16
>
> 영웅화가 10퍼센트를 넘음에 따라 체질 개선이 진행됩니다.
> 또 모든 스킬 레벨이 1씩 상승합니다.
>
> | Close | View |

인호는 눈을 감았다. 자신의 변화를 받아들이기 위한 준비 과정이었다.

우드득.

용솟음친 마력이 거침없이 신체 내부를 휘저었다. 동시에 뼈와 근육, 신경 등 신체 내부가 바뀌기 시작했다. 더 질기고, 더 튼튼하게 말이다. 마력 회로가 넓어지면서 마력의 양 또한 많이 늘어났고.

그러나 변화는 아직 끝나지 않았다. 10퍼센트를 넘어서 그런 것일까? 5퍼센트와 달리 패시브 스킬들이 몸에 녹아들었다. 그 때문에 새로운 지식을 손에 넣었다. 마력을 효율적으로 다루는 법, 검을 휘두르는 법 등 여러 가지 지식을.

"후우."

숨을 깊게 내쉰 인호는 천천히 눈을 떴다. 아까 전과 똑같은 세상이었지만 전혀 다르게 보였다. 아예 감각 자체가 바뀐 기분이랄까? 익숙하지 않았지만 느낌 자체는 좋았다.

그러나 인호는 새로운 감각에 취하지 않았다. 아직 보상으로 아이템을 고르는 과정이 남았으니까.

네임드 몬스터가 아니라 그런지 MVP가 됐어도 보상이 강화되지 않았지만 그렇다 해도 희귀(Rare) 등급. 분명히 좋은 신발을 얻을 수 있으리라.

인호의 예감은 맞았다. 그래서 더 문제였다. 고르는 게 정말 어려웠으니까.

〈은신의 구두〉

1.종류: 구두

2.등급: 희귀(Rare)

3.내장 스킬: 투명화(Cloaking)

4.설명: 이계의 마법사가 만든 신발. 빛을 굴절시켜 대상자를 투명하게 보이게 할 수 있다. 투명화를 한 번 발동하면 5분 동안 유지되며 일정 수준 이상 충격을 받으면 해제된다. 또 하루에 한 번 발동할 수 있다.

〈점멸의 운동화〉

1.종류: 운동화

2.등급: 희귀(Rare)

3.내장 스킬: 점멸(Blink)

4.설명: 이계의 마법사가 만든 신발. 50m 이내를 도약할 수 있는 점멸이 걸려 있다. 단, 점멸은 하루에 두 번 사용할 수 있다.

'미치겠네.'

보상 목록을 보는 순간, 두통이 느껴졌다. '아빠가 좋아? 엄마가 좋아?'를 들었을 때 이후로 제일 어려운 문제이리라.

투명화란 능력은 어떤가?

상대에게 보이지 않는다는 점은 굉장한 강점이다. 생물의 감각은 대부분 시야에 집중되어 있지 않은가? 상대가 보이지 않으면 대부분 혼란에 빠지기 마련이었다.

물론 투명화가 되어도 흔적은 남는다. 허나 짧은 시간에 승부가 정해지는 전투에서 이를 재빠르게 파악할 수 있는 이가 얼마나 있을까?

그렇다고 점멸이 나쁘냐고 하면 그건 아니었다. 생존 가능성이라는 측면에서 볼 때, 투명화를 압도하니까. 예를 들어 절대 피할 수 없는 공격을 한 번은 반드시 피할 수 있는 게 아닌가? 도주라는 측면에서 최고였다.

공격용으로도 충분히 써먹을 수 있었다. 적의 의표를 찔러 기습을 할 수 있고 블러디 오우거 같은 거대한 몬스터들이 가진 이점인 높이를 무시할 수 있었다.

'한 방에 고르고 싶다, 한 방에.'

이러다 정말 선택 장애가 생기지 않을까? 인호는 머리를 부여잡으며 고민에 빠졌다.

얼마나 고민했을까?

한참 고민하던 인호는 천천히 손을 뻗었다. 그리고 보상 목록의 아이템 중 하나를 선택했다.

[플레이어 김인호가 '점멸의 운동화'를 선택했습니다.]

　공간이 갈라지더니 인호 앞에 신발 한 켤레가 나타났다. 신발은 발목까지 감쌀 수 있는 검은 캔버스화의 형태를 취하고 있었다. 수아가 얻은 '분신의 부츠'도 그렇듯 굉장히 현대적인 디자인이었다.

　"고르기 힘들었나 봐요? 20분은 걸린 거 같은데."

　"투명화하고 점멸 중 하나를 고르라고 하더군요."

　"오래 걸릴 만하네요. 그래서 뭘 골랐어요?"

　"점멸입니다."

　투명화는 분명 좋은 능력이었다. 공격, 도주 등 어느 상황에서나 써먹을 수 있으니까. 만능이라고 해도 과언이 아니었다. 지금도 그걸 선택하지 않아 아쉬운 마음이 있었다.

　"그렇게 아쉬워하시면서 왜 점멸을 택했나요?"

　"점멸은 당장 죽을지 모르는 상황에서 바로 벗어날 수 있게 해줍니다. 이보다 생존에 특화된 능력을 찾는 것도 힘들죠."

　"그건 그렇죠."

　"강해지는 것도 중요하지만 살아남을 수 있는 수단부터 확보하는 게 좋다고 봤습니다."

　튜토리얼조차 이렇게 위험한데 투쟁의 시대가 본격적으로 시작되면 얼마나 위험해질 것인가? 이를 대비하기 위해 점멸을 택했다. 광역 공격에 약점을 가진 투명화보다는 바로 멀리 도망칠 수 있는 점멸이 나았다.

　설명을 마친 인호는 자신이 신고 있던 신발을 벗고 '점멸의 운동화'를 신었다. 무게가 전혀 느껴지지 않았고 착용감 또한 굉장히 좋았다.

"보상도 다 얻었겠다, 이제 사당역에 가면 되겠네요."

"예."

가볍게 대답하는 인호.

허나 그의 기분은 절대 좋지 않았다. 가슴 속을 가득 채운 불안감 때문에.

'누나.'

현재 시각은 16시 42분.

투쟁의 시대가 시작된 지 어느덧 다섯 시간을 향해 가고 있었다. 플레이어가 됐다면 모를까, 일반인이라면 살아있을 가능성은 없었다.

'인호 씨.'

수아는 인호의 눈동자가 흔들리는 것을 놓치지 않았다. 그에게 다가간 그녀는 조심스럽게 그의 손을 붙잡았다. 조금이라도 그가 힘을 냈으면 싶었다.

"누나분은 살아있을 거예요. 그러니 긍정적으로 생각해요."

"감사합니다."

단순한 위로였지만 그 한 마디가 마음을 울렸다. 솔직하게 고마움을 전한 뒤, 인호는 몸을 돌렸다.

팟!

그대로 땅을 박찬 인호. 수아는 그런 그의 뒤를 따라 몸을 날렸다. 그 순간, 두 사람 모두 매우 놀랐다.

"와아!"

"이건……."

플레이어가 된 직후부터 계속 신체가 발달했지만 지금 느끼고 있는 기분은 이전과 전혀 달랐다. 아예 새로 태어났다는 느낌이 들 정도로 몸이 가벼웠고 또 힘이 넘쳤다.

"이 정도 속도라면 10분 안에 사당역에 도착하겠는데요?"

"블러디 오우거 같은 놈만 안 만나면 가능할 거 같습니다. 그 이하는 문제 될 게 없으니까요."

"제발 그 스킬이 통했으면 좋겠네요."

"확인해보죠."

인호가 손가락으로 전방을 가리켰다. 서초역에서 방배역으로 향하는 언덕길에 몬스터들이 서 있었다.

온몸이 비늘로 덮여 있으며 도마뱀의 머리를 가진 몬스터, 바로 '리자드맨'이었다. 그들의 숫자는 총 20마리였으며 고블린이나 오크들처럼 무장한 상태였다. 놈들은 일행이 있는 방향으로 빠르게 다가오고 있었다.

철컥.

수아는 바로 마력 권총을 뽑아 겨누었다. 인호 또한 두 자루의 검을 모두 뽑았다. '블러디 오우거의 존재감'이 통하면 전투 없이 이 상황을 넘길 수 있었다. 다만 안 통할 가능성도 신경 써야 했다.

저벅저벅.

리자드맨들이 가까이 다가올수록 긴장의 강도가 높아졌다. 두 사람은 언제든 싸울 수 있게 전의를 다지며 적들을 노려보았다. 마침내 리자드맨들이 두 사람의 존재를 눈치챘다.

싸울 것인가?

아니면 도망칠 것인가?

두 사람은 침을 꿀꺽 삼켰다.

-캬아아악!-

-키에에엑!-

갑자기 울부짖는 리자드맨들. 일행을 본 놈들은 크게 당황하더니 그대로 몸을 돌렸다. 그리고는 꽁지가 빠지게 도망치기 시작했다. '블러디 오우거의 존재감'이 자신의 역할을 다한 순간이었다.

"와아! 진짜 몬스터들이 도망쳐요!"

"다 도망치지는 않았지만요."

-케에엑!-

-끼아악!-

인호의 시선이 남아있는 리자드맨들을 향했다. 다른 리자드맨들보다 머리 하나가 더 컸고 무장의 수준도 더 뛰어났다.

8급 몬스터 리자드맨 워리어, 그게 남아있는 몬스터들의 정체였다. 놈들은 비틀거리면서도 도망치지 않았다. 오히려 인호와 수아를 노려보았다. 그래봤자 두 사람에 전혀 위협이 될 게 없었지만.

"제가 처리할게요."

탕!

말이 끝나기 무섭게 방아쇠를 당기는 수아. 마력 권총의 총구에서 발사된 순백의 마력탄이 워리어의 머리를 박살을 냈다.

당황한 놈들은 그제야 도망치려 했지만 수아는 자신의 사냥감을 놓치지 않았다. 그녀가 연거푸 방아쇠를 당길 때마다 리자드맨 워리어들의 머리가 터졌다.

겨우 30초 걸렸다. 다섯 마리의 워리어들이을 죽이는 데까지.

"대단하군요."

인호는 진심으로 감탄했다. 단순히 정확도가 뛰어나다는 걸 넘어 총을 다루는 솜씨가 일취월장했다. 마력탄의 위력은 훨씬 강해졌고.

"에이. 제가 뭐 대단한 게 있나요? 스킬 레벨이 올라서 그런 거죠. 좋은 스킬도 많이 생겼고"

"강력한 스킬이 있다 해도 당사자가 제대로 써먹지 못하면 의미가 없습니다. 자부심을 가져도 좋습니다."

"고마워요. 그건 그렇고 그 스킬 최고네요. 혹시나 하였는데."

몬스터가 나타난 이후, 이렇게 편하게 싸웠던 적이 있던가. 앞으로도 계속 이랬으면 좋겠다는 생각이 들 정도로 '블러디 오우거의 존재감'은 대단한 스킬이었다.

그런데 그때였다.

탕! 타앙!

쾅! 콰콰쾅!

언덕 아래쪽에서 총성과 굉음이 울렸다. 뒤이어 몬스터들이 울부짖는 소리도 들렸다. 전투가 일어난 게 분명했다. 그러자 인호와 수아는 난감하다는 얼굴로 서로를 응시했다.

"……아마 저희 때문이겠죠?"

"그럴 가능성이 높습니다."

방배역 주변에는 아파트와 상가가 많기 때문에 자연스럽게 사람도 많았다. 정황을 볼 때, 도망친 리자드맨들이 역 근처에 있던 사람들과 부딪쳤을 확률이 높았다.

"책임져야겠네요."

"저희 잘못일 수 있으니까요."

인호는 순순히 대답했다. 허나 대답과 별개로 마음은 편치 않았다. 누나를 만나러 가는 게 왜 이리 힘들까? 그렇다고 자신 때문에 피해를 봤을지 모르는 사람을 외면할 수는 없는 노릇이었다.

그렇게 인호가 싸울 준비를 할 때,

-싸울 필요 없다-

갑자기 무명이 말을 걸었다.

의아함을 느낀 인호는 수아와 함께 언덕 위로 올라갔다. 그리고 무명이 왜 그런 말을 했는지 이해했다.

"경찰이에요!"

"플레이어도 있는 것 같군요."

언덕 아래에는 두 명의 경찰과 백여 명에 가까운 시민들이 모여 있었다. 경찰 둘은 모두 플레이어였고 그들 외에는 청년 둘과 중년 남자 한 명이 각성한 상태였다.

그들 주변에는 조금 전에 도망친 리자드맨들의 시체가 쓰러져 있었다. 놈들과 달리 사람들은 아무도 다치지 않았고. 정황을 볼 때, 저기 있는 플레이어들이 사람들을 무사히 지킨 게 분명했다.

"후우. 아무도 안 다쳐서 정말 다행이네요."

"그러게 말입니다."

"인호 씨는 어떻게 할 건가요? 합류하실 거예요?"

"아직은 잘 모르겠습니다. 그래도 접촉할 가치는 있군요. 다른 곳의 상황을 알 수 있으니까요."

계속 둘이서만 움직여 제대로 정보를 모으지 못했다. 저들과 합류해서 주변 상황에 대해 알아내는 게 앞으로 움직일 때 도움이 되리라.

'경계는 해야겠지만.'

이런 세상에서 사람을 무조건 믿을 수는 없었으니까. 인호는 그리 생각하며 언덕 아래로 내려갔다.

타앙!

머리가 희끗희끗하고 이마에 주름이 많은 중년 남자가 방아쇠를 당겼다. 그러자 그에게 달려들던 리자드맨의 머리가 박살이 났다. 놈을 마지막으로 일행을 습격했던 리자드맨 무리는 전멸했다.

"우리를 노리고 온 거 같지는 않은데. 뭐 때문에 온 거지?"

"소장님 말씀대로라면 놈들한테 다른 목적이 있었다는 거군요?"

이수파출소의 이정호 경감이 리자드맨들의 시체를 보며 눈살을 찌푸렸다. 그러자 건장한 체격을 가진 청년이 그에게 다가왔다. 이정호와 같은 곳에서 근무하는 박준우 경장이었다.

"이제까지 만난 몬스터들은 다 우리를 사냥하려고 왔는데 이놈들은 뭔가 달라. 뭔가에 쫓기는 느낌이랄까?"

"그 뭔가가 뭔지 중요하겠군요. 더 강한 몬스터라던가. 최악의 사태만큼은 피하고 싶은데 말이죠."

"후우. 나도 그랬으면 좋겠다. 지금 전력으로는 여기 있는 사람들도 지키기 힘드니 원."

한숨을 내쉰 이정호는 그대로 뒤를 돌아보았다. 남녀노소에 상관없이 약 100여 명의 사람이 있었다. 이수파출소 주변에 살던 주민들로 그와 박준우를 비롯한 경찰들이 목숨을 던져 구해서 이 자리에 있을 수 있었다.

'희생도 컸지.'

주민들을 구하는 과정에서 10명이 넘는 경찰들이 목숨을 잃고 그와 박준우만 남았다. 그렇다고 주민들을 비난할 마음은 없었다. 그와 죽은 이들 모두 경찰로서 의무를 다했을 뿐이니까.

"그나마 도와주신 분들이 계셔서 다행이었죠. 만약 그분들이 없었다면 전멸했을 테니까요."

"고마운 사람들이지."

이정호의 시선이 무리의 중심을 향했다. 그곳에는 두려움에 질린 사람들을 달래는 이들이 있었다.

한 사람은 이정호보다 더 나이든 사내로 얼마 전까지 연대장이었던 예비역 대령이라고 자신을 소개했다. 나머지 두 사람은 20대 중반의 청년들로 평범한 군필자였다.

"플레이어라……. 세상이 어쩌다 이렇게 됐는지 원."

	Status	Inbox°	
My Staus ∨ **이정호**		**레벨** 8	
고유 능력 인챈트		**플레이어 포인트** 8	
액티브 스킬		**패시브 스킬**	
영광의 무기 (Lv.2)		없음	
용맹의 포효 (Lv.1)			

이정호는 자신의 정보를 보며 한숨을 내쉬었다. 플레이어로 각성했고 여러 번 능력을 사용했지만, 여전히 낯설었다. 현 상황을 이해할 수 없었고 무엇보다 가족이 걱정됐다. 누군가에게 이를 내색한 적은 한 번도 없었지만.

"그나저나 여기까지 오는 데 얼마나 걸렸냐?"

"한 시간 사십 분입니다."

"2km도 안 왔는데 그렇게 걸렸다고? 너무 느려. 이래서야 오늘 중으로 남태령에 가겠어?"

"아이들과 노인들이 많아 더 빨리 가는 건 어렵습니다. 그게 아니더라도 계속된 습격으로 다들 많이 지쳤고요."

박준우가 난감해하자 이정호는 다시 한숨을 내쉬었다. 어찌 그 사실을 모를까? 문제는 힘들다고 속도를 늦출 수 없다는 점이었다. 한시라도 빨리 남태령에 도착해야 했다.

"알아. 나도 안다고. 근데 밤이 오면 다 끝장이야. 애들이나 노인들이 겨울밤을 버티겠어? 몬스터들의 움직임을 파악하는 것도 어려워지겠지."

"……노력해보겠습니다."

"힘든 거 다 안다. 네 시간 이상 오지게 싸웠고 그 와중에 동료도 잃었지. 그래도 우리는 경찰이다. 시민을 지켜야 하는 경찰."

박준우의 어깨를 토닥이는 이정호. 그 역시 마음이 불편했지만, 지금은 사람들을 일일이 배려할 때가 아니었다.

'스킬을 쓸 수만 있으면 좋을 텐데.'

액티브 스킬 '용맹의 포효'는 이 상황에서 가장 필요한 스킬이었다. 30분 동안 그를 따르는 사람들에게 신체 능력을

10%를 상승시켜주는 버프 '고양'을 걸어주니까.

문제는 효과가 좋은 만큼, 페널티 역시 상당하다는 점이었다. 버프가 해제되면 30분 동안 상태 이상 '탈진'에 빠져버린다. 그 상황에서 몬스터가 일행을 덮치면 전멸할 게 분명했기 때문에 스킬을 도저히 사용할 수 없었다.

"후우. 싸울 수 있는 놈이라도 더 생겼으면 좋겠는데 말이야."

"안 그래도 플레이어가 되고 싶어 하는 사람들이 있습니다. 그들을 받아들이면 어떻겠습니까?"

"아까 전의 학생들? 걔들은 안 돼. 단체 생활을 해보지 않은 놈들은 통제하기 어려워."

단호한 태도로 대답한 이정호. 용기 있게 나선 사람들에 대해 고마움을 느꼈다. 그러나 그는 끝내 지원자들이 플레이어가 되는 걸 막았다.

"만약 걔들이 흥분하면 어쩔 거야? 우리가 말릴 수 있다고 생각해? 아니, 말릴 수는 있겠지. 다만……."

"뒷감당을 못하겠죠. 시민들은 더 불안해할 거고."

"그래. 물론 우리나라 경찰이나 군인들이 실전을 경험한 건 아니지만 그래도 훈련받은 사람들과 아닌 사람은 차이가 있다고."

총을 쥔다고 다 군인인가?

아니다. 주어진 명령을 철저히 이행하며 싸우는 이들이 군인이다. 그래서 미필이나 학생들을 받아들이지 않았다. 용기만으로 할 수 없는 일이 많다는 걸 이정호는 잘 알고 있었다.

"어디서 뚝 떨어졌으면 좋겠는데, 응?"

계속 한탄하던 이정호는 얼굴을 찌푸렸다. 언덕에서 무언가가 다가오는 게 보였다. 몬스터일지 모르기 때문에 그는 다시 권총을 뽑았다. 그러나 그것도 잠시, 그는 권총을 내려야 했다.

그도 그럴 것이,

"사람이잖아!"

상대는 몬스터가 아니었기 때문에.

더 놀라운 사실은 다가오는 이 중 한 사람은 이정호 본인과 똑같은 경찰 제복을 입고 있다는 점이었다.

인호와 수아는 수많은 사람의 시선을 받으며 나아갔다. 그런 두 사람을 맞이하듯 무리에서 한 사람이 앞으로 나왔다.

"난 이정호다. 이수파출소의 소장이었지. 여기 있는 놈은 박준우라 하고."

"충성. 서초파출소에서 근무한 이수아에요."

"육군 예비역 중사 김인호입니다."

곧바로 경례하는 수아와 담담히 대답하는 인호. 그 모습을 본 이정호의 눈에 이채가 떠올랐다. 둘 다 플레이어라는 것을 느꼈기 때문에.

허나 그를 진짜 사로잡은 건 바로,

'눈에 힘이 있어.'

인호와 수아의 눈동자였다.

이제까지 만난 사람들의 눈에는 두려움과 불안감이 가득했다. 그런데 두 사람은 어떤가? 두 사람의 눈에서 공포를 전혀 찾아볼 수 없었다. 대신 살벌한 기세가 느껴졌다. 생사의 경계를 넘은 이들에게서만 나오는 기세가.

상대를 인정한 건 이정호뿐만이 아니었다. 무명과 인호 또한 이정호를 인정했다.

-장군의 상을 가지고 있다지만 이런 상황에서 저렇게 많은 사람을 구해서 이끌고 있다니, 대단한 자군-

'저런 사람이 영웅이지.'

자신도 건사하기 힘든 상황에서 100여 명의 사람을 지킨다? 결코 쉬운 일이 아니었다. 이 일을 해낸 것만으로도 이정호는 존중받을 자격이 있었다.

"이수아 경관. 경찰 중에 너만 있다는 건 역시……?"

"서초파출소에서 근무하던 분들은 모두 돌아가셨어요."

"미안하다."

"아니에요."

한숨을 크게 내쉰 이정호. 수아를 보자마자 예상했지만, 막상 경위를 들으니 안타까운 기분이 들었다. 그런 그를 보며 그녀는 담담히 말을 이어나갔다.

"저는 여기 있는 인호 씨가 도와주셔서 살 수 있었죠. 이분이 없었으면 저도 죽었을 거예요."

"세상이 이렇게 돼도 좋은 사람은 많다니까! 정말 고맙다."

이정호가 양손으로 인호의 손을 붙잡고 흔들었다. 진심으로 고마워하는 게 느껴졌지만 인호는 내색하지 않았다. 상대가 한 일에 비하면 자신이 한 일은 아무것도 아니지 않은가.

"이수아 경관, 그동안 무슨 일을 겪었는지 알려줬으면 좋겠다. 떠올리기 싫겠지만 정보가 필요하거든."

"예. 서초파출소가 궤멸한 걸 확인한 뒤, 저희는 서초역으로 갔어요. 서초경찰서를 가려고요."

"그렇지! 우리나라에서 거기만큼 안전한 곳도 찾기 힘들잖아?"

"거기 서장님은 뭐라고 했죠? 전시상황통제 계획을 따르라고 했나요?"

흡족한 얼굴로 고개를 끄덕이는 이정호. 흥분한 그를 대신해서 박준우가 질문했다. 그러나 이어지는 수아의 대답을 들은 두 사람은 경악을 금치 못했다.

"서초경찰서를 비롯하여 그 일대의 경찰들은 큰 피해를 보고 모두 후퇴했어요."

"뭐라고!?"

"말도 안 돼!"

본능적으로 외친 이정호와 박준우. 둘이 놀라는 것도 무리는 아니었다. 서울의 경찰서에는 K-2와 M-16으로 무장한 방범 순찰대가 있었다. 일반 파출소와 달리 강력한 화기가 배치됐는데도 궤멸됐다고 하니 그들이 못 믿는 게 당연했다.

"대체 거기에 무슨 일이 있었던 거냐? 몬스터들이 떼로 달려들어도 뚫기 힘들 텐데?"

당황하는 이정호를 보며 수아는 그동안 겪은 일을 이야기했다. 7급 블러디 오우거의 정보를 비롯하여 서초역 주변 일대가 어떻게 됐는지 전부. 그녀의 말을 들을수록 이정호와 박준우의 안색도 어두워졌다.

"총이 통하지 않는 괴물이라니, 거참. 이러면 이거 완전 나가린데. 포병의 공격도 안 통하는 건 아니겠지?"

"현장에 포병이 없어서 잘 모르겠습니다. 워낙 예측하기 어려운 놈들이라 직접 확인해야 알 수 있겠습니다."

"후우. 왜 이리 이상한 놈들이 많은 건지 원. 그건 그렇고 수도방위사령부로 온 건 정말 잘했다."

"대응 체계가 잡힌 겁니까?"

"그래. 사당 사거리 쪽에 군대와 경찰이 함께 방어선을 구축하겠다고 하더군. 그래서 그쪽으로 시민들을 피난시키는 거고."

"정말 다행이군요."

이런 상황일수록 군대와 경찰이 제대로 상황을 통제하고 민간인을 지켜야 했다. 치안이 무너지면 더는 사회 체계를 유지할 수 없기 때문에.

"그래서 말인데 하나 부탁할 게 있다. 사당역까지 동행해 줄 수 있을까? 솔직히 우리만으로는 벅차거든."

"소장님, 저는 괜찮은데 인호 씨는 안 될 것 같아요."

이정호의 말이 끝나기 무섭게 수아가 입을 열었다. 어차피 경찰인 그녀로서는 이정호의 말을 따라야 했다. 상급자의 명령에 따르는 게 그녀의 당연한 의무였고.

그러나 인호는 이정호의 말을 따를 이유가 없었다. 그는 경찰의 말을 따를 필요 없는 민간인이었으니까. 무엇보다 그에게는 누나를 만나야 한다는 목적이 있었다.

'이 이상 발목을 잡을 수는 없어.'

수아는 각오를 다졌다. 자신과 계속 함께한다고 인호는 이미 시간을 지체했다. 그런데 여기서 이들과 함께한다면?

노인과 아이들이 많으니 걷는 속도가 느릴 수밖에 없다. 그러면 인호는 여기서 또 시간을 소모하게 된다. 이정호가 한소리 해도, 시민들이 불평을 해도 감수하리라.

 -유일한 가족과 일면식이 없는 다수의 사람인가. 뭘 선택하든 그 뜻을 존중하지-

무명은 복잡한 얼굴로 인호를 내려다보았다. 가족을 선택하면 시민들이 위험에 빠지게 된다. 그렇다고 모르는 사람들을 위해 가족을 버리는 건 옳은 일인가? 답이 없는 문제에서 그는 어떤 결론을 낼까?

그런데 그때였다.

'그게 고민할 일인가?'

피식 웃는 인호. 조금도 고민하지 않는다는 듯, 그의 얼굴에는 여유가 깃들어 있었다.

 -뭐?-

'이 사람들과 함께 사당역에 간 다음에 누나를 만나러 가면 그만이다.'

 -그걸 말이라고 하나? 그래서는 시간이 오래 걸리니 문제……. 아아!-

뭔가를 깨달은 듯 소리를 지르는 무명. 그런 그를 바라보며 인호는 빙긋 웃었다.

수아와 무명은 이 문제를 양자택일할 상황이라고 생각했지만 인호의 생각은 달랐다. 자신에게는 이들과 함께하면서도 누나를 빨리 만나러 갈 수단이 있었으니까.

"수아 씨, 전 괜찮습니다."

"네? 하지만……."

"벌써 잊은 겁니까? 이번에 익힌 스킬이 있지 않습니까."

"아!"

무명처럼 깜짝 놀란 수아. 그녀는 그제야 자신이 뭘 놓쳤는지 깨달았다.

블러디 오우거의 존재감.

하급 몬스터를 쫓아내는 이 스킬이 있는 이상, 몬스터들은 결코 이 무리를 덮치지 못하리라.

"괜찮겠냐? 무슨 사정이 있는 거 같은데."

"괜찮습니다. 다만 한 가지 부탁할 게 있습니다."

"내가 할 수 있는 거라면 뭐든지 하마."

이정호는 결의를 드러냈다. 큰 힘에는 큰 책임이 따른다고 하지만 이를 강요할 수는 없었다. 그런데도 인호는 함께해준다고 했다. 그런 이를 위해서라면 뭔들 못 하겠는가.

"사람들이 더 빨리 갈 수 있도록 협조해주십시오. 그러면 합류하겠습니다."

"그건 무슨 소리입니까? 다들 지친 게 안 보여요? 그리고 빨리 가다가 몬스터를 만나면 어떻게 할 겁니까?"

이정호가 대답하기도 전에 박준우가 반발했다. 일리가 있는 말이었기 때문에 이정호는 인호의 대답을 기다렸다.

"몬스터의 습격 때문에 그런 거라면 신경 쓸 필요 없습니다. 8급 이하의 몬스터들은 저희를, 아니 저를 피할 겁니다."

"장난합니까? 그런 게 가능할 리 없지 않습니까!"

"잠깐. 그건 또 무슨 소리냐? 몬스터가 널 피한다니?"

이정호는 박준우의 말을 끊고 인호를 응시했다. 인호는 그에게 블러디 오우거의 존재감에 관해 설명했다. 설명을 다 들은 그의 얼굴에 당혹감이 떠올랐다.

"정말 그런 스킬이 있다고?"

"저와 수아 씨 둘이서 그 많은 몬스터들을 뚫고 오는 게 가능하다고 생각합니까?"

이정호는 물론 박준우도 대답하지 못했다. 사람들을 지키는 데 집중했다지만 플레이어가 5명이 있는데도 2km도 못 왔다.

그에 반해 인호와 수아는 어떤가? 겨우 둘이서 남부터미널에서 출발해 서초역을 경유한 뒤, 이곳까지 왔다. 특별한 무언가가 있어도 이상하지 않았다.

"네 선택에 100명의 목숨이 걸려 있다. 정말 자신할 수 있냐?"

"물론입니다."

"소장님! 너무 위험합니다! 진짜 저 스킬이 있다 해도 여기 있는 사람들을 다 지킬 수 있을지 확신할 수 없다고요!"

이정호가 인호의 제안을 받아들일 기미를 보이자 박준우가 강하게 반발했다. 하지만 이정호는 고개를 저었다. 그는 눈앞의 청년을 믿었다. 20년 넘게 일하면서 다져온 경찰의 감이 상대를 믿으라고 하는 점도 한몫했다.

"알았다. 널 믿고 나도 비장의 한 수를 써보지."

"감사합니다."

인호와 수아가 이정호 무리에 합류하는 순간이었다.

이를 보답하듯,

플레이어 김인호가 '모두를 짊어지는 용기'를 선보였습니다. 본디 영웅이란 수많은 사람을 구한 사람을 의미합니다. 영웅의 조건을 만족시킨 결과, 영웅화가 1 퍼센트 진행됩니다. 현재 영웅화~12%

Close	View

메시지가 떠올랐다.

다만 하나가 아니었다.

[서브 퀘스트가 발생했습니다.]

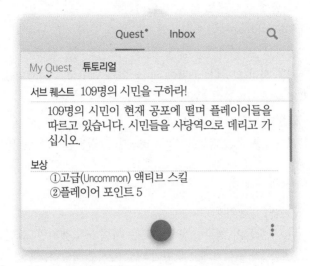

또다시 뜬 퀘스트 메시지.

수아도 이를 확인했는지 눈을 동그랗게 떴다. 허나 인호는 그녀의 태도에 반응하지 않았다. 오랫동안 고민했던 질문의 해답을 마침내 찾았고 거기에 집중해야 했다.

'이제 좀 알 것 같다.'

좋아진 몸을 느끼며 인호는 결론을 내렸다. 드디어 특성 '영웅화'가 뭔지 감을 잡았다. 영웅화는 자신이 진짜 영웅이 되기를 바라고 있었다. 영웅의 정의가 뭔지 아직 알 수 없었지만.

'영웅화가 다 되면 너처럼 되는 건가?'

-난 자신을 영웅이라 생각한 적 없다. 애초에 기억도 없는데 영웅은 무슨-

'나를 구해줬지. 그게 영웅이지 뭐가 더 필요한가?'

-그렇게 말하면 또 할 말이 없다만-

'영웅이라…….'

중학교 2학년이었을 때면 모를까 그 이외에는 한 번도 생각해본 적이 없었다. 군인이 된 건 그냥 먹고살기 위해서였지 투철한 사명감이 있는 게 아니었다.

그런데 상황이 달라졌다.

살아남을 수 있다면, 그래서 소중한 사람들을 지킬 수 있다면,

'되면 그만이다.'

기꺼이 영웅이 되리라.

단, 사람들이 생각하는 영웅과는 차이가 있겠지만. 그런 인호의 생각을 눈치채고 무명이 바로 트집을 잡았다.

-특정인을 위한 영웅이라니, 그게 무슨 의미가 있나? 모두를 위해 산다, 그게 바로 영웅이다-

'내 알 바 아니지. 딱히 내가 타인을 저버린 것도 아니지 않나?'

타인을 구하는 건 어디까지나 자신의 목적을 이루기 위한 수단, 그 이상도 그 이하도 아니었다. 그러나 그게 나쁜가? 결과적으로 사람을 구하는 건 똑같다. 그 정도면 충분하다 믿었다.

-거참, 어이없는 놈이군. 뭐 어떤 길이든 가봐라. 즐겁게 지켜보마-

'그래야지.'

확신을 얻은 인호의 눈빛은 어느 때보다 강렬하게 빛났다.

위이잉!

수백 대 이상의 차량이 멈춰있는 도로. 주변에 쓰러져 있는 시체와 겨울바람이 매섭게 몰아치는 소리가 더해져 보는 것만으로도 두려움이 밀려왔다.

그런데 이런 도로를 통과하는 사람들이 있었다. 한 가지 특이한 점이 있었으니 남자들은 노인들을 업고 여성들은 아이들을 끌어안고 움직였다. 그들은 전력 질주라도 하듯 빠르게 내리막길을 내려갔다.

-취이익!-

-꾸에엑!-

녹색 피부와 멧돼지의 얼굴을 가진 몬스터, 오크들이 비명을 지르며 도망쳤다. 달아나는 놈들의 얼굴은 공포에 질려 있었다.

"봐봐. 내 말이 맞았지? 사람이 하는 말은 믿고 봐야 한다니까."

"……정말 별의별 스킬이 다 있군요."

이정호가 놀리듯 말하자 박준우는 쓴웃음을 지었다. 플레이어가 나타났고 게임처럼 다양한 스킬을 사용하게 됐다. 다만 몬스터들을 도망치게 하는 스킬이 있을 거라고는 생각하지 못했다.

"넌 다 좋은데 대가리가 너무 딱딱해. 30살도 안 된 놈이 곧 50이 되는 나보다 굳어서야 원."

"반성하고 있습니다."

"반성해야지. 어쨌든 저 친구들이 합류해서 진짜 다행이다. 안 그러냐?"

"확실히 그렇군요."

이정호와 박준우의 시선이 수아를 향했다.

"사당역까지 얼마 남지 않았어요. 다들 조금만 더 힘내주세요!"

남자아이를 끌어안은 채, 일행을 다독이는 수아. 그녀를 바라보는 보는 사람들의 시선에는 신뢰가 가득했다. 특히 여성들과 아이들이 그녀를 크게 의지하고 있었다.

"확실히 아이들하고 여성들을 통제하는 게 수월해졌네요."

"여자들이 아무래도 남자들보다 세심한 부분을 잘 알아주고 신경 써주니까."

이정호는 고개를 돌려 선두를 바라보았다. 그곳에는 인호와 자신을 예비역 대령이라 소개한 남자가 있었다.

"제일 고마운 건 저 친구지. 저놈이 없었다면 해가 지고 나서야 남태령에 도착했을 테니까. 들었지? 가족을 구하러 가는 와중에 우리한테 합류한 거."

"예. 세상에는 정말 의인(義人)이 많군요."

인호를 바라보는 박준우의 시선은 호의적이었다. 그의 합류로 100명이 넘는 사람들이 모두 구원받았으니 당연한 일이었다.

"세상이 험할수록 서로 돕고 살아야지. 아우. 아직도 울렁

거리네."

"괜찮습니까?"

"안 괜찮다. 걸레처럼 쥐어 짜이는 게 뭔지 제대로 느꼈다니까?"

투덜거리는 이종호. 그를 보는 박준우의 눈에는 존경심이 가득했다.

출발하기 전, 이정호는 액티브 스킬 '용맹의 포효'를 사용해 사람들에게 버프를 걸었다. 다만 워낙 많은 사람에게 버프를 걸어 마력 소모가 극심했다. 자신에게도 버프가 적용되어 걷는 거지 아니면 진작 쓰러졌으리라.

"정말 얼마 안 남았습니다. 조금만 더 힘내주세요."

"네가 말 안 해도 그럴 거다."

남부순환도로의 사당고가교가 눈에 보였다. 동시에 도로를 빽빽하게 채운 바리케이드도. 방배역에서 출발한 지 20분도 지나지 않았는데 거의 다 도착했다.

"마음 놓지 마라. 더 센 놈들한테는 안 통한다고 하니까."

"알고 있습니다."

이정호와 박준우 모두 끝까지 주변을 경계했다. 마지막까지 방심하지 않고 나아가리라. 두 사람은 그리 생각하며 묵묵히 나아갔다.

목적지가 코앞이었다.

"자네 같은 젊은이가 있어서 아직 이 나라에 미래가 있다고 생각하네."

"과찬이십니다. 그저 해야 할 일을 했을 뿐입니다."

"세상에 해야 할 일 같은 건 없네. 옳은 일은 했다는 것만
으로도 가치가 있지."

인호는 자신의 곁에 있는 사내를 바라보았다. 출발하자마
자 그에게 다가온 이로 흰머리가 무성했고 이마에는 주름이
많았다. 하지만 박종찬 예비역 대령의 눈빛은 굉장히 매서
웠다.

-대단한 기백이군. 이정호라는 자도 대단하지만, 이 자에
비할 바는 못 되겠어-

'그럴 만하지.'

다름 아닌 특공연대를 이끌던 연대장이었으니까. 특공연
대는 군단의 직할 부대였고 그런 이유로 엘리트들이 많이 맡
는다. 박종찬은 그런 특공연대의 연대장을 맡았다. 다수를
지휘한 경험만큼은 이정호를 압도했다.

-조심하는 게 좋을 거다. 뭔가 꿍꿍이가 있는 거 같으니까-

'꿍꿍이?'

-저런 눈빛을 한 놈들은 대개 신념이나 야망을 품고 있다.
투쟁의 시대 같은 난세는 야망을 실현하기 좋은 시대고-

'야망이라…….'

누구는 가족을 구하기도 벅찬데 누구는 시대를 이용해 뭔
가를 이루려고 하다니, 새삼 사람만큼 무서운 동물이 있나
싶었다. 무명의 조언대로 이 남자와는 깊게 엮이지 않는 게
상책이리라.

"그건 그렇고 자네는 어디서 근무했나?"

"제13 특수임무여단입니다."

"힘든 곳에서 근무했군. 그런데 특전사가 됐을 정도면 장기를 노리고 지원했을 텐데 왜 전역했지?"

"훈련 도중 십자인대가 파열됐습니다."

"의병 전역이군. 자네로서는 안타깝겠어. 플레이어가 되면서 부상이 나았는데 말이야."

박종찬의 얼굴에는 안타까워하는 기색이 역력했다. 허나 인호는 무심한 표정을 지을 뿐, 대답하지 않았다. 어차피 군대에 대한 미련은 사라진 지 오래였기 때문에.

"앞으로의 세상에서는 군인의 역할이 커지리라 생각하네. 왜 그런지 알겠나?"

"몬스터를 한 마리만 잡아도 플레이어가 될 수 있습니다. 군인들은 각종 화기를 쉽게 다룰 수 있으니 플레이어가 되는 것도 빠를 겁니다."

"그렇지! 군대는 현재 가장 많은 플레이어를 보유한 집단이야. 앞으로도 그럴 거고, 플레이어의 능력이나 가치를 생각하면 군대가 부각될 수밖에 없지."

플레이어가 투쟁의 시대에서 중요한 역할을 맡을 건 명백했다. 거기다 블러디 오우거처럼 총기가 통하지 않는 괴물이 나오지 않던가. 플레이어의 중요성이 계속 커지면 커졌지 결코 줄어들 일은 없으리라.

"그래서 말일세, 자네에게 한 가지 제안할 게 있네."

"말씀하십시오."

"내가 수도방위사령부에 가게 되면 부대에 복귀하게 될 걸세. 아직 계급 정년이 되려면 시간이 꽤 남았으니까. 그때나와 함께 하지 않겠나?"

그 말을 듣는 순간, 인호는 상대의 꿍꿍이를 눈치를 챘다. 자신은 현재 몬스터를 싸우지 않고 쫓아낼 수 있는 유일한 사람이었다. 박종찬이 그런 자신과 함께한다는 사실이 알려지면 상관들의 시선이 그를 향할 것이다.

-그게 무슨 뜻이지?-

'대령 이상의 지위를 손에 넣을 수도 있다는 거다.'

-출세가 보장된다는 건가?-

'그렇지.'

-알 만하군. 군인이라면 영전을 바라는 게 당연하니까. 그나저나 넌 어쩔 거냐?-

무명이 의문을 표했지만 인호는 대답하지 않았다. 대신 박종찬에게 질문했다.

"괜찮겠습니까? 의병 제대를 한 이들은 완전히 퇴역한 거로 처리되는데."

"지금이야 그렇지. 허나 플레이어가 되면 어지간한 부상들은 모두 낫는 게 밝혀졌네. 군이 자네를 부르는 건 시간문제야."

"그렇습니까?"

"물론이네. 게다가 자네는 누구보다 특별한 능력을 갖추고 있지 않은가? 상부에서 반드시 부를 거네. 그러니 나와 함께 하세. 그러면 금방 부사관 이상의 지위를 손에 넣을 수 있고 가족도 안전해지겠지."

자신만만하게 웃는 박종찬. 그는 인호가 자신의 제안을 받아들일 거라 굳게 믿었다.

그런데 그때,

"방어선이다! 국군이 지키고 있어!"

"살았어! 이제 살았다고!"

사람들이 일제히 함성을 질렀다.

자연스럽게 두 사람의 시선이 전면을 향했다. 정말 사당역과 도로를 가득 매운 바리케이드가 보였다.

"좀 더 생각할 시간을 줄 수 있겠습니까?"

"고민할 이유가 있나? 어차피 자네는 군에 반드시 돌아가야 하네."

"배려해주셔서 감사합니다. 다만 지금은 누나를 구하는 게 우선이라……."

"그러면 꼭 가야지. 가족보다 중요한 건 없지 않나? 다만 문제가 해결되면 바로 나를 찾게. 주변 사람들한테 미리 이야기해놓을 테니까."

인호는 아무 말 없이 고개를 숙였다. 박종찬은 흡족한 얼굴로 인호의 어깨를 토닥이더니 그대로 가족에게 돌아갔다. 그의 뒷모습을 보며 인호는 어깨를 털었다. 마치 더러운 것을 치우는 것처럼.

-그 자리에서 바로 거절할 줄 알았는데 용케 참았군?-

'실권을 바로 얻을지는 모르겠다만 어쨌든 군에 영향력을 행사할 수 있는 인간이다. 처음부터 밉보일 필요는 없지.'

누나를 찾든 못 찾든 어차피 수도방위사령부로 가야 했다. 그곳이 이 주변에서 가장 안전한 곳이었으니까. 상급자가 될 가능성이 높은 사람한테 찍히면 괜히 수아가 위험해질 수도 있었고.

-돌아오는 거야 그렇다 해도 이대로 일이 진행되면 넌 군인이 될 가능성이 높다. 그게 네가 바라던 길이었나?'

'아직은 잘 모르겠군. 진짜 군인이 되면 자유를 잃는다. 문제는 군대라는 울타리가 현재 우리에게 가장 안전하다는 점이다. 그래서 고민하는 거고.'

자유와 안전.

둘 중 하나를 선택해야 했다. 지금이 아니더라도 언젠가 반드시. 그리고 인호는 그때가 멀지 않았음을 잘 알고 있었다.

"인호 씨."

익숙한 목소리가 들렸다. 인호는 몸을 돌렸다. 수아와 이정호가 그에게 다가왔다.

"대화가 잘 된 모양인데 이제 군으로 돌아가는 건가?"

"아직 잘 모르겠습니다. 누나를 구하는 게 우선이니까요."

"그게 맞겠지. 어쨌든 정말 고맙다. 너희 두 사람 덕분에 시민들이 무사히 도착할 수 있었다."

이정호가 활짝 웃었다. 100명의 사람을 지켜야 한다는 건 그에게도 큰 부담이 됐다. 드디어 책임감에서 벗어날 수 있게 됐으니 기뻐하는 게 당연했다. 덤으로 퀘스트도 깼고.

"나는 바로 사령부에 보고서를 제출해야 할 것 같은데 네 공적은 별건으로 작성해서 첨부해두마. 그러니 반드시 누나를 구해라."

"감사합니다."

인호는 고개를 숙였다. 그 모습을 본 수아는 이정호를 보며 입을 열었다.

"소장님, 저도 인호 씨와 함께 다녀올게요."

"당연한 소리. 지금까지 협조해준 분을 혼자 보낼 수는 없잖아? 내가 책임질 테니까 신경 쓰지 마라. 두 사람 모두 정말 고맙다."

이정호는 수아와 인호의 어깨를 토닥이고 사람들에게 돌아갔다. 그렇게 일행이 사당역에 도착하자,

[플레이어 김인호가 109명의 시민을 사당역으로 이끄는 데 성공했습니다. 서브 퀘스트 '109명의 시민을 구하라'를 달성합니다!

[보상으로 플레이어 포인트 5를 획득합니다. 현재 플레이어 포인트-16]

[퀘스트 평가 결과, 플레이어 김인호와 이정호가 MVP로 지정됐습니다. 이에 따라 보상이 강화되어 고급(Uncommon) 등급의 스킬 대신, 희귀(Rare) 등급의 스킬이 주어집니다. 보상 목록에서 고르시길 바랍니다.]

〈보상 목록〉
1. 혈월참(血月斬)
2. 뇌영보(雷影步)
3. 대지의 방패(Shield of Earth)

눈앞에 뜬 스킬 목록은 총 셋. 희귀급 스킬답게 이름부터 뭔가 달랐다. 인호는 모든 스킬들을 천천히 살폈다.

〈혈월참(血月斬)〉

1.종류: 액티브 스킬

2.등급: 희귀(Rare)

3.설명: 검에 마력을 불어넣은 뒤, 검을 휘둘러 마력을 방출하는 참격계 스킬. 거리와 위력은 마력의 양에 의해 결정된다.

〈뇌영보(雷影步)〉

1.종류: 액티브 스킬

2.등급: 희귀(Rare)

3.설명: 번개의 힘을 온몸의 신경에 퍼트려 신경의 반응속도를 강화해 빨리 움직이게 해주는 이동형 스킬. 단, 마력 소모가 극심하다.

〈대지의 방패(Shield of Earth)〉

1.종류: 액티브 스킬

2.등급: 희귀(Rare)

3.설명: 지면을 융기시켜 벽을 만드는 방어 스킬. 방어의 강도는 마력의 양에 의해 결정된다.

"거참."

인호는 혀를 찼다.

단언할 수 있었다. 메시지든 시스템이든 플레이어를 엿 먹이려고 작정했다고. 아니면 선택 장애에 걸리게 한다거나. 그렇지 않다면 보상들이 이렇게 하나같이 좋을 수가 없었다.

인호는 수아를 힐끔 쳐다봤다. 그녀 역시 얼굴을 찌푸리며 고민하고 있었다. 그러다 문득 인호의 시선을 느낀 그녀는 얼굴을 폈다.

"목록이 세 개 나왔는데 정말 고르기 어려워요. 전부 다 저한테 필요한데……."

"저도 그렇습니다. 마치 지금 저희한테 제일 필요한 것들만 고른 거 같군요."

"서로 제일 필요한 걸 골라 봐요!"

주먹을 꼭 쥔 수아. 고개를 끄덕인 인호는 다시 보상 목록을 살폈다.

'혈월참을 익히면 수아 씨처럼 나도 원거리 공격을 할 수 있게 된다.'

원래라면 거들떠보지도 않았을 거다. 원거리 공격의 끝판왕인 총이 있었으니까. 하지만 블러디 오우거처럼 총이 안 통하는 상대가 나오기 시작한 이상, 혈월참 같은 마력 방출 공격은 꼭 가지고 있어야 했다.

'빠르게 움직일 수 있는 뇌영보도 매력적이고.'

마력을 다리에 집중시켜도 빨리 움직일 수 있다. 하지만 뇌영보는 스킬이니 단순히 마력을 집중시킨 것보다 더 빨리 움직일 수 있으리라. 묵린이나 점멸이 있었지만 하나는 시간 제한이 있고 다른 하나는 횟수 제한이 있어서 비교의 대상으로는 부적절했다.

'벽을 만들어주는 대지의 방패도 쓸 만한데 말이야.'

적의 공격을 막아주는 거로도 의미가 있다. 다만 인호가 주목하는 건 벽 자체였다. 가령 평평한 곳에서 벽을 만든다면 어떻게 될까? 발판이 생기는 거니 좀 더 다채롭게 움직일 수 있으리라.

그렇게 인호가 계속 고민하자 보다 못한 무명이,

-빨리 좀 골라라! 사내라면 빠르게 결단을 내려야지!-

소리쳤다.

'자기 일 아니라고 쉽게 말하는군.'

무명이 떠들든 말든 어쨌든 고르기는 골라야 했다. 마지막까지 고민한 인호는 결국 결론을 내렸다.

[플레이어 김인호가 액티브 스킬 '뇌영보(Lv.1)'를 습득합니다.]

-혈월참을 고를 줄 알았는데 뇌영보라니, 의외군-

'안 맞는 게 제일 중요하니까.'

벽을 세우는 건 좋다. 그런데 적의 공격이 벽이 세워지는 것보다 빠르면 어떻게 될까? 스킬을 사용하는 동안 무방비가 될 테니 그대로 당할 확률이 높았다.

그래서 뇌영보를 선택했다.

벽을 세우는 것보다 더 빠르게 움직이면 그만큼 생존 가능성도 커지니까. 발판을 바탕으로 한 입체적인 움직임을 포기하는 건 아쉬웠지만 다 가질 수 없는데 어쩌겠는가.

이유는 또 있었다.

위험한 적을 만나면 더 빨리 도망칠 수 있지 않은가. 점별의 운동화에 더해 뇌영보까지 생긴 이상, 이제 도주를 걱정할 일은 없을 것이다.

-혈월참은 어쩔 셈이냐?-

'수아 씨를 믿어야지.'

이정호를 대하는 태도로 볼 때, 수아는 자신과 앞으로도 함께 할 가능성이 높았다. 그러니 그녀를 믿고 원거리 공격을 맡길 작정이었다.

-그럭저럭 괜찮은 판단이었다. 내 취향은 아니지만-

'알 게 뭐냐?'

무명의 취향보다 자신의 생존이 더 중요했다. 어쨌든 스킬을 골랐다. 큰 부담을 떨친 인호는 다시 수아를 응시했다.

"골랐어요!"

"뭘 골랐나요?"

"마력 구속이라는 스킬이에요. 마력으로 형성한 사슬로 상대를 붙잡을 수 있다고 해요."

"마력탄하고 정말 잘 어울리는군요."

"그죠? 저도 그렇게 생각해요!"

상대의 움직임을 봉쇄한 뒤에 마력탄을 날린다, 연계 공격으로 이보다 더 좋은 게 있나 싶었다. 적을 봉쇄한 사이에 도망칠 시간을 벌 수 있었고.

"보상도 골랐으니 이제 출발해도 되겠습니까?"

"물론이죠. 얼른 가요!"

인호는 군인들이 쌓은 바리케이드를 지나 남현동으로 향했다. 그의 집은 사당역에서 800m 정도 떨어진 곳에 있었다. 이제 정말 얼마 남지 않았다.

'얼른 갈게, 누나.'

부디 누나가 무사하기를, 인호는 다시 빌었다.

수도방위사령부, 지휘통제실

평소에도 상황회의가 열리면 사람으로 꽉 찼지만, 오늘은 유독 사람이 많았다. 발 디딜 틈을 찾기도 힘들 정도로. 그도 그럴 것이 오늘 여기에는 수도방위사령부의 사람들만 있는 게 아니었으니까.

국군수송사령부의 사령관, 제1방공여단의 여단장을 비롯한 인근 부대의 지휘관들이 한자리에 모였다. 그뿐인가? 서울 남부경찰청장을 위시한 서장들도 함께하고 있었다.

"제1방공여단의 구형 발칸포들 모두 남태령과 사당역에 16:10 분부로 배치가 완료되었습니다. 방공포병을 제외한 나머지 제1방공여단의 병력은 주둔지를 폐쇄하고 남태령으로 철수하여 기지 방호에 투입 중입니다. 19:00 시까지 완료하겠다고 연락장교를 통해 보고가 들어왔습니다."

"통신사(국군지휘통신사령부) 상황은?"

"연락장교가 방금 도착했습니다. 통신망이 마비된 데다 인덕원 인근에서 주민대피를 지원하느라 당분간 합류하기 어려울 것 같다고 합니다. 피해가 상당합니다."

"인사처장, 현재까지 집결한 전투력 보고해."

"수도방위사령부 헌병단 및 본근대와 제1방공여단, 17:40 분부로 합류한 수송사령부 병력을 합쳐 현재 영내 가용병력이 6,455명입니다."

곽재호 참모장과 정우식 인사처장의 보고를 들은 조경수 수도방위사령관은 한숨을 내쉬었다.

6천여 명.

EMP 상황으로 통신이 완전히 두절된 상태에서 인력만으로 긁어모은 숫자지만, 결코 적은 숫자는 아니었다. 문제는 괴생명체가 강습한 서울을 수복하기에는 턱없이 부족하다는 점이었다.

아니, 당장 괴생명체들의 피습으로부터 피신해있는 시민들을 구조하고, 방어선 안쪽으로 유도하기에도 벅찼다.

"오늘 밤 안에 공세로 전환하는 건 불가능하겠군."

"예. 괴생명체들의 파상 공세가 진행 중입니다. 현재까지 공세 상황으로 볼 때 부대를 재편하면 방어는 가능하다고 판단됩니다만 공세로 전환하기엔 전력이 부족합니다."

"부대 재편에 우선해서 예비대부터 확보해."

현재 집결한 6천여 명의 병사들은 현재 소속부대가 파편화되어있는 상황이많았었다. 그래서 가장 병력이 많은 헌병단과 방공여단을 중심으로 방어선을 구축한 상태였다.

사령관은 경비단장을 임시편제 부대장으로 삼아 신병 교육대장을 붙여서 부대 재편을 진행 중이었지만 이 또한 민간인들이 몰려들면서 지지부진한 상태였다.

"경찰은 어떻습니까? 병력을 차출할 수 있겠습니까?"

"어렵습니다. 현장에 출동했던 순찰대원들의 피해가 막대합니다. 아직 피난민들이 통제에 따라주고 있지만, 불만이 커지고 있습니다. 경찰이 빠지면 통제가 붕괴될 위험이 큽니다."

남부지방경찰청장인 유원영 청장이 굳은 얼굴로 답했다. 조경수의 안색이 어두워졌다. 방어선 내부의 치안은 반드시 유지해야 했다. 그렇지 않아도 좁은 공간에 너무 많은 사람이 몰렸다. 공황상태에 빠지기라도 하면 몬스터에게 당하기 전에 내부부터 먼저 무너질 판국이었다.

"역시 남태령과 사당역을 중심으로 방어선을 계속 확대하는 수밖에 없나? 동원령은?"

"국방부로 출발한 연락장교와 호위부대로부터 직 연락을 받지 못했습니다. 우선 사령부 권한으로 진돗개 하나를 선포하고 민간인 중에서 예비군을 동원하는 게 어떻겠습니까?"

"안 돼. 현재 민간인 신원 파악조차 제대로 안 되는 상황에서 함부로 동원했다가는 편제를 구성하기도 전에 혼란이 올 수 있다. 차라리 수도군단이 먼저 동원되는 걸 기다리는 것이 좋겠군."

조경수가 반대하자 곽재호는 입을 다물었다. 시민들을 수 작업으로 시민들의 신원을 파악하기에는 인력이 부족했다. 그렇다고 대상자도 아닌 시민들이나 자격도 없는 사람들을 함부로 동원했다가 사령관의 말대로 혼란이 발생해 먼저 위험에 빠질 우려도 있었다.

"후우. 예비사단들이 수도권으로 도착할 때까지 최대한 시민들을 안전지대로 피신시켜야 할 텐데……."

"시민들을 구조하는 거라면 방법이 있습니다."

그때, 방배경찰서의 오태석 서장이 입을 열었다. 자연스럽게 사람들의 시선이 그를 향했다.

"오늘 제 관할 파출소의 이정호 소장이 100여 명의 시민을 조직적으로 피신시킨 건 다들 잘 아실 겁니다. 보고서를 검토했는데 주목할 부분이 있었습니다."

"어떤 내용입니까?"

조경수가 호기심을 드러냈다. 안 그래도 부관으로부터 보고받아 어느 정도 알고 있었다. 자신의 몸도 건사하기 힘든 상황에서 100명이나 되는 시민을 조직적으로 피난시키는 데 성공하다니, 군인이었다면 바로 공적 조서부터 작성했으리라.

"보고에 따르면 일정 반경에서 괴생명체들을 퇴치하는 능력을 갖춘 민간인 협력자가 있었다고 합니다. 일단 8급 이하로 통칭되는 약한 괴생명체들에게만 통한다고 하는데 매우 중요한 능력자라고 판단됩니다."

"무슨!?"

"그게 가능한 일인가!"

오태석의 말이 끝나기 무섭게 여기저기서 사람들이 소리쳤다. 대부분 믿을 수 없다는 얼굴로 오태석을 바라보았다. 그는 그런 사람들의 심정을 이해했다. 그 역시 처음 보고서를 읽었을 때, 황당하게 생각했기 때문에.

"서장의 말은 사실입니다, 사령관님."

그때, 또 다른 이가 입을 열었다. 바로 박종찬이었다.

"오! 자네도 알고 있는가?"

"예. 제가 동행했습니다. 특전사 출신의 예비역 김인호 중사라고 합니다. 이정호 소장과 함께 시민들을 구하는 데 큰 역할을 했습니다."

조경수는 그 말이 사실인지 확인하기 위해 오태석을 쳐다보았다. 오태석은 고개를 끄덕였고 조경수의 눈에 이채가 떠올랐다. 예비역이라면 다시 부대로 부르기도 쉬우리라.

"그 친구는 어디에 있지? 부대에 합류했나?"

"사당역에 도착하자마자 누나를 찾으러 가서 현재 부대에 없습니다."

"위험한 거 아닌가?"

아무리 몬스터를 쫓아낼 수 있다지만 겨우 혼자서 몬스터가 득실거리는 곳으로 가다니, 괜히 걱정됐다. 그런 조경수를 안심시키기 위해 오태석이 재빨리 입을 열었다.

"저희 쪽 순경을 한 명 동행시켜뒀습니다. 걱정하지 않으셔도 됩니다."

"한 명으로 괜찮을까요?"

"함께 보고서를 보면 동행시킨 순경도 특별한 능력이 발생한 것 같습니다. 상호 보완하여 전투했다는 내용이 있습니다."

"그렇다면 다행입니다. 일단 그 친구가 무사히 오길 기도해야겠군요."

조경수는 깊은 생각에 빠졌다.

당장 여기에 김인호가 합류하지 못한다는 점은 아쉬웠다. 그래도 가족의 안전이 보장되지 않은 상태라면, 반발할 위험도 크니 보내는 게 옳았다.

'근데 그 친구가 여기 남아 있을 필요가 있나?'

수도방위사령부는 이미 남태령과 사당역 방면의 방어선은 확실하게 구축했다. 괴생명체가 이걸 뚫을 가능성은 전혀 없었고. 차라리 가족을 구출해서 합류한 다음, 임시로 특수임무 부대를 창설해서 시민들을 구하게 하는 쪽으로 합류시키는 편이 훨씬 도움이 되리라.

"인사처장."

"예!"

"예하 부대원 중에서 이 특별한 능력을 각성했다는 플레이어가 있다면 이들에 대한 정보부터 우선 집시켜! 어떤 능력이 있는지 모르겠지만, 참모부에서 능력에 대해 아는 사람 위주로 논의를 진행해. 능력별로 정리되는 사람들부터 임시 편제를 잡아봐."

"예, 바로 진행하겠습니다."

"작전처장."

"네, 사령관님."

"인사처와 협조해서 임시 편제 부대 중에 시민 구조를 위한 편제를 우선 검토해. 필요한 능력자는 최우선 배치하도록. 특히 저 김인호라는 친구가 합류하면 특전사 팀장급 대우를 해서라도 필요한 걸 확인보해 봐. 누나를 찾아야 하는 와중에도 사람들을 챙길 정도로 정신이 똑바로 박힌 친구니까 설득할 수 있겠지."

조경수는 확신했다. 신체 능력이 뛰어나고 특이한 능력을 갖춘 플레이어들이 모이면 좋은 시너지 효과가 나오리라. 이미 곳곳에서 큰 공을 세우고 있는 만큼, 우선 처우 개선을 할 필요가 있겠지만.

'임시지만 장교 대우라도 해줘야겠군.'

괴생명체가 나타난 이후, 조경수는 처음으로 웃었다. 그리고 그는 박종찬에게 고개를 돌렸다.

"박 대령, 자네가 그 플레이어라는 것에 대해 좀 잘 아는 것 같으니 태스크포스(TF)에 합류해서 관리해보겠나?"

'됐다!'

박종찬의 눈이 빛났다. 중간에 경찰이 끼어들면서 김인호를 차지할까 봐 불안했는데 이제 걱정할 이유가 사라졌다.

"예! 맡겨주십시오, 사령관님."

우렁찬 소리로 대답하는 박종찬을 보며 조경수는 고개를 끄덕였다. 그 말을 끝으로 회의는 끝났고 다들 물러났다.

'앞으로 능력자 부대가 가장 큰 힘이 되겠지. 일단 이 부대부터 장악한다.'

지휘권까지 얻으면 그야말로 금상첨화였다. 박종찬은 각오를 다지며 통제실을 나섰다. 이제는 직접 움직일 시간이었다.

바리케이드 부근의 세상도 이제까지 지나온 곳과 똑같았다. 바닥에 쓰러진 시체, 도로에 멈춘 자동차, 곳곳에서 피어오른 불길까지 전부.

-찍찍찍!-

-키에엑!-

쥐의 얼굴과 어린아이의 체구를 가진 몬스터, 코볼트들이 꽁지가 빠지게 도망쳤다.

-쫓지 마라. 누이를 만나는 게 먼저 아닌가?-

'빌어먹을.'

인호는 입술을 세게 깨물었다. 자신이 살던 동네를 엉망으로 만든 놈들을 놔둬야 한다는 게 짜증 났다. 허나 무명의 말대로 쓸데없는 일에 시간을 낭비할 수는 없었다. 집에, 누나를 만나러 가는 게 가장 중요하니까.

그는 분노를 억누른 채, 계속 나아갔다. 그런 그의 옆모습을 살핀 수아는,

"인호 씨의 누나는 어떤 분인가요?"

분위기를 바꾸겠다는 듯 질문했다.

-네가 주변 상황에 신경 쓰지 않도록 배려해주는 건가? 생각이 깊군-

'일일이 설명해줄 필요 없다.'

무명의 말을 끊어버린 인호는 고민했다. 한 번도 생각해본 적이 없는 부분이었기 때문에. 누나는 어떤 사람이었나? 결론을 떠올린 그는 대답했다.

"강한 사람입니다."

"강한 사람이요? 정신적으로 강한 건가요?"

"정신적으로도 강하고 무술을 배워 실제로도 강합니다. 중학생 때까지는 항상 누나한테 맞고 살았죠."

"정말요?"

도저히 믿어지지 않았다. 검 한 자루만 들고 몬스터를 닥치는 대로 잡는 사람이 맞고 살았다는 사실이.

"부모님이 사고로 돌아가신 뒤에는 누나가 가장이었습니다. 부모님의 유산은 미래를 위해 아껴야 한다면서 하루에 알바만 3, 4개를 뛰기도 했고."

"그래서 강하다고 말한 거군요?"

"예. 제일 어처구니없던 건 대학을 졸업하자마자 바로 학사 장교로 임관한 거였죠. 입대했다고 고백했을 때, 얼마나 어이가 없던지."

"와, 그건 정말 쇼크였겠어요."

"그때는 정말 놀랐죠. 여군이 많이 늘어난다지만 누나가 군인이 될 거라고는 생각도 안 했으니까요."

과거를 떠올린 인호는 피식 웃었다. 등까지 닿던 긴 머리를 자른 걸 보고 얼마나 놀랐던가? 누나가 그걸 자랑이라 여기는 걸 알았기 때문에 충격은 더 컸다.

"그렇게 악착같이 번 돈으로 매번 제 등록금의 절반을 냈고 또 용돈까지 꼬박꼬박 챙겨줬죠. 저도 알바를 해서 필요 없다고 했는데도."

"부사관으로 임관한 건 그 부분하고 관련이 있나요? 가령 독립을 하겠다던가?"

"맞습니다. 전 대학을 자퇴해도 상관없으니 누나가 자신의 인생을 살기를 원했습니다. 뭐 특전사에 지원한 걸 말하자 엄청나게 두들겨 맞았지만요."

"누나분의 심정도 이해는 돼요. 특전사 훈련은 굉장히 힘들잖아요? 그래서 다치는 경우도 많고."

"그래도 특전사는 수당이 많이 나옵니다. 훈련 수당 종류도 많고, 초과근무수당에서 제한시간이 전방과 동일하게 처리되죠. 진급 속도도 빠르고요."

십자인대가 파열되어 의병 전역을 하게 될 줄은 몰랐지만. 덤으로 다시 대학에 복학하게 되어 졸업까지 하게 된 것도 예상하지 못한 일이었다.

"무시무시한 남매네요."

"그러게 말입니다. 아, 여기서 꺾으면 됩니다. 그럼 바로 저희 집이……."

빌라들이 늘어선 골목 안으로 들어간 인호. 그 순간, 그의 안색이 어느 때보다 창백해졌다.

"……인호 씨?"

수아는 조심스럽게 인호를 불렀다. 골목의 상황은 분명 처참했다. 여기저기 시체가 있고 바닥이나 벽은 피로 붉게 물들었으니까.

하지만 인호는 처음을 제외하고 단 한 번도 동요한 적이 없었다. 그런데 왜 인제 와서,

'아!'

한 가지 생각이 수아의 뇌리를 강타했다.

인호는 이곳에서 오래 살았다고 말했다. 그러니 동네에 알고 있는 이웃들이 많을 테고. 아는 사람의 죽음을 어찌 쉽게 받아들일 수 있을까? 그리 생각하니 인호의 반응이 이해가 됐다.

인호는 아무 말 없이 발걸음을 옮겼다. 그곳에는 아직 초등학교도 입학하지 않았을 거 같은 여자아이의 시체가 있었다. 인호는 조심스럽게 머리를 들어올렸다.

"혜진아……."

평소에 친구들과 함께 동네를 천방지축 뛰어다니던 아이였다. 알바에서 돌아온 자신을 볼 때마다 항상 해맑게 웃으며 인사하는 모습이 얼마나 귀여웠던가. 그런데 다시는 그 미소를 볼 수 없게 됐다.

"……각오해야겠군요."

아이를 조심스럽게 눕힌 인호가 입을 열었다. 가족의 죽음을 받아들여야 할지 모른다는 그를 보며 수아는 아무 말도 할 수 없었다. 이 상황은 그녀에게도 남의 일이 아니었기 때문에.

'아빠, 엄마.'

항상 자신을 챙겨준 부모님의 얼굴이 떠올랐다. 잘 피했으면 싶었다. 부디 살아남아서 다시 재회했으면 싶었다. 억지로 안 했던 생각을 떠올리자, 둑이 허물어지듯 그녀의 눈에서 뜨거운 눈물이 흘러내렸다.

"죄송합니다. 괜히 저 때문에."

"이, 인호 씨가 뭘 잘못했다고 그래요? 그런데 정말 괜찮겠어요? 차라리 안 가는 게……."

"아닙니다. 지금 물러나면 평생 미련을 못 버릴 겁니다."

도망칠 생각은 없다. 여기까지 온 이상, 시체라도 보리라. 각오를 다진 인호는 빌라 안으로 들어갔다.

-끼익!-

-취이익!-

빌라 안에서 괴물들의 우는 소리가 들렸다. 인호의 존재를 느낀 놈들은 안에서 미쳐 날뛰고 있었다.

'무명.'

-건물 안에 대략 10마리 정도 있다. 뭐가 있는지는 모르겠다만-

'그걸 묻는 게 아니다.'

-생존자의 기척은……느껴지지 않는다-

두근!

심장이 철렁거렸다. 무명의 감지는 이제껏 틀린 적이 한 번도 없었기 때문에 충격이 더 컸다.

-그, 그래도 혹시 모른다. 내 감지에서 벗어날 수 있는 기예가 있으니까!-

'됐다.'

인호는 무명의 말을 일축했다. 이미 각오하지 않았던가?
여기서 왈가왈부하느니 직접 확인하는 게 나았다.

402호.

문은 굳게 닫혀 있었다. 인호는 비밀번호를 누르기 위해
손을 뻗었다가 멈췄다. 전기가 끊어졌으니 디지털 도어락도
고장 났을 게 분명했다.

"수아 씨. 여길 좀 쏴주시겠습니까?"

"네."

수아는 K-2 소총을 손잡이에 겨눴다. 그리고 방아쇠를 당
겼다.

쾅!

단숨에 손잡이를 박살을 낸 마력탄. 동시에 문이 열렸고
인호는 집 안으로 들어갔다.

"아!"

수아는 신음을 내뱉었다. 집안은 지진이라도 일어난 것처
럼 엉망이 된 상태였기 때문에. 그러나 그녀의 눈을 사로잡
은 건 거실에 쓰러져 있는 고블린의 시체였다. 두 마리 있었
는데 다들 하나같이 식칼이 목에 꽂혀 있었다.

"누나분은 여기 없는 게 아닐까요? 고블린들이 죽은 걸 보
니 다른 곳에 갔을 수도 있잖아요."

"그랬으면 좋겠습니다."

적어도 이곳에서 누나의 시체를 보고 싶지 않았다. 인호는
그리 대답하며 굳게 닫혀 있는 안방을 응시했다. 누나가 사
용하는 방이었다.

천천히 안방을 향해 다가가는 인호. 그리고 그가 손잡이에 손을 댔을 때,

"꺼져! 이 빌어먹을 새끼들아!"

쾅!

우렁찬 목소리와 함께 문이 으깨지듯 박살이 났다. 그리고 문을 박살을 낸 돌덩어리는 그대로 문 앞에 서 있던 인호를 강타했다.

"컥!"

외마디의 비명을 지르면서 나가떨어진 인호. 본능적으로 마력으로 휘감은 양팔을 교차시켜 몸을 보호했지만, 충격만큼은 해소할 수 없었다.

깜짝 놀란 수아는 황급히 방을 향해 K-2 소총을 겨누었다. 그러나 그녀는 방아쇠를 당길 수 없었다.

"김인호?"

어깨까지 닿는 사이드 테일 흑발을 가진 여인이 서 있었다. 키는 수아보다 머리 하나가 더 컸으며 날카로운 인상의 미녀였다.

하지만 수아에게 상대의 외모는 눈에 들어오지 않았다. 날카로운 인상조차 눈에 들어오지 않을 정도로 여인에게서는 역동적이면서 강렬한 분위기가 느껴졌기 때문에.

여인은 성큼성큼 인호에게 다가가더니 그대로 쪼그려 앉았다.

"뭐야? 왔으면 왔다고 말을 하지, 왜 도둑처럼 기어들어 와?"

"이런 상황에서 어떻게……."

"아아, 잔소리는 됐고. 그건 그렇고 경찰?"

여인은 힘겹게 말하는 인호를 무시했다. 대신 호기심이 가득한 얼굴로 수아를 올려다보았다. 사냥감을 노리는 맹수의 눈빛처럼 보여 수아는 자기도 모르게 움찔했다.

"와, 너 능력 있다? 이런 상황에서 경찰 아가씨도 꼬시고? 근데 벌써 사고 친 건 아니지?"

"아니야!"

"아니에요!"

여인이 의심스럽다는 얼굴로 보자 인호와 수아가 힘껏 외쳤다.

-장군감이군-

지켜보던 무명조차 어이없다는 듯 중얼거렸다.

제5장 튜토리얼의 끝

수아와 인호 심지어 무명까지 당황하게 만든 여인은 인호에게 다가갔다. 인호는 여인이 내민 손을 붙잡고 자리에서 일어났다.

하지만 그것도 잠시,

"윽."

자기도 모르게 신음을 뱉은 인호.

그는 자기도 모르게 양팔을 움켜쥐었다. 처음에 비하면 통증이 많이 사라졌지만, 여전히 욱신거렸기 때문에. 그제야 인호의 상태를 알아차린 여인은 미안하다는 듯이 눈치를 살폈다.

"괴물일 거로 생각해서 힘 좀 실었는데……. 아파?"

"당연히 아프지."

조금 전의 공격은 정말 위험했다. 평범한 사람들은 일격에 즉사해도 이상하지 않을 정도로. 본능적으로 마력을 사용했기 때문에 버텼지 안 그랬다면 팔이 부러지는 거로 끝나지 않았으리라.

"미안. 이상한 놈들이 계속 쳐들어와서 또 걔들인가 싶었거든. 누나가 호 해줄까?"

"꺼져."

"풋!"

갑자기 웃음소리가 들리자 인호와 여인은 고개를 돌렸다. 두 사람의 눈에 웃음을 참고 있느라 얼굴이 붉어진 수아가 들어왔다.

그녀는 자신에게 시선이 집중된 걸 알고 웃음을 멈추려 했다. 허나 육체는 주인의 의지를 배신했고 그녀는 한동안 계속 웃었다. 아예 눈물까지 흘리면서.

"죄, 죄송해요. 저런 인호 씨의 모습은 처음이라."

"얘 원래 이런데? 툭하면 빽빽거려서 시끄러워 죽겠어. 말도 더럽게 안 듣고."

"상상이 안 돼요. 제가 본 인호 씨는 정말 멋진 분이었거든요."

수아는 두 눈을 동그랗게 뜨며 말했다. 여태까지 지켜봤던 인호는 굉장히 진중하고 사려 깊은 사람이었다. 그런 그가 시끄럽다니, 상상도 할 수 없었다.

그런 수아의 반응을 본 여인은 바로 인호를 바라보았다. 그러더니 장난스럽게 웃으며 팔꿈치로 인호의 옆구리를 툭툭 쳤다.

"그래도 자기 여자라고 멋진 모습만 보여줬나 보네?"

"그런 관계 아니라고 했지? 수아 씨한테 실례잖아."

"수아라고 하는구나? 뭐 해? 얼른 소개해주지 않고."

소개할 시간도 안 줬으면서 무슨 소리를 하는 건가? 인호는 어처구니없다는 얼굴로 여인을 바라보았다. 물론 여인은 전혀 개의치 않았지만. 신경 써봐야 자기만 손해라는 걸 잘 아는 인호는 한숨을 내쉬며 입을 열었다. 다만 복수하는 것도 잊지 않았다.

"수아 씨. 이쪽은 김현주라고 합니다. 현재는 백조고 나이는……."

"헛소리하면 죽는다?"

"올해부터 저희보다 앞자리 수가 하나 많죠."

30세가 되었다는 뜻이었다. 김현주의 얼굴이 붉게 달아올랐다. 마치 역린을 찔린 용처럼.

"야!"

소리 지르는 현주. 인호는 가볍게 어깨를 으쓱였고 수아는 그런 두 사람을 흐뭇한 얼굴로 바라보았다. 장난치는 모습에서 서로서로 얼마나 아끼는지 알 수 있었기 때문에.

"누나, 이분은……."

"제가 말할게요, 인호 씨. 저는 이수아라고 해요. 나이는 25살이고요. 언니라고 불러도 될까요?"

"물론이지. 경찰이라 그런가? 이 싸가지하고 같이 다닐 성격은 아닌데? 대체 무슨 일이 있었던 거야?"

현주는 아예 수아의 손을 붙잡고 자신의 옆자리에 앉혔다. 그렇게 여성들의 대화가 시작됐다.

"후우."

현주가 한 번 수다를 떨면 절대 멈추지 않는다는 걸 잘 알기 때문에 인호는 끼어드는 걸 포기했다. 수아가 알아서 잘 설명하리라. 그녀에게 사태의 해결을 맡긴 그는 무명을 올려다보았다.

'감지는 절대 안 틀린다고 들었는데?'

-감지를 속일 수 있는 기예는 얼마든지 있다고 조금 전에 말하지 않았나!-

자존심에 상처 입은 무명이 황급히 변명했다. 물론 인호는 그 정도로 넘어갈 생각은 없었다. 현주가 죽은 줄 알고 얼마나 놀랐던가. 그때의 충격을 떠올리면 여전히 이가 갈렸다.

'추한 변명이군.'

-변명이라니! 조금 전에 네 누이가 펼친 기예를 보지 않았나? 분명히 무슨 수를 썼을 거다!-

무명의 계속된 억울함 호소로 인해 인호는 일단 현주가 있던 안방으로 향했다. 그리고 그는 자기도 모르게 움찔했다.

-봐라! 역시 내 실수가 아니었어!-

의기양양하게 외치는 무명. 인호 역시 이번에는 인정할 수밖에 없었다. 안방의 벽과 천장, 바닥까지 전부 종류를 알 수 없는 돌로 뒤덮여 있었다.

-돌 안에 마력이 흐르고 있다. 그게 이 방과 외부를 차단했고. 그래서 내 감지가 통하지 않은 거지-

무명의 말을 들은 인호는 돌에 손을 댔다. 확실히 마력이 돌 안에서 격렬하게 움직이고 있었다. 혹시나 해 마력을 불어넣으니,

쾅!

강한 반발력이 일었다.

인호는 깜짝 놀라 손을 뗐다. 혹시나 해서 손바닥을 보니 검게 그을려 있었다.

-어떤 원리인지는 모르지만, 상당히 좋은 기예군. 괴물들에게서 자신을 숨길 수 있는 기예는 많지 않거든. 네놈이 예전에 상대한 거대한 괴물 정도 되면 눈치챘겠지만-

'그것만 해도 대단한 거지.'

위급한 상황에서 몬스터들을 피할 수 있다는 것만으로 충분히 가치가 있었다. 다만 현주가 무슨 능력을 얻었는지 감이 안 잡혔다. 정황을 볼 때, 돌을 다루는 건 명백했지만 단순히 그 정도일 거 같지는 않았다.

"야! 김인호!"

현주의 목소리가 방안을 울렸다. 장난기가 다분했기 때문에 인호는 땅이 꺼져라 한숨을 내쉬었다. 마음 같아서는 무시하고 싶었지만 어쩌겠는가. 그럴수록 난리 치는 게 김현주라는 사람이었다.

"왜 불러?"

"이 멋진 놈 같으니라고!"

덥석.

갑자기 인호를 끌어안는 현주. 굉장히 당황스러웠지만 그렇다고 누나를 밀어낼 수는 없는 노릇이었다. 결국 그는 뻘쭘한 얼굴로 현주의 포옹을 받을 수밖에 없었다. 포옹을 푼 그녀는 기특하다는 듯 그의 머리를 토닥였다.

"수아 이야기 다 들었는데 완전 감동이더라. 이렇게 널 키운 보람을 느낀 건 처음이야."

"오버 좀 하지 마."

"뭐 어때서 그래? 어쨌든 진짜 잘했어. 죽을 뻔했다는 이야기 듣고 열 받았는데 그건 용서해줄게. 정말 수고했어."

"누나는 어때? 다친 덴 없어?"

"난 괜찮으니까 신경 쓰지 않아도 돼. 어쨌든 정말 다행이야. 안 그래도 넌 몸이 안 좋았잖아."

현주는 처음으로 감정을 드러냈다. 인호가 십자인대 파열이라는 큰 상처를 입었기 때문에 그동안 얼마나 걱정했던가. 혹시라도 죽지 않았을까 싶어 계속 마음을 졸여야 했다.

"다 나았으니까 누나도 이제 걱정하지 마."

"미쳐버린 세상이지만 그래도 좋은 건 있네. 그보다 내 이야기를 안 했지?"

인호와 수아는 고개를 끄덕였다. 피식 웃은 현주는 자신이 겪은 바를 이야기했다.

"시장을 가려고 했는데 갑자기 이 괴물이 튀어나오지 뭐야? 좀 위험하긴 해도 다행히 식칼로 죽일 수 있었어. 그러니까 플레이어로 각성했다고 하더라."

"능력은 뭐야?"

"내 능력은……."

대답을 하는 대신 손바닥을 펼친 현주. 그러자 갈색으로 이루어진 남자아이가 나타났다. 손바닥만 한 크기의 아이는 신기하다는 얼굴로 인호와 수아를 번갈아 응시했다.

"놈(Gnome)이라고 해. 땅의 정령이라고 하는데, 난 편하게 흙돌이라고 불러. 이 애하고 계약을 맺어 땅의 힘을 다룰 수 있고, 왠지 모르겠지만 몸도 튼튼해졌어."

"정말 귀여워요!"

"그지? 한 번 만져봐."

"그래도 될까요?"

현주가 고개를 끄덕이자 수아는 조심스럽게 흙돌이의 머리를 쓰다듬었다. 그러자 흙돌이는 환하게 웃으며 수아의 손가락에 얼굴을 비볐다.

"땅의 힘이라는 게 어떤 거야? 돌을 만들어내는 건가?"

"그것도 가능하고 그 외에도 여러 가지 능력이 있더라. 다만 나도 아직 완벽하게 알아낸 건 아니라서 좀 더 알아봐야 돼."

바깥을 돌아다닌 인호나 수아와 달리 현주는 계속 집 안에 있었다. 그러니 능력 개발이 더딘 것도 무리는 아니었다. 뭐 그건 그에게 별로 중요하지도 않았다. 진짜 중요한 건 현주의 생사였고 그녀는 무사히 살아남았다.

"그나저나 나 데리고 수도방위사령부로 가려고 했다며? 이 시간에 갈 수 있겠어?"

"힘들겠지."

상태창의 시계는 어느새 18시 30분을 지나고 있었다. 해는 이미 기운지 오래였고 밤하늘이 보였다. 몬스터가 밤에 어떤 식으로 행동할지 모르는 이상, 무턱대고 움직이는 건 위험했다.

"잘 생각했어. 몬스터를 쫓아낼 수 있다며? 오늘 가봐야 어차피 높으신 분들만 계속 만날 텐데 그냥 집에서 쉬었다가 가. 불침번을 서긴 해야겠지만."

"그야 그렇지. 수아 씨는 괜찮습니까?"

"괜찮아요. 저도 그렇고 인호 씨도 많이 지쳤잖아요?"

확실히 그랬다. 영웅화 때문에 육체적 피로는 없었지만, 정신적 피로는 상당했다. 잠시라도 집에서 쉬고 싶었다.

"잠깐 스탑!"

갑자기 소리를 지르는 현주. 인호와 수아의 시선이 그녀를 향했다.

"낯간지럽게 인호 씨하고 수아 씨가 뭐야? 듣는 사람 엄청 불편하거든? 얼른 호칭 바꿔."

"만난 지 하루도 안 됐는데 이게 당연한 거 아니야? 그리고 난 이게 편해."

"너야 그게 편할지 몰라도 다른 사람은 아니거든? 안 그래, 수아야?"

"그, 그게 좀 불편하긴 해요. 만난 지 얼마 안 됐지만, 이, 인호 오빠는 믿을 수 있는 사람이고."

오빠.

전혀 예상치 못한 호칭이었기 때문에 인호는 멍한 얼굴로 수아를 바라보았다. 그녀는 얼굴을 붉힌 채 그를 외면했다.

"오빠하고 동생. 얼마나 깔끔한 관계야? 너도 군바리 티 내지 말고 수아한테 말 좀 편하게 해. 그러니까 여자 친구가 없지."

"후우. 잘 부탁해, 수아야."

"네! 저도 잘 부탁드려요, 인호 오빠."

현주가 떼를 쓰면 절대 이길 수 없었기 때문에 인호는 그냥 포기했다. 그나마 다행인 건 수아가 말을 편하게 하는 걸 거북해하지 않는다는 점이었다.

"호칭 문제도 해결했고. 김인호, 넌 저것 좀 치우고. 수아, 너는 내 옷 빌려줄게."

"고마워요, 언니."

두 사람은 사이좋게 안방으로 들어갔다. 혼자 남은 인호는 거실과 부엌에 쓰러져 있는 고블린을 보고는 한숨을 내쉬었다.

'또 꿈인가.'

인호는 자신의 아래에 펼쳐진 광경을 보며 무명의 꿈에 끌려왔음을 깨달았다. 아래에 무명이 있었기 때문에 모를 수가 없었다.

다만 몇 가지 달라진 점도 있었다.

첫 번째 꿈에서는 성이 보였는데 이번에는 드넓은 황야가 보였다. 황야에는 양측의 병사들이 대략 1km의 간격을 두고 떨어져 있었는데 그 중심에는 두 사내가 서 있었다. 그중 한 명은 당연히 무명이었고 다른 하나는 무명보다 10살 정도 많아 보이는 사내였다.

'진짜 쌍검을 썼군.'

인호는 무명의 양손을 내려다보았다. 무명은 환두대도 두 자루를 움켜쥔 상태였다.

-이미 충분히 날뛰지 않았나? 이쯤에서 만족하고 돌아가는 게 서로를 위해 좋을 텐데-

-형제의 예의를 저버린 배신자들을 남겨둘 수는 없지. 또 이대로 물러나면 죽은 이들의 넋을 어찌 위로할 수 있을까

사내의 질문에 무명은 무심한 어조로 대답했다. 그러자 사내는 어처구니없다는 얼굴로 무명을 바라보았다.

-그리 따지면 우리 역시 갚아야 할 빚이 있다. 그래도 고집을 부리겠다는 것인가?-

대답은 없었다. 더 이상의 말은 불필요했으니까. 무명은

사내에게 두 자루의 환도대도 중 하나를 겨누었다. 사내는 고개를 흔들더니 곡도를 뽑았다.

두 사람의 행동은 정말 평범했지만,

'괴물이잖아!?'

인호는 전율을 느꼈다.

마력을 깨달았기 때문에 이전에 보지 못했던 것들이 눈에 들어왔다. 무명의 몸에는 용암처럼 부글부글 끓어오르는 투기가 충만했다.

사내는 어떤가? 사내의 몸을 휘감고 있는 투기는 무명의 것과 비교해도 절대 뒤떨어지지 않았다. 단지 무기를 겨누고 있을 뿐인데도 두 사람 주변의 공간이 일그러졌다.

쿠오오!

약속이라도 한 듯이 동시에 마력을 방출하는 두 사람. 무명은 인호에게 익숙한 수라마공의 검푸른 기운을, 사내는 피처럼 붉은 기운을 개방했다. 이는 개전을 알리는 신호. 무명과 사내는 서로를 향해 달려들었다.

아니, 달려든 것처럼 보였다.

쾅!

눈을 한 번 깜박였을 뿐인데 무명과 사내는 어느새 서로의 무기를 맞댄 상태였다. 그 위력이 어찌나 강한지 두 사람이 우뚝 선 바닥이 아래로 푹 꺼졌다. 그뿐인가. 지켜보고 있던 병사들은 충격파를 감당하지 못하고 비틀거렸다. 그중에는 아예 바닥에 쓰러진 이들도 있었다.

그러나 이는 겨우 시작에 불과했다.

무명과 사내는 상대의 목숨을 끊기 위해 자신의 병장기를 휘둘렀다. 두 자루의 환두대도와 한 자루의 도가 부딪치는 모습은 마치 춤과 같았다.

"……."

멍한 얼굴로 아래에서 펼쳐진 광경을 응시하는 인호. 무명이 강하다는 건 알고 있었다. 단 한 번의 휘두름으로 수십, 수백의 병사들을 쓸어버리는 걸 보지 않았던가.

하지만 지금 느끼고 있는 감정은 그때와 또 달랐다. 상상조차 하지 못했던 미지의 세계가 인호를 반겼고 깨달음을 선사했다. 아직 그는 무명을 논하기에는 이르다고, 착실하게 실력을 쌓을 필요가 있다고.

그렇기 때문에 인호는 눈을 부릅뜨고 무명을 살폈다. 그가 상대를 어떻게 공격을 하는가, 공격을 막기 위해 어떻게 움직이는가.

단지 무기만 보는 게 아니었다. 격돌 과정에서 상대를 속이기 위한 미묘한 움직임까지 전부 눈에, 뇌리에 새겼다.

하급 검술의 레벨이 1 상승했습니다.
하급 검술의 레벨이 1 상승했습니다.
하급 검술의 레벨이 20에 도달함에 따라 한계에. 직면했습니다. 이 이상의 경지에 올라가기 위해서는 고유의 '검술'을 익혀야 합니다.

Close	View

'꿈속에서도 나올 줄이야…….'

갑자기 나온 메시지를 보니 입에서 절로 실소가 나왔다. 그 때문에 흐름이 깨졌지만 인호는 개의치 않았다. 어차피 이 이상의 영역은 아직 이해할 수 없었기 때문에. 지금은 그저 지켜보는 것만으로도 기뻤다.

그 사이, 무명과 사내의 전투는 막바지에 다다랐다. 주변을 둘러보던 인호는 흠칫 놀랐다.

드넓은 황야에는 아까까지 보지 못했던 커다란 구덩이가 여기저기 뚫려 있었다. 거센 충격파는 아예 회오리로 바뀌어 하늘마저 갈라버렸다. 양 측의 병사들이 거리를 벌린 건 굳이 언급할 필요도 없고.

무명과 사내는 이미 피투성이가 된 지 오래였다. 두 사람 모두 숨을 거칠게 내쉬었고 안색은 창백했다. 그런데 서로를 노려보는 눈은 여전히 살벌했다.

파지직!

그런데 그때, 무명의 몸에서 흘러나오고 있는 기운의 색깔이 바뀌기 시작했다. 검은 기세는 점차 밝아지더니 아예 하얀색이 됐다. 거기다가 불꽃처럼 일렁이던 게 번개처럼 스파크를 뿜었고.

이에 반해 사내의 붉은 기운은 더욱더 짙어졌을 뿐, 딱히 색깔이 바뀌지 않았다. 허나 인호는 사내의 기운이 칼날처럼 날카로워졌음을 파악했다.

쾅!

동시에 땅을 박찬 두 사람. 10m의 거리는 눈 깜짝할 사이에 좁혀졌고 환두대도와 곡도가 서로의 숨통을 끊기 위해 쇄도했다. 승패를 확인하기 위해 인호는 다시 눈을 번쩍 떴다.

그 순간,

번쩍!

새하얀 빛이 모든 것을 집어삼켰다.

악몽 같았던 2020년 1월 1일이 지나고 1월 2일의 아침이 밝았다. 무사히 하루를 넘겨 기쁠 법도 하건만 인호의 얼굴에는 불만이 가득했다.

"끝나도 그렇게 끝날 줄이야……."

무명과 이름 모를 사내의 승부는 가슴을 뜨겁게 만들었다. 그렇기 때문에 둘 중 누가 이겼는지 꼭 보고 싶었다.

그런데 이게 웬걸?

새하얀 빛이 퍼지더니 꿈이 그대로 끝난 게 아닌가. 얼마나 허탈했는지 몸에 힘이 하나도 없었다.

-아침부터 왜 똥 씹은 얼굴이지? 악몽이라도 꿨나?-

"악몽이라면 악몽이지."

상체를 일으킨 인호가 쓰게 웃었다. 가장 중요한 결말을 보지 못했다는 점에서 충분히 악몽이라 할 수 있으리라. 그래도 성과가 아예 없는 건 아니었지만.

[패시브 스킬-하급 검술(Max)]

단지 꿈을 통해 무명이 싸우는 것만 봤는데도 하급 검술 레벨이 20에 도달하면서 Max를 찍었다. 이 때문에 스킬 레벨의 한계가 20이라는 걸 알게 되어 나름대로 의미가 있었고.

아쉬움을 뒤로한 채, 인호는 무명에게 질문했다. 그에게 알아볼 게 있었다.

"무명. 넌 따로 검술이나 검법 같은 걸 익혔나?"

-당연한 걸 묻는군. 검을 제대로 휘두르기 위해서는 틀을 갖춘 검법을 배워야 한다. 안 그러면 영원히 칼춤 신세에서 못 벗어날 테니까

"그럼 수라마공이나 수라검기는 뭐지? 검법하고 다른 건가?"

-다르지. 수라마공은 내공 심법이고 수라검기는……. 이럴 게 아니라 무공이 뭔지 설명해주마

바라는 바였다. 인호는 자세를 바로 하고 무명의 설명에 귀를 기울였다.

-무공을 크게 분류하면 이렇다. 기를 모으게 해주는 내공 심법, 검이나 도 혹은 창 같은 무기를 다루게 하는 병장기술, 긴 거리를 빠르게 움직이게 해주는 경공술, 적과 싸울 때의 발놀림과 몸의 움직임을 아우르는 보법이나 신법이 있지-

"그게 전부인가?"

-물론 아니지. 맨몸으로 싸울 수 있게 해주는 권장지각이 있다. 마지막으로 적을 기습하는 무기를 다루는 암기술도 있고-

무공의 종류는 다양했다. 예상했던 것보다 훨씬.

"그걸 다 익혀야 한다고?"

-다 배우는 게 좋지. 그래야 여러 상황에 대처할 수 있지 않나?-

"만류귀종? 그런 말이 있다고 들었는데."

본래 불교에서 나온 사자성어지만 무협 소설에서는 다른 의미로 사용된다. 한 가지 방면에서 극의를 이루면 이를 응용해 다른 방면에서도 금방 극의를 이룰 수 있다는 뜻으로.

그러나 무명은 콧방귀를 끼었다. 입가에는 아예 비웃음이 맺혀 있었고.

-만류귀종이라니, 대체 어디서 그런 말도 안 되는 소리를 들은 거냐?-

"여기저기서 들었지."

-만류귀종 같은 건 없다. 요령이야 늘겠지만 거기까지지. 진짜 무인이 되기 위해서는 무공들을 차근차근 익혀야 한다-

혹시나 해 물었지만 돌아오는 대답은 인호의 기대와 동떨어져 있었다. 역시 세상에 거저먹는 일이란 없음을 그는 절감했다.

-진짜 무인이 되기 위해서는 최소한 내공 심법, 병장기술, 권장지각, 경공술, 보법 정도는 익혀줘야 한다-

"난 멀었군."

그리 대답한 인호는 자신이 익힌 무공을 떠올렸다. 수라마공이라는 내공 심법, 뇌영보라는 보법을 익혔다. 그 외에는? 검법, 경공, 권장지각까지 익힌 게 하나도 없었다.

-멀어도 한참 멀었지. 무인은커녕 반쪽짜리도 못 되니까. 그래서 말하지 않았나? 배울 게 많다고 말이야-

"그럼 네가 익힌 무공을 가르쳐주는 건가?"

-그럴 생각이다. 정보야 제약이 걸려 있어 제대로 말해줄 수 없지만, 무공은 다르지-

가슴이 두근거렸다.

꿈에서 무명이 보인 힘은 압도적이었다. 그 힘의 근원이 된 무공을 배울 수 있다니, 굉장히 기뻤다.

"언제부터……."

쿵쿵!

"벌써 9시야! 얼른 일어나!"

과격한 노크 소리와 함께 현주의 목소리가 방에 퍼졌다.

"알았어!"

큰소리로 대답하는 인호. 그제야 현주는 노크를 그만두고 사라졌다.

-앞으로 잠자리에 들 때마다 가르쳐주지. 다만 정말 다급한 경우를 제외하고는 매일 배워야 한다. 한 번이라도 포기하면 그걸로 끝이다

"그럴 일은 없을 거다."

엄포를 놓는 무명을 보며 인호는 당당히 대답했다.

포기라니?

절대 있을 수 없는 일이었다. 무명의 싸움을 봤고 맹세하지 않았던가. 무명처럼 강해지겠다고. 아무리 힘들어도 끝까지 달라붙어 그의 가르침을 받으리라.

-그럼 됐다

인호의 대답이 마음에 들었는지 무명은 흐뭇해했다.

"그래도 뭘 가르쳐줄지 조금은 알려줄 수 있나?"

-못 할 것도 없지-

우웅.

무명이 손을 까딱이자 새하얀 빛이 일었다. 그러자 그의 양손에 빛으로 이루어진 검 두 자루가 나타났다.

-내가 너에게 가르쳐줄 건 건곤천뢰검(乾坤天雷劍)이라는 검법이다. 내가 익힌 검법 중 가장 뛰어난 검법이지-

"힘도 봉인 당했다고 하지 않았나?"

-배운 무공이 사라진 건 아니다. 기억이 나는 초식이 몇 개 없어서 그렇지. 그래도 네놈을 가르치는 데는 차고 넘치니 걱정하지 않아도 된다-

무명이 자신만만해하자 가슴 속의 두근거림이 더 커졌다. 저 말이 사실이라면 꿈속에서 무명이 펼쳤던 검법은 건곤천뢰검일 확률이 높았기 때문에.

-본론으로 들어가지. 건곤천뢰검은 양의 기운과 음의 기운이 한곳에 부딪혀 생기는 천지간에 가장 강한 힘인 천뢰를 다루는 검법이다-

"두 개의 기운을 다룬다는 건가?"

-좀 더 엄밀히 말하자면 완전히 상반된 기운 두 가지를 뜻한다-

"그 둘이 부딪치면 어떻게 되지?"

-그 자리에서 엄청난 위력의 폭발이 일어난다. 그걸 다뤄야만 건곤천뢰검을 펼칠 수 있고-

그냥 듣기에도 위험한 무공이었다. 얼굴을 찌푸린 인호는 다시 질문을 던졌다.

"만약 그 두 가지 기운을 못 다루면 어떻게 되는 거냐?"

-굳이 말로 해야 하나?-

무명의 입가에 미소가 떠올랐다. 장난기가 가득한, 악동의 미소였다. 그 모습을 보니 머릿속에서 바로 정답이 떠올랐다. 몸이 터져 그대로 죽으리라.

-무서우면 포기해도 된다. 특별히 신경 써서 네놈을 위한 '맞춤용' 검법을 알려주지-

"배우겠다."

단호하게 대답하는 인호. 그러자 무명조차 당황했다. 설마 인호가 고민도 하지 않고 대답할 줄은 몰랐으니까.

-잘 생각하는 게 좋을 거다. 건곤천뢰검을 펼친다는 건 폭발의 충격을 네 몸으로 계속 받아야 한다는 거다. 공격의 위력이 강해질수록 충격도 더 강해지지. 자칫 잘못하면 네가 죽을 수도 있다

"상관없다. 최고의 검법이 있는데 다른 걸 배울 이유가 없지 않나?"

이미 결심하지 않았던가? 무명처럼 강해지겠다고. 이를 위한 길이 그의 앞에 펼쳐졌는데 마다할 이유가 없었다.

-크하하하! 그래, 사내로 태어났으면 그 정도 깡은 있어야지. 좋다! 가르쳐주마! 내 이름을 걸고!-

"기억도 없는 이름을?"

-빌어먹을 새끼 같으니라고. 좋다, 나의 무(武)를 걸고 맹세하마!-

위이잉!

무명의 오른손에 있던 검이 검붉게 물들었다. 그에 반해 왼손의 검은 검푸른 빛을 발했고.

'……저게 상반된 기운인가.'

본래 무명의 영혼은 세상에 어떤 영향도 끼칠 수 없었다. 이 때문에 다른 사람들은 그의 힘은 물론 존재조차 알아차릴 수 없는 상황이었다. 그러나 단 한 사람, 무명과 영혼이 이어진 인호만큼은 무명의 힘을 똑똑히 느낄 수 있었다.

검붉은 빛에서는 태양처럼 강렬한 열기가 흘러나왔다. 검푸른 빛에서는 뼛속까지 시리게 할 정도의 냉기가 느껴졌다.

무명은 그 상태에서 오른손의 검을 지면과 수평을 이루도록 겨누었으며 왼손의 검을 하늘을 향해 비스듬히 올렸다.

-본래 건곤천뢰검은 총 12식으로 이루어져 있다. 허나 그 중 내가 기억하는 건 전반부인 4 초식 뿐. 그럼 첫 번째를 보여줄 테니 눈 크게 뜨고 봐라. 하앗!-

기합과 함께 쇄도하는 두 자루의 검. 현실에 아무런 영향도 주지 못했지만, 그 기백만으로 인호를 압도하기에 부족함이 없었다. 무명이 펼친 검을 보는 것만으로도 가슴이 벅찼으니까.

오른손의 검이 수평을 그렸고 왼손의 검이 위에서 아래로 떨어졌다. 그러자 새하얀 십자의 문양이 허공에 떠올랐다.

-이게 1초인 뇌격십자인(雷擊十字刃)이다. 어떤 원리인지 알겠나?-

"오른손의 검을 먼저 휘둘렀지만 거둬들이지 않고 멈췄다. 그 상태에서 왼손의 검을 내리쳤고. 망치와 모루처럼."

-가르칠 맛이 나는군. 그 말 대로 오른쪽 검으로 적의 움직임을 봉쇄하고 왼손의 검으로 폭발을 일으키는 거다-

"잠깐만."

무명의 설명을 들은 인호는 한 가지 의문을 느꼈다. 무협소설에서 자주 언급하는 부분과 다른 부분이 있었다.

"하나의 검법을 익히려면 그에 맞는 내공 심법을 익혀야 하는 거 아닌가? 특히 건곤천뢰검법은 두 개의 기운을 다뤄야 하지 않나?"

잘못된 무공을 익힌 캐릭터들의 결말은 한결같았다. 주화입마에 걸려 죽거나 아니면 골골거리거나. 그런 꼴이 되고 싶지 않았다.

-아무렴 내가 그것도 생각하지 않고 검법을 전수했을까?
애초에 수라마공을 익히라고 한데는 이유가 있었다. 수라
마공은 두 가지의 기운을 다룰 수 있는 무공이거든-

"수라마공이?"

-하나는 너도 이미 알고 있다

"묵린인가?"

-그렇지. 두 번째는 흑설(黑雪)이다. 수라마공을 더욱 수
련하다 보면 자연스럽게 깨우칠 거다-

준비 단계부터 험난했지만 인호는 개의치 않았다. 무명이
자랑하는 검법을 오늘 하루만에 바로 배울 수 있다? 그건 꿈
이 아니라 망상이었다. 그리고 그는 자신이 그 둘을 구분할
수 있다 믿었다.

"얼른 안 튀어나와!? 밥 안 준다?"

그런데 그때, 다시 현주가 외쳤다. 저 말을 어찌 거역할 수
있을까. 인호는 한숨을 내쉬고는 바로 옷을 갈아입었다. 그
리고 군번줄과 전역증을 챙긴 뒤에 방을 나섰다.

인호 일행이 집 밖으로 나섰다. 그러자 현주 역시 파티의
일원이 될 수 있었다. 세 사람은 수도방위사령부로 발걸음을
옮겼다.

-취익! 취익!-

-꾸에엑!-

오크들이 비명을 지르며 도망쳤다. 현주는 그 모습을 신기하다는 듯 쳐다보았다.

"와아. 진짜 도망치네. 축하한다, 김인호. 이제 높으신 분들의 사랑을 독차지할 수 있으니까."

"닥쳐."

"누나한테 말본새하고는. 장담하는데 높으신 분들이 너를 중심으로 특수 부대를 만들었을걸? 가령 민간인을 구출하는 부대라던가."

"……아마 그렇겠지."

몬스터가 수도방위사령부를 뚫을 수 없는 이상, 자신을 부대에 잡아두는 게 무의미했다. 차라리 자신을 중심으로 한 부대를 만드는 게 더 효율적이었다. 그러니 높은 확률로 현주의 말은 현실이 되리라. 바라는 바는 아니었지만.

"언니의 말이 사실이라면 나쁜 거 아니에요? 저희 모두 뿔뿔이 흩어질 수 있는 거잖아요."

"그렇지는 않을 거야. 정말 누나가 말한 부대가 만들어지면 경찰 입장에서도 숟가락을 얹고 싶어 할 테니까. 아마 너는 나랑 함께 하겠지."

"그럼 언니는요?"

"인호가 끼워달라고 하면 끼워주지 않으려나. 어쨌든 나도 예비역 중위니까. 안 그래?"

군번줄을 흔드는 현주의 모습은 굉장히 얄미웠다. 그래도 어쩌겠는가. 다른 곳에 있는 것보다는 자신의 곁에 있는 게 가장 안심이 되는 것을.

"그래야지."

"그나저나 진짜 개판이 다 됐네."

투쟁의 시대가 시작되고 처음 집 밖을 나선 현주에게 바깥의 풍경은 큰 충격으로 다가왔다. 주인을 잃은 채 여기저기 흩어져 있는 자동차, 화재로 인해 폭삭 무너져 버린 건물 등 모든 게 낯설었다.

가장 충격적인 건 도로 한쪽 구석에 산더미처럼 쌓여 잿더미가 된 시체들이었다. 시체가 부패하면 전염병이 돌 수 있기 때문에 태운 게 분명했다.

"너희들 진짜 대단하다. 이런 지옥을 뚫고 집까지 온 거잖아?"

"어제 일은 생각만 해도 아찔해요."

대답하던 수아는 자기도 모르게 몸을 떨었다. 그 짧은 시간 동안에 죽을 고비를 수없이 넘겼으니 무리도 아니었다.

"후우."

현주의 나지막한 한숨을 끝으로 대화는 중단됐다. 현주는 머릿속이 복잡한지 굳은 얼굴로 주변 환경을 계속 살폈다.

그런 그녀를 배려하기 위해 인호와 수아는 침묵을 유지했다. 그녀가 좀 더 이 상황을 받아들일 수 있도록.

그렇게 세 사람이 아무 말 없이 걸었고 마침내 수도방위사령부에 도착했다. 그들이 도착한 곳은 중문이었는데 그곳은 이미 피난민들로 북적이고 있었다.

"다들 대단하네. 어떻게 그 난리를 뚫고 여기까지 왔대?"

"어지간한 성인 남성이라면 야구 방망이 같은 걸로 고블린 한 마리 정도는 잡을 수 있어."

"플레이어가 된 이후에는 제대로 싸울 수 있으니 생존할 가능성이 더 커지죠."

인호의 뒤를 이어 말하는 수아. 이해가 됐는지 현주는 고개를 끄덕였다.

"싸우겠다고 결심한 사람만 살아남는 거네. 왜 투쟁의 시대인지 이제 알 거 같아."

-확실히 평범한 여인은 아니군-

바로 핵심을 찌르는 현주를 보며 감탄하는 무명. 그의 귓속말을 들은 인호로서는 쓴웃음을 지을 수밖에 없었다. 자신이 봐도 현주는 터프했으니까.

"그나저나 저래서는 몇 시간은 기다려야겠는데?"

"그러게요. 좀 늦게 출발한 게 다행이네요. 하마터면 아침부터 추위에 떨 뻔했어요."

현재 시각은 오전 11시 40분. 해가 어느새 중천으로 떠오르려 하고 있었다.

-기다릴 필요 없을 것 같군-

'무슨……?'

무명의 말에 반문하려고 했던 인호. 허나 그는 무명의 대답을 들을 수 없다.

대신,

"이제 왔군, 김인호 중사."

누군가 그를 부르는 소리가 들렸다.

인호는 목소리의 진원지로 몸을 돌렸다. 그리고 속으로 한숨을 내쉬었다. 시선의 끝에 서 있는 사람은 다름 아닌 박종찬이었다.

"충성."

박종찬을 보자마자 경례하는 인호. 그 모습을 본 박종찬은 흐뭇해하며 경례를 받았다.

"충성. 그건 그렇고 설마 오늘 올 줄은 몰랐군. 나는 자네가 누나만 구하면 바로 올 줄 알았거든. 덕분에 한참 기다렸다고."

"죄송합니다. 밤이 깊어 움직일 수 없었습니다."

"그것도 그렇군. 아직 몬스터들이 밤에 어떤 식으로 활동하는지 모르는 만큼 섣불리 움직일 수는 없으니까. 좋은 판단이었네."

"이해해주셔서 감사합니다."

인호가 고개를 숙이자 박종찬은 그의 어깨를 토닥였다. 그리고 현주를 보며 뭐라 말을 하려 했는데,

"충성."

현주가 먼저 경례했다.

전혀 예상치 못한 상황이었기 때문에 박종찬은 크게 당황했다. 그녀는 아무렇지 않다는 듯 자신을 소개했다.

"예비역 중위 김현주입니다. 심리전단에서 복무했습니다."

"정말인가?"

"예."

현주는 그리 대답하더니 주머니에서 전역증을 꺼냈다. 이를 확인한 박종찬은 곧 환하게 웃었다.

"오! 남매가 다 같이 복무하다니, 정말 대단하군! 그러고

보니 자네도 플레이어인 거 같은데?"

"예. 운 좋게 될 수 있었습니다."

"다행이군. 앞으로의 시대에서는 플레이어로 살아가는 게 안전하니 말일세."

기쁜 건 그 때문만은 아니었다.

'군대에서 복무한 남매가 같은 부대에 들어가 민간인들을 구출한다면…….'

현주가 어떤 능력을 갖췄는지 아직 모르지만 상관없었다. 플레이어가 되면 초인의 신체 능력을 손에 넣고 그것만으로도 충분했다. 중요한 건 인호와 같은 부대에 들어갈 수 있다는 가능성이었다.

바로 그림이 나왔다.

영웅이 된 남매. 그런 남매를 지휘하는 자신. 이보다 더 미래를 환하게 비춰줄 방법이 있나 싶을 정도로 좋았다.

"여기까지 오느라 고생 많았네. 그리고 김인호 중사와 함께 해줘서 고맙네, 이수아 경관."

박종찬이 칭찬하자 수아는 공손히 고개를 숙였다.

"다들 여기서 기다릴 필요 없네. 전역증을 소지한 예비역들은 따로 받아들이고 있으니까. 따라오게나."

박종찬이 앞장서자 인호 일행은 그의 뒤를 따라 부대 안으로 들어갔다. 일행의 얼굴이 곧 어두워졌다.

"이건 대체……."

"……예상 했던 것보다 더 끔찍하네요."

부대 안은 엉망이었다. 여러 가지 이유로.

"이거 먹고 어떻게 버티라는 거야! 좀 더 달라고!"

"죄송합니다. 부대에 비축된 식량이 많지 않습니다."

식량이 적다고 따지는 사람들. 하지만 군인들은 단호하게 그들의 요구를 거부했다. 아예 멱살을 붙잡는 사람도 있었지만 다른 군인들의 제지로 결국 물러나야 했다.

"으아악!"

"의무병! 붕대 가지고 와!"

"다, 다 떨어졌습니다!"

"그럼 네 군복이라도 찢어!"

한쪽에는 다친 사람들이 누워있었다. 민간인과 군인의 구별 없이 누워있었는데 다들 상처가 심했다. 그 중에는 이미 숨이 끊어진 사람도 있었다.

"상황이 좋지 않군요."

"벌써 피난민들의 숫자가 1만 명을 넘었으니까. 게다가 근처 부대의 병력도 합류했고. 그나마 그들이 가지고 온 식량과 부대 주변에 대형 마트가 있어서 다행이지."

문제는 식량만이 아니었다.

침구류, 의약품 등 모든 게 다 부족했다. 수용능력 이상의 인원을 받아들였으니 당연했지만 이대로는 부대 전체가 무너질 가능성이 높았다. 외부의 적이라면 모를까 내부에서부터 무너지면 손을 쓸 수도 없었다.

"두 사람은 이재운 하사를 따라가게. 자네들이 쉴 곳을 안내해줄 거야. 김인호 중사, 자네는 나를 따라오게. 사령관님께서 기다리고 계신다네."

"알겠습니다."

수아와 현주는 이재운 하사를 따라갔다. 인호는 박종찬을 따라 사령관실로 향했다.

"충성, 오셨습니까?"

"아, 충성. 행정실장이 고생이 많아. 사령관님께선 안에 계신가?"

사령관실 앞에서 행정실장이 박종찬을 알아보고 가볍게 경례하며 말했다. 박종찬은 경례를 받으며 자신과 함께 온 인호의 어깨를 살짝 앞으로 밀면서 행정실장에게 눈짓했다.

"네, 사령관님께선 안에서 피난민 대비계획을 검토하고 계십니다. 아, 이 청년이……."

"그래, 바로 말씀드렸으면 좋겠군."

"무기는 행정실에 두고 가게."

행정실장이 인호의 허리춤을 보며 말했다. 허리춤에는 '격을 잃은 마검'과 '로드나이트의 검'의 칼집이 매달려 있었다.

"잘 부탁드립니다."

"걱정하지 말게나."

인호는 두 자루의 검을 행정실장에게 건넸다. 비무장 상태로 있다는 게 마음에 걸렸지만 어쩌겠는가. 사령관을 만나는데 무기를 들고 갈 수는 없는 노릇이었다.

검을 받은 행정실장은 인호가 왔음을 알리기 위해 사령관실로 향했다. 그 사이, 박종찬이 인호를 돌아보았다.

"편하게 있으면 되네. 사령관님은 과하게 예의를 차리는 걸 좋아하지 않으시니까."

"알겠습니다."

인호는 가볍게 대답했다. 그때, 행정실장이 자리로 돌아와 말했다.

"들어오시랍니다."

똑똑.

그 말을 들은 박종찬은 문을 두드렸다.

-들어오게-

"네, 사령관님."

박종찬이 문을 열자 사령관실의 내부가 눈에 들어왔다. 사령관실 안은 장군의 집무실이라는 생각이 들지 않을 정도로 각종 서류와 지도가 엉망진창으로 흩어져 있었다. 그리고 탁자 앞에는 흰머리가 무성한 사내가 서 있었다.

"박 대령. 자네는 나가보게."

"예."

수도방위사령부 사령관, 조경수가 말하자 박종찬은 바로 뒷걸음으로 방을 나갔다. 둘만 남게 되자 조경수는 성큼성큼 인호에게 다가갔다. 그러더니 그를 꼭 끌어안는 게 아닌가?

"만나고 싶었네, 김인호 중사!"

격한 환대에 오히려 인호가 놀랄 정도였다.

-군복을 입을 필요도 없었군. 만나자마자 장군의 마음을 사로잡은 걸 보면-

'닥쳐.'

웃으며 놀리는 무명. 싸늘하게 쏘아붙인 인호는 속으로 한숨을 내쉬었다. 이런 식의 포옹은 정말이지 마음에 들지 않았다.

"자리에 앉게. 차라도 대접하고 싶은데 그러지 못하는 게 아쉽군."

"아닙니다."

조경수의 맞은편에 앉은 인호가 대답했다. 한가하게 차를 마시고 있을 때가 아니었다. 조경수 역시 예의상 한 말이었는지 바로 본론으로 들어갔다.

"자네 활약은 박종찬 대령에게 많이 들었네. 남부터미널역에서 이수아 순경을 구했을 뿐만 아니라 수많은 민간인을 방배역에서 사당역까지 이끌었다지?"

"전직 군인으로서 의무를 다했을 뿐입니다."

"의무라고 해서 누구나 다 지킬 수 있는 건 아니지. 공적조서는 준비했네만 시국이 이래서 안타까울 뿐이야."

인호는 묵묵히 조경수의 칭찬을 들었다. 복무했을 때라면 모를까, 의병 제대한 지금에 와서 저런 말을 들어봤자 아무런 감흥이 없었다. 어차피 보상은 시스템이 알아서 잘 해주고 있었고.

"왜 자네를 불렀는지 이미 짐작하고 있을 거로 생각하네. 정말 그 괴물들을 쫓아낼 수 있나? 싸우지 않고?"

"예. 8급 이하의 몬스터들이라면 쫓아낼 수 있습니다. 몇 번의 실전을 겪으면서 확인했습니다."

"그렇단 말이지……."

뭔가 골똘히 생각하는 조경수. 인호는 아무 말 없이 상대가 말하기를 기다렸다.

"자네의 능력을 듣고 한 가지 생각한 게 있네. 자네를 중심으로 한 능력자 부대를 편성하는 거지."

"시민을 구조하는 부대입니까?"

"눈치가 빨라 좋군. 아직 서울과 과천에는 구조를 기다리는 시민들이 많다네. 그들을 구하러 가기 위해서는 자네의 협력이 필요하지."

이미 예상했던 바였기 때문에 인호는 태연함을 유지할 수 있었다.

"부대의 규모는 어떻게 됩니까?"

"일단 1개 팀을 생각 중이네. 급조부대라서 팀워크를 다질 시간도 없으니 그보다 많은 인원은 방해만 되지 않겠나?"

1개 팀은 특전사 기준으로 1개 중대를 의미했다. 팀의 구성원은 총 12명이었고.

"인원은 어떤 식으로 차출하는지 알 수 있겠습니까?"

"군과 경찰에서 확인한 능력자들을 차출해서 조직할 걸세. 자네와 그동안 합을 맞춘 이수아 순경도 차출 대상이고."

"팀장은 누가 맡습니까?"

제일 중요한 부분이었다. 괜히 이상한 놈 밑에 들어가서 고생하는 건 반드시 피해야 했기 때문에. 그런데 이어지는 조경수의 말은 인호를 당황하게 만들기에 충분했다.

"나는 자네가 팀장을 맡아줬으면 싶군."

"제가 말입니까? 저는 중사였습니다."

특전사에서 팀장은 보병부대의 중대장 지위와 동급이다. 그래서 중사는 가끔 선임하사는 될지언정 일개 대원에 불과할 뿐이었다. 그런데 자신을 팀장으로 삼는다니.

"지금은 전시나 다름없으니 내 권한으로 현지임관하고 특별진급 처리하면 되네. 어떤가? 내 제안을 받아들이겠나?"

정중하게 묻는 조경수. 사령관인데도 윽박지르지 않고 예의를 갖추는 그의 태도는 인상 깊었다.

-어쩔 셈이냐?-

'받아들여야지.'

무명이 질문하자 인호는 일말의 망설임도 없이 대답했다.

이미 이곳에 오면서 결론을 내렸다. 현재 상황에서 제일 중요한 건 안전한 보금자리였다. 물론 자신에게는 몬스터를 쫓아내는 능력이 있다. 이 능력을 만능이라 여긴 적이 단 한 번도 없었을 뿐.

8급 이하의 몬스터들만 있다면 모를까 세상에는 블러디 오우거 같은 7급 몬스터도 있었다. 그 이상의 등급을 가진 놈들도 앞으로 계속 나올 테고.

그런 놈들로부터 수아나 현주를 끝까지 지킬 수 있다고 누가 장담할까? 누구의 도움을 받지 않을 만큼 강해질 수 있을 때까지는 수도방위사령부에 있는 게 나았다.

-군인이 되면 자유를 잃게 된다. 그래도 괜찮겠나?-

'감수해야지. 그리고 내가 얻을 수 있는 이득을 생각하면 당분간 여기에 머무르는 게 낫다.'

-무슨 이득이기에 스스로 자유를 포기하는 거냐?-

'이곳에 있으면 사람을 구할 기회가 많이 생긴다.'

-아!-

무명이 탄성을 질렀다. 그는 인호의 특성을 떠올렸다. '영웅화'는 사람을 구할수록 성장하고 이에 맞춰 인호를 강하게 만들어주는 특성이었다.

'어차피 나는 사람들을 구해야 한다. 그래서 영웅이 되겠다고 맹세했던 거고.'

-어차피 사람을 구해야 한다면 군대라는 거대한 조직의 힘을 빌리는 게 낫겠지-

또 사령관은 현재 자신을 굉장히 좋게 보고 있었다. 이럴 때 긍정적인 답변을 주면 사령관은 자신을 더 챙길 수밖에 없다. 더불어 일행의 안전도 확실하게 확보할 수 있을 거고. 그 전에 한 가지 처리해야 할 문제가 있었지만.

"대답을 드리기에 앞서 한 가지 부탁드릴 게 있습니다."

"뭔가? 내가 들어줄 수 있는 거라면 들어주지."

"이곳에 올 때, 제 누나도 함께 왔습니다."

"그런 거로 알고 있네. 그녀의 안전이라면 확실히 책임질 테니 걱정하지 말게."

"그게 아니고 누나를 부대에 넣을 수 있겠습니까?"

인호의 질문이 예상 밖이었는지 조경수는 눈을 동그랗게 떴다. 허나 그것도 잠시, 그는 헛기침하고 인호를 바라보았다.

"그리 말하는 걸 보면 자네 누나는 능력자가 됐나 보군?"

"예, 그렇습니다."

"능력자가 됐다 해도 민간인을 부대에 넣는 건 위험하다고 생각하네. 그래서 예비역을 제외한 민간인들은 배제하고 있지."

"그 부분은 걱정하지 않으셔도 됩니다. 제 누나는 여군 사관 출신입니다."

"그게 정말인가?"

뜻밖의 대답에 조경수는 한 방 맞은 것처럼 얼빠진 표정을 지었다.

"예. 본래 수색소대장으로 근무하다 육본에서 내려온 여군 전투병과 보직변경 명령에 따라 정훈으로 병과 전환되었습니다. 그 때문에 마지막에는 심리전단에서 근무했습니다."

"하하하! 남매가 모두 호국의 간성이었다니 정말 대단하군. 혹시 집안 전통인가? 그렇다면 못 할 것도 없지. 자네의 뜻을 받아들이겠네."

"그럼……."

사령관님의 뜻을 따르겠다, 인호는 그렇게 말하려 했다. 하지만 그는 말을 이어갈 수가 없었다.

번쩍!

갑자기 세상이 빛으로 뒤덮였기 때문에. 문제는 단순히 빛만 번쩍인 게 아니었다.

-조심해라!-

다급하게 외치는 무명. 그의 경고가 아니더라도 인호는 무언가가 자신을 강제로 끌어당기는 느낌을 받았다. 저항하려고 했지만 당기는 힘이 너무 강해 버티는 것조차 할 수 없었다.

우웅!

결국 인호는 그대로 어딘가로 강제로 이동됐다.

"이건 도대체……."

갑자기 사라진 인호를 보며 조경수는 할 말을 잃었다. 도대체 지금 무슨 일이 일어나고 있단 말인가?

쿵!

"윽!"

어딘가의 바닥에 떨어진 인호는 신음을 내뱉었다. 온몸이
쑤셨지만, 그는 힘겹게 눈을 떴다.

> 플레이어 김인호가 24시간 동안 살아남는 데 성공했습니다.
> 메인 퀘스트 '튜토리얼'을 달성합니다. 보상으로 플레이어
> 포인트 10을 획득합니다. 현재 플레이어 포인트 -26
>
> | Close | View |
> | --- | --- |

> 서브 퀘스트 3개, 메인 퀘스트 1개를 달성했습니다. 이에
> 따라 MVP로 인정됐습니다. 보상이 강화되어 희귀(Rare) 등
> 급 대신, 고유(Unique) 등급의 패시브 스킬이 주어집니다.
> 보상 목록에서 고르시길 바랍니다.
>
> | Close | View |
> | --- | --- |

> 플레이어 김인호가 칭호 '전화위복'을 획득합니다. 위기
> 에 처했을 때, 행운이 깃듭니다.
>
> | Close | View |
> | --- | --- |

메시지가 인호를 반겼다.

허나 그는 메시지를 읽는 대신 자신의 몸 상태를 살폈다.
다행히 다친 곳은 없었다. 다만 달라진 게 있었으니 허리춤
이었다. 분명히 행정실에 맡겼던 '격을 잃은 마검'과 '로드
나이트의 검'이 허리춤에 매여 있었다.

"이게 왜 여기에 있는 거지?"

-그 검들은 너와 연결되어 있다. 어디를 가든 너와 멀리 떨어지지 않는다-

"역시 귀속 아이템."

정말 다행이었다. 어딘지 모르는 곳에 강제로 끌려온 이상, 무기가 꼭 필요했으니까. 인호는 주변을 살피기 위해 고개를 들었고 그대로 굳어버렸다.

"……여기는."

-알고 있는 장소인가?-

"모를 수가 없지."

대한민국의 국민이라면 이 건물을 모를 수가 없으리라. 동양풍의 푸른 지붕을 가진 이 건물을.

바로 청와대였다.

문제는 청와대의 상태가 엉망이라는 점이었다. 인호가 지나왔던 곳들처럼.

경호원을 비롯해 수많은 사람의 시체가 널려 있었다. 사이사이에는 몬스터들의 시체가 놓여 있었고. 청와대 본관을 비롯해 모든 건물은 폭격이라도 맞은 것처럼 폭삭 무너진 상태였다.

"안전한 곳은 없다는 건가?"

대한민국에서 가장 안전한 곳 중 하나인 청와대였다. 그런 곳이 이렇게 엉망이 됐다. 제대로 된 군부대가 그나마 안전하겠지만, 그곳 역시 몬스터의 마수에서 벗어날 수 없는 건 마찬가지였다. 몬스터는 건물 내부에서도 나타나니까.

-말하지 않았나? 이게 투쟁의 시대라고. 부와 명예, 권력을 가지고 있다 한들 개인의 무력이 약하면 부질없다. 살아

남기 위해서는 자신의 힘을 키워야 한다-

"명심하지."

-그건 그렇고 지금은 주변 일에 신경 쓸 때가 아닌 거 같다-

"몬스터인가?"

-그건 아니고-

지이잉!

여기저기서 공간이 뒤흔들리더니 검은 구멍이 모습을 드러냈다. 구멍의 숫자는 총 7개였는데 그곳에서 사람들이 떨어졌다. 일곱 중 넷은 남자였고 셋은 여자였다.

-조심해라. 저놈들 다 한 가닥 하는 놈들이니까-

무명의 말 대로 일곱 명 모두에게서 강렬한 기운이 흘러나왔다. 한 사람, 한 사람이 인호와 비교해도 절대 뒤떨어지지 않을 정도로.

"으으. 여긴 어디야?"

"갑자기 이건 무슨 일이래?"

일곱 명의 플레이어들은 당황하며 서로를 바라보았다. 그들을 지켜보고 있던 인호가 눈을 치켜떴다. 아는 사람의 얼굴이 보였기 때문에.

'권태한!'

예전에 블러디 오우거 사냥을 도와줬던 권태한이 맞았다. 그 역시 인호를 확인하고는 활짝 웃으며 손을 흔들었다.

"와. 이런 데서 널 또 보네. 그 동안 잘 지냈냐? 내 밑으로 들어오지 못해 후회하지는 않았고?"

"그럴 리가 있나. 네놈은 잘도 살아남았군."

"이 몸이 죽을 리가 없잖아? 너 같은 서민하고는 격이 다르다고."

"템빨 주제에 격은 무슨. 그나마 그것도 아버지 덕분에 얻었으면서."

"네가 마음에 들긴 한데 입 관리는 잘해야 할 거야. 입 잘못 놀리다 뒈진 사람이 한 둘이 아니잖아?"

그 말을 하는 권태한의 얼굴에서 더는 미소를 볼 수 없었다. 물론 인호는 전혀 개의치 않았지만.

그때였다.

-다들 조용히 해주시면 감사하겠습니다-

갑자기 목소리가 울려 퍼진 건.

단지 말 한마디를 들었을 뿐인데 인호와 권태한은 더는 말을 할 수 없었다. 그들뿐만이 아니었다. 다른 이들도 그 자리에서 굳어버렸다. 움직일 수 있는 건 눈동자뿐이었다.

사람들의 시선이 청와대의 지붕으로 향했다. 그곳에서 목소리가 들려왔기 때문에. 지붕을 보자 다들 몸을 떨었다.

대체 언제 나타난 것일까?

청와대 지붕에 빛의 거인이 앉아 있었다. 이목구비는 물론 아무것도 보이지 않는 새하얀 거인이. 전혀 정체를 알 수 없었지만, 이것 하나만큼은 명백했다. 굉장히 강하다는 것. 여태까지 만난 몬스터들을 다 쓰레기로 취급할 수 있을 만큼.

'……무명.'

-어차피 알아서 자기소개할 거다. 조용히 기다려라-

그렇게까지 말하는데 뭐라고 대답하겠는가. 인호는 조용히 거인을 올려다보며 귀를 기울였다.

-안녕하십니까, 대한민국 국민 여러분. 다들 제가 보이

죠? 저는 대한민국을 담당하고 있는 천사, 자드키엘이라 합니다. 다들 만나서 반갑습니다!-

자신을 자드키엘이라 밝힌 거인이 유쾌한 어조로 말했다. 물론 받아주는 사람은 아무도 없었다. 자드키엘 역시 대답을 기다리지 않았는지 곧바로 말을 이어나갔다.

-우선 튜토리얼을 살아남은 분들, 진심으로 축하드립니다! 전혀 예상치 못한 상황에서 끝까지 살아남은 여러분은 보상을 받을 자격이 있습니다. 물론 플레이어가 되신 분들은 더 좋은 보상을 받을 수 있죠! 그리고!-

짝!

손뼉을 치는 자드키엘. 그러자 거대한 홀로그램이 만들어졌다. 화면을 본 인호는 얼굴을 찌푸렸다. 자신과 다른 사람들이 보였기 때문에.

-특별 게스트를 소개합니다. 이 자리에 계신 일곱 분은 이번 튜토리얼에서 뛰어난 활약을 펼친 분들입니다. 이를 인정받아 MVP와 VP가 됐습니다. 전국에서 뽑힌 분들이니, 전국구라 할 수 있죠!-

자드키엘이 설명하자 메시지가 떠올랐다.

영광의 퀘스트 MVP는 김인호입니다.

퀘스트 VP는 권태한, 강인한, 유설아, 김아름, 원승현, 김혜진, 조창환입니다.

Close	View

자드키엘이 설명하자 인호를 제외한 일곱 명의 플레이어

들은 서로를 살폈다.

누군가는 호기심을, 또 다른 이는 경계심을 드러내는 등 다양한 감정을 드러냈다. 가장 인상적인 반응을 보인 건 권태한이었다. 그는 믿을 수 없다는 얼굴로 인호를 노려보았다. 정작 인호 본인은 다른 사람들에게 관심을 두지 않았지만.

-역시 최고는 다르군. 경쟁자들을 전혀 안중에도 두지 않는다니-

'되지도 않는 농담은 그만해라.'

무명이 장난스럽게 말하자 인호는 싸늘하게 대답했다. 그가 알고 싶은 건 왜 저 자칭 천사가 자신들만 불렀냐는 점이었다. 다행히 자드키엘은 인호의 의문을 빨리 해결했다.

-왜 이분들만 따로 불렀냐고요? 간단합니다. 오늘 이분들과의 대담을 통해 앞으로 투쟁의 시대가 어떻게 전개될지 알려드릴 계획이거든요. 대한민국을 대표하는 플레이어들인 만큼, 질문도 잘할 테니 국민 여러분에게 나쁜 일은 아닐 겁니다-

'대담이라고?'

대담이라니, 왜 그런 친절을 발휘하는 걸까? 인류를 갑작스럽게 투쟁의 시대에 몰아넣은 놈들이 말이다. 상대의 목적을 전혀 예상할 수 없었다.

다른 사람들도 마찬가지였는지 심각한 얼굴로 자드키엘을 응시했다. 사람들의 이목이 쏠리자 자드키엘은 시작부터 폭탄을 터뜨렸다.

-우선 투쟁의 시대를 끝내는 법에 대해 알려드리겠습니다-

"헉!"

"마, 말도 안 돼!"

"끝낼 방법이 있다고!?"

크게 당황하는 사람들. 다들 투쟁의 시대가 앞으로도 계속 될 것이라 판단했다. 그런데 갑자기 끝이 있다고 하니, 어찌 안 놀랄 수 있을까.

-하하! 시작이 있으면 끝도 있는 법. 당연히 끝낼 방법이 있죠. 두 가지만 해결하면 됩니다-

"그 두 가지가 뭐지?"

처음 질문한 사람은 인호였다.

-이 대담이 끝나면 대한민국의 문화유산, 박물관, 랜드마크, 지하철이 전부 던전으로 바뀝니다. 그리고 플레이어분들은 이 던전들을 깨는 겁니다. 어때요, 쉽죠?-

"던전을 안 깨면 어떻게 되는 거죠?"

이번에는 한 여성이 질문했다. 등까지 오는 흑발을 가진 여성은 아름다운 얼굴을 자랑했지만, 눈초리가 굉장히 사나웠다.

-던전이 터지면서 안에 있던 몬스터들이 나오게 됩니다. 참고로 던전 안에 있는 놈들은 바깥에 돌아다니는 놈들보다 강해요. 그렇게 되면……말 안 해도 알 거라고 믿을게요-

이 자리에 그 정도도 못 알아듣는 사람은 없었다. 흑발 여성은 굳은 얼굴로 고개를 끄덕였다. 그러자 기다렸다는 듯 권태한이 나섰다.

"던전을 깨면 따로 이득이 있나?"

-물론이죠. 보상 없는 던전을 던전이라 할 수 있나요? 던전을 깨면 아이템, 스킬 등 각종 보상을 얻을 수 있어요. 하지만 던전의 진정한 가치는 따로 있답니다-

"진정한 가치?"

-바로 안전지대를 손에 넣을 수 있다는 거죠! 몬스터가 전혀 나오지 않고 또 3급 미만의 몬스터들은 전부 쫓아낼 수 있는, 대한민국에서 가장 안전한 장소를!-

-다만 지하철은 아니에요. 거긴 계속 몬스터가 나올 거예요. 여러분의 경각심을 유지하기 위해 필요한 곳이라

자드키엘의 말이 끝나기 무섭게 인호를 비롯하여 모든 사람의 눈이 번뜩였다. 몬스터의 가장 두려운 점은 언제, 어디서 나타날지 모른다는 사실이었다. 당장 건물 내부에서도 나오는 게 몬스터였다.

그런데 몬스터가 아예 안 나온다니, 현시점에서 안전지대는 낙원 혹은 유토피아라 해도 과언이 아니었다. 반드시 던전을 깨야 하는 이유가 생긴 순간이었다.

다음 질문을 한 사람은 금발로 염색한 여인이었다.

"안전지대라는 게 정확히 어떤 거죠? 던전 내부에 생기는 건가요, 아니면 외부에 생기는 건가요?"

-안전지대는 일종의 경계입니다. 해당 던전을 중심으로 반경 300m에 펼쳐지죠-

"던전은 어떻게 구성되어 있는지 알 수 있을까요?"

-던전마다 다 다르답니다. 그건 여러분이 직접 몸으로 알아보세요-

자드키엘이 싱글벙글 웃으며 대답했다. 한기를 느낀 금발 여인은 몸을 떨었다. 여인이 물러나자 인호가 다시 나섰다.

"던전 다음에는 뭘 깨야 하는 거지?"

-두 번째 조건도 간단합니다. 여러분은 이번 튜토리얼처럼

앞으로도 계속 메인 퀘스트를 받을 겁니다. 그것들을 전부 다 깨면 됩니다. 아, 몇 개냐고 묻지 마세요. 저도 모르니까요-

자드키엘이 그리 말하며 팔을 들어 올린 중년 남자를 내려다보았다. 사내는 멋쩍게 웃으며 팔을 내렸다. 무안해하는 기색이 역력했다.

-투쟁의 시대를 끝내는 법은 여기까지로 하죠. 마지막으로 알려드릴 건 플레이어분들이 조건을 충족할 때까지 해당 지역에서 나갈 수 없다는 거예요-

-서울 같은 특별시나 부산 같은 광역시들은 해당 도시 내에서만 이동할 수 있습니다. 마찬가지로 경기도나 전라도처럼 도에 사는 분들은 해당 도 밖으로 못 나옵니다. 이 점 꼭 명심하세요-

놀라운 이야기였다. 하지만 충격을 받는 사람은 없었다.

어차피 이 세상은 몬스터들에 의해 점령된 지 오래였다. 게다가 전기를 사용할 수 없게 되면서 교통수단도 잃었다. 당장 옆 동네로 가는 것도 어려워졌기 때문에 담담히 그 사실을 받아들일 수 있었다.

-제가 여러분에게 알려줄 이야기는 여기까지입니다. 그래도 하나 충고를 하자면, 싸우세요. 몬스터들을 두려워하지 말고 끝까지 싸워야 원하는 걸 이룰 수 있습니다

정말 인류를 걱정해서 하는 소리일까? 아니면 다른 무언가를 바라는 걸까? 지금으로서는 상대의 심중을 알 수 없었다.

-여러분이 힘을 합치면 투쟁의 시대를 끝낼 수 있습니다. 그러니 포기하지 마세요. 평화의 시대가 올 때까지 부디 무사하기를-

짝!

손뼉을 치는 자드키엘. 그러자 홀로그램이 사라졌다. 또 여덟 개의 검은 구멍이 나타나 인호와 다른 사람들을 집어삼 켰다. 원래 있던 곳으로 보내는 것이리라.

-조심해라-

'갑자기 왜?'

-천사는 절대 친절한 족속이 아니다. 노리는 게 있기 때 문에 자비로운 척 연기를 한 거다. 주변을 경계하고 주의를 기울여라-

우웅!

공간이 일그러졌고 인호는 다시 수도방위사령부에 나타 났다. 사령관실이 아닌 사령부 입구였지만. 그러나 인호에게 이를 궁금해 할 여유는 없었다. 무명의 경고가 현실로 드러 났기 때문에.

Quest·   Inbox   🔍

My Quest   **튜토리얼**

서브 퀘스트 몬스터 웨이브에서 살아남아라!

튜토리얼이 끝났고 본격적으로 투쟁의 시대가 시작 됐습니다. 투쟁의 시대에서는 안전지대의 유무에 상 관없이 반경 5km 안에 1만 명이 사람이 모여 있는 경우, 몬스터 웨이브가 들이닥칩니다. 몬스터로부 터 살아남으려면 수도방위사령부에서 도망치세요. 2km 이상 벗어나면 퀘스트가 완료되며 제한 시간은 2시간입니다.

보상

①고급(Uncommon) 액티브 스킬
②플레이어 포인트 5

-캬오오오오!-

-크허어어엉!-

사방에서 몬스터들의 포효가 울려 퍼졌다.

쿠쿠쿵!

사령부를 둘러싸고 있는 관악산에서 몬스터들이 물밀 듯
이 쏟아졌다. 트럭만 한 멧돼지와 고라니를 시작으로 다람
쥐, 개구리, 한국에서 멸종했다고 알려진 늑대까지 없는 게
없었다.

동물들만 그런 게 아니었다. 사마귀, 거미, 개미 등 곤충들
도 수도방위사령부를 향해 쇄도했다. 동물들처럼 놈들 역시
거대해진 상태였다.

그뿐인가? 정문 앞의 도로 쪽에서는 오크, 고블린 같은 몬
스터들이 해일처럼 쇄도했다.

"빌어먹을."

욕설을 내뱉은 인호는 문득 한 가지 사실을 깨달았다.

안전지대가 생기고 거기에 사람들이 많이 모여들면? 지금
처럼 몬스터들이 모여들 것이다. 그러면 자연스럽게 사람들
은 뭉칠 수 없게 된다. 몬스터의 습격을 받기 싫으니까.

먼저 안전지대를 차지한 사람들이 뒤에 온 사람들을 공격
하는 사태가 일어날 확률이 높았다. 그렇게 되면 사람들이
서로를 믿는 일은 없을 것이다. 살아남기 위해 인간마저 적
으로 돌려야 하는 시대가 온 것이다.

"힘을 합치면 투쟁의 시대를 끝낼 수 있다……."

먼저 불신감을 조장하는 상황을 만들어놨으면서 그런 말
을 할 줄이야. 거짓말도 이런 거짓말이 없었다. 사람들이 뭉

칠 기회를, 나아가 협력할 기회를 완전히 빼앗은 놈들이 할 말은 절대 아니었다.

그러나 어쩌겠는가.

지금은 싸워야 했다. 수도방위사령부에 머무르고 있을 수아와 현주를 찾기 위해서라도.

인호는 두 자루의 검을 뽑았다. 그리고 지옥이나 다름없는 사령부 안으로 들어갔다.

갑작스럽게 내려온 생존 퀘스트. 그와 동시에 악몽이 시작됐다.

-취익! 취익!-

-키이익!-

-카아악!-

고블린, 오크, 코볼트, 리자드맨 등 종족을 불문한 몬스터들이 쓰나미가 되어 쇄도했다.

꿀꺽.

그 모습을 지켜보던 군인들은 침을 삼켰다. 아직 거리가 있었는데도 공포로 등줄기에서 땀이 주르르 흘러내렸다. 그래도 도망치는 이들은 없었다. 오히려 이를 악물고 자신들이 가진 화기를 몬스터들에게 겨누었다.

"사격 개시!"

"단 한 마리도 남기지 마라!"

"목표 확인! 파이어!"

타타탕!

콰콰콰쾅!

아스팔트 도로가 뒤집히고 박살이 났다. K-2 소총은 물론 K-4 고속유탄발사기, K-6 중기관총 등 각종 화기가 만든 광경이었다. 사방에서 집중된 사격으로 메케한 연기가 치솟았고 그 틈으로 핏물과 살점이 비산했다.

하지만…….

-크허어엉!-

-키에에엑!-

몬스터들은 화망을 뚫고 계속 전진했다. 동족의 시체를 밟아야 한다는 사실도, 죽을지 모른다는 공포도 그들의 진격을 막을 수 없었다. 그들의 머리를 사로잡고 있는 건 오직 하나, 인간을 죽이겠다는 본능뿐이었다.

몬스터들이 다가올수록 군인들의 공격은 더욱 거세졌다. 그런데도 놈들의 숫자는 전혀 줄어들 기미를 보이지 않았다.

"대체 이놈들 전부 어디 있다가 튀어나온 거야!"

"적이 너무 많습니다! 후퇴해야 합니다!"

"여기가 뚫리면 사령부까지 금방이야! 피난민들이 얼마나 많이 몰려있는지 잊었어!?"

작전 과장 이형철 소령이 외치자 남태령 방어선을 맡은 김정태 중령이 외쳤다. 이형철은 입을 다물 수밖에 없었다. 김정태의 말이 옳다는 걸 알았으니까.

이미 사당역 방어선은 무너진 지 오래였다. 이곳 남태령 방어선까지 뚫리면 바로 수도방위사령부로 가는 길이 열린다. 사령부에 있는 피난민들을 생각해서라도 반드시 버텨야 했다.

그렇게 병사들이 전의를 다질 때,

-쿠오오오오!-

거대한 포효가 남태령을 뒤흔들었다.

문제는 그다음에 발생했다.

[7급 몬스터 블러디 오우거가 액티브 스킬 '피어(Lv.8)'를 펼칩니다. 플레이어 김정태가 상태 이상 '공포'에 걸립니다. 신체 능력이 20% 감소합니다.]

[7급 몬스터 머드 트롤 액티브 스킬 '피어(Lv.6)'를 펼칩니다. 플레이어 김정태가 상태 이상 '위압'에 걸립니다. 신체 능력이 10% 감소합니다.]

"크윽!"

"뭐, 뭐야 이거!"

이형철과 김정태의 얼굴이 고통으로 일그러졌다. 두 사람뿐만이 아니었다. 여기저기서 병사들의 비명이 들렸다. 정신적 충격이 그들의 뇌리를 강타했고 중력이 가해진 것처럼 몸이 무거워졌기 때문에. 아예 화기를 놓친 병사들도 생겼다.

쿵! 쿵! 쿵!

갑자기 양쪽으로 갈라지는 몬스터 무리. 그 중심에는 기존의 개체와는 전혀 다른 놈들이 있었다. 5m에 달하는 블러디 오우거, 4m의 머드 트롤 등 거대한 몬스터들이 모습을 드러냈다. 그런 놈들이 무려 5마리나 있었다.

"……보고서에 있던 대형 종인가. 일반화기는 안 먹힌다고 했지."

김인호가 체험한 것들은 모두 일선 지휘관들에게 전달된 지 오래였다. 재생이 가능해서 일반화기가 안 먹히는 것부터 어떻게 상대하는지에 관한 대응 방안까지 모두.

"박격포! 판저3! 쏴라!"

60mm 박격포 KM181, 81mm 박격포 KM187의 포탄이 허공에 치솟았다. 곧이어 판처파우스트 3의 작약탄도 상공을 가르며 날아갔다. 거대한 몬스터들은 그 크기 자체만으로 표적이 되었고 덕분에 맞추기 쉬웠다.

콰앙! 콰쾅!

불꽃이 터지고 검은 연기가 피어올랐다. 아스팔트 도로는 박살났고 근처에 있던 몬스터들은 불꽃과 도로 파편에 휩쓸렸다.

"전 탄! 명중입니다!"

"좋았어!"

주먹을 불끈 쥐는 김정태. 그러나 옆에 있는 이형철의 표정은 좋지 않았다.

"놈들의 재생 능력을 막으려면 능력자들이 나서는 게 제일 좋다고 봅니다. 이미 아군 병력 대다수가 능력자가 됐는데 초능력을 사용하는 게 낫지 않겠습니까?"

"제대로 다루지 못 하는 능력을 바로 실전에 사용하는 게 말이 되나? 아무리 재생 능력이 뛰어나도 놈들의 본질은 생명체. 저 정도 화력의 공격을 받으면 죽을 거다."

확신에 찬 김정태. 그러나 그의 믿음은 금방 깨졌다.

"말도 안 돼!"

"살아있다니!"

여기저기서 병사들의 비명이 울렸다.

형제를 알아보기 힘들 정도로 만신창이가 됐는데도 거대 몬스터들은 쓰러지지 않았다. 부러진 뼈가 붙고 떨어져 나간 살점이 새로 돋았다. 상상을 초월할 정도로 빠른 재생 속도 앞에서 군인들의 공격은 무의미했다.

-캬오오오!-

"막아라! 있는 거 다 퍼부어!"

달려드는 블러디 오우거를 본 김정태는 경악하며 외쳤다. 허나 이미 때는 늦고 말았다. 블러디 오우거는 수천 발의 탄환과 수십 발의 포탄을 버티며 계속 움직이더니 바리케이드에 부딪쳤다.

쫘앙!

블러디 오우거의 거대한 몸이 부딪치자 바리케이드가 크게 요동쳤다. 뒤를 이어 머드 트롤이 육중한 몸을 들이댔다. 결국 바리케이드는 충격을 버티지 못하고 우르르 무너졌다.

-키익! 키익!-

-찌익! 찍!-

몸집이 작은 고블린과 코볼트들이 무너진 바리케이드 잔해 사이로 파고들었다. 병사들이 일제히 사격해 막아냈지만 뚫리는 건 시간문제였다.

"젠장! 전기만 통했어도!"

김정태는 한탄했다. 전기가 갑자기 끊어지면서 전차나 발컨포 등 강력한 무장을 하나도 사용할 수 없게 됐다. 그래서 보병 장비로만 버텨야 했는데 결국 이런 사달이 나고 말았다.

"지금은 물러나야 합니다, 중령님!"

"……후방 병력부터 후퇴시켜라. 사령부 정문을 라인 삼아 적들을 격퇴한다. 원군도 요청하고."

"알겠습……. 헉!"

깜짝 놀란 이형철의 모습을 본 김정태는 고개를 돌렸다. 그 역시 같은 표정을 지었다.

쿵! 쿵!

4마리의 대형 몬스터들이 모습을 드러냈다. 차이점이 있다면 이전의 놈들과 달리 그들은 거대한 바윗덩어리를 들고 있다는 점이었다. 남태령의 채석장에서 들고 온 게 분명했다.

"막아! 죽어도 막아!"

괴성을 지르는 김정태. 병사들 역시 그의 지시를 따랐지만, 놈들은 꿈쩍도 하지 않았다. 오히려 있는 힘껏 바윗덩어리를 던졌다. 4개의 바위 중 하나는 김정태와 이형철이 있는 지휘소로 향했고.

콰직!

그대로 으깨진 지휘소.

생존자는 없었다.

10분 뒤, 남태령 방어선이 무너졌다.

사방에서 물밀 듯이 쳐들어오는 동물형 몬스터들.

나무와 바위가 그들의 앞길을 가로막았지만 소용없었다.

놈들은 나무를 부러뜨리고 바위를 박살 내며 계속 달렸다.

"사격 개시!"

타타탕!

수도방위사령부 내에 있던 병사들이 곧바로 대응했다. 기습이나 다름없는 상황을 겪었는데도 침착하게 맞서 싸우는 병사들과 지휘관들의 대처 능력은 인정할 만했다.

문제는 군인들이 아니었다.

"괴, 괴물이야!"

"엄마!"

사령부로 피난 온 사람들. 다들 비명을 지르고 살기 위해 도망치기 바빴다. 군인들이 통제하려고 애썼지만 죽음의 공포에 사로잡힌 그들을 막을 수 있을 리 만무했다.

이를 본 인호는 결론을 내렸다.

'수도방위사령부는 끝났다.'

외부에서 적이 들이닥치고 내부의 사람들은 통제에서 벗어났다. 역사 속의 명장이 와도 이 상황을 수습하는 건 불가능하리라.

허나 인호는 전혀 당황하지 않았다. 그가 해야 할 일은 이미 정해졌기 때문에.

'누나와 수아부터 찾아야 해.'

그다음, 두 사람을 데리고 이곳을 탈출한다.

-찾을 수 있다고 생각하는 거냐?-

무명의 지적은 타당했다.

"아빠! 엄마!"

"재민아! 재민아, 어디 있니!"

"살려주세요!"

육안으로는 셀 수 없을 정도로 많은 사람이 이리저리 뛰어다녔다. 게다가 이곳에는 사람들만 있는 것도 아니었다. 호시탐탐 인간을 노리는 몬스터들도 깔려 있었다.

이런 상황에서 사람을 찾는다?

해변에서 바늘을 찾는 것과 다를 바 없었다.

'내가 직접 찾겠다고 했던가?'

-무슨 말이냐?-

무명이 질문했지만 인호는 대답하지 않았다. 대신 '격을 잃은 마검'을 휘둘렀다. 그러자 도망치려던 거대한 고라니의 다리가 잘려나갔다. 그는 '로드나이트의 검'을 내리쳐 검은 고라니의 숨통을 끊었다.

이는 시작에 불과했다.

인호는 거대한 다람쥐, 개구리, 사마귀 등 다양한 몬스터들을 닥치는 대로 사냥했다. 공격하는 건 쉬웠다. 그가 다가갈 때마다 '블러디 오우거'의 존재감으로 몬스터들이 겁먹었기 때문에.

-그런 거였군-

무명은 헛웃음을 지었다. 그제야 인호가 뭘 노리는지 알았다. 아예 소란을 피워 수아나 현주가 찾아오게 한다, 그게 인호가 노리는 바였다. 확실히 그게 인호 본인이 직접 두 사람을 찾는 것보다 효율적이었다.

-발상은 좋았다. 그런데 괜찮겠나? 아무리 너라도 이런 놈들을 다 처리하는 건 힘들다. 아직 이곳에는 없으나 너보다 강한 개체도 있고-

'그래도 해야지.'

두 사람을 만나기 위해서라도 반드시 해내야 했다.

그렇게 인호가 각오를 다졌을 때,

"으아악!"

"아아악!"

사람들이 처절하게 울부짖었다.

인호는 재빨리 고개를 돌렸다.

-꾸익!-

그곳에는 높이만 2m가 되는 거대한 멧돼지가 있었다. 놈 주변에는 육중한 몸에 치여 나가떨어진 사람들이 쓰러져 있었다.

그 숫자만 무려 12명. 살아있는 사람은 한 명도 없었다. 제일 앞에 있던 사람은 아예 형체도 제대로 남기지 못했고.

-꾸이익!-

다음 사냥감을 노린 멧돼지는 고개를 돌렸다. 놈의 눈에 어머니로 보이는 이가 아이를 끌어안은 모습이 들어왔다. 목표물을 정한 멧돼지는 달리기 위해 뒷발을 연신 앞뒤로 움직이더니 있는 힘껏 땅을 박찼다.

"어딜!"

인호도 발을 내디뎠다. 새로운 스킬을 사용하면서.

'뇌영보.'

파직!

스파크가 튀었다.

'이건!?'

인호는 당황했다.

갑자기 세상이 느려졌다. 아니, 느려진 것처럼 보였다. 움직이는 사람들은 물론 거대한 멧돼지까지 전부.

-당황하지 마라. 뇌기가 전신의 신경과 근육을 강화해주면서 생긴 거니까. 힘의 흐름에 편안히 몸을 맡겨라-

인호는 무명의 가르침에 따라 온몸을 태워버릴 것 같은 힘에 모든 걸 맡겼다. 그리고 발을 내디뎠다.

팟!

앞으로 나가기 무섭게 인호는 멧돼지의 앞에 나타났다.

-꾸엑!-

목청을 드높인 멧돼지. 놈은 인호를 전혀 두려워하지 않았다. 오히려 그마저 날려버리겠다는 듯 속도를 더 높였다. 8급 몬스터라서 그런지 다른 몬스터들과 달리 두려워하는 기색을 보이지 않았다.

-피하지 마라-

'알고 있어.'

자신이 피하면 뒤에 있는 모자가 죽게 된다. 정면으로 맞서 싸워 놈을 이겨야 했다. 다행스럽게도 그에게는 이길 수단이 있었다.

'수라검기.'

양손에 움켜쥔 두 자루의 검에 검붉은 색의 빛이 뿜어져 나왔다. 준비를 마친 그는 달려드는 멧돼지를 향해 정확히 마검을 내리쳤다. 원래라면 불가능했겠지만, 지금은 달랐다. 여전히 멧돼지의 움직임은 그에게 느리게 보였으니까.

촤아악!

검붉은 빛이 번뜩였다.

> 수라검기의 레벨이 1 상승했습니다. 현재 수라검기의 레벨-3
> 수라마공의 레벨이 1 상승했습니다. 수라마공의 레벨이 5
> 에 도달함에 따라 액티브 스킬 흑살(Lv.1)이 추가됩니다.

Close	View

쿵!

바닥에 쓰러지는 멧돼지. 놈은 머리부터 꼬리까지 정확히
반으로 쪼개졌다. 정작 피는 흐르지 않았다. 검기의 뜨거운
기운이 몬스터의 피마저 날려버린 것이다.

> 플레이어 김인호가 모르는 사람을 구했습니다. 아무런 조
> 건 없이 타인을 구하는 건 분명 영웅의 행보입니다. 영웅
> 의 조건을 만족시킨 결과, 영웅화가 1퍼센트 진행됩니다.
> 현재 영웅화-13퍼센트

Close	View

떠오르는 메시지.

이에 맞춰 육체가 다시 재조정됐다. 근육, 신경, 뼈 등 신체
내부가 강화되었다. 또 뇌영보를 사용하면서 소모됐던 마력
이 꽉 차올랐다.

이것이 영웅화.

영웅의 길을 걸을 때마다 인호를 강하게 만들어주는 특성
이었다. 그런 그에게 영웅적인 행보를 펼칠 수 있는 상황이
만들어졌다. 어차피 남아서 싸워야 하는 입장이었는데 참으
로 다행이었다.

파지직!

스파크가 튈 때마다 몬스터들의 사지가 잘려나갔다. 9급 몬스터들은 그대로 쓸려나갔고 8급 괴수들은 격렬히 저항하다 목숨을 잃었다. 당연히 그만큼 많은 사람이 구원받았으며 인호 역시 강해졌다.

[플레이어 김인호가 총 50명의 사람을 구했습니다. 이에 따라 영웅화가 5퍼센트 진행됩니다. 현재 영웅화-18퍼센트]

바닥났던 체력과 마력이 회복되었고, 또 다른 부분도 성장했다. 메시지를 보는 순간, 새로운 힘을 느낄 수 있었다. 그걸 어떻게 사용해야 하는지도 바로 알았고.

-크르르-

인호는 자신의 앞에 다가온 거대한 늑대를 노려보았다. 놈은 이미 많은 사람을 죽였는지 입에서 피가 뚝뚝 떨어지고 있었다. 이빨에는 살점이 덕지덕지 붙어 있었고.

게다가 이제까지 만난 놈들과 기세가 달랐다. 마치 블러디 오우거를 보고 있는 것 같았다. 이를 볼 때 7급 괴수가 분명했다. 그러나 인호는 적을 전혀 두려워하지 않았다.

'이제 할 수 있다.'

무명이 보여줬던 기술을 떠올린 인호. 그는 그 자리에 멈췄다. 마치 땅에 깊이 뿌리를 내린 고목처럼.

'묵린.'

[묵린을 발동했습니다. 5분 동안, 모든 능력이 30% 향상됩니다.]

'흑설.'

[흑설을 발동했습니다. 5분 동안, 적의 모든 능력을 30% 감소시킵니다.]

격을 잃은 마검에는 검붉은 빛이, 로드나이트의 검에는 검푸른 빛이 맺혔다. 집에서 무명이 보여줬던 모습과 똑같았다.

-크아아앙!-

인호에게 공포를 느낀 거대 늑대가 몸을 날렸다. 놈은 인호의 머리를 날려버리기 위해 앞발을 거세게 휘둘렀다.

인호는 차분히 달려드는 놈을 보며 검을 겨누었다. 마검은 정면을, 로드나이트의 검은 하늘을 향해.

-그렇지. 힘의 균형을 맞춰서 검을 휘둘러라. 그러면 된다-

대답은 무의미했다. 보여주면 그만이었다.

격을 잃은 마검이 수평으로 휘둘러졌고 늑대의 앞발과 격돌했다. 검붉은 검기가 실린 검이 앞발을 베어버렸다. 그러나 늑대는 물러나지 않고 이빨을 들이댔다.

인호 역시 물러나지 않았다. 대신 하늘을 향했던 로드나이트의 검을 내리그었다. 목표는 늑대가 아닌 마검이었다.

콰아앙!

마검과 검이 부딪치자 커다란 폭발이 일어났다. 폭발은 늑대를 집어삼켰고 그 충격이 인호를 뒤흔들었다.

"크윽!"

온몸이 부서질 거 같았다. 허나 인호는 두 자루의 검을 놓지 않고 끝까지 휘둘렀다.

건곤천뢰검(乾坤天雷劍)

제1식 뇌격십자인(雷激十字刃)

허공에 새하얀 십자 형태가 만들어졌다. 그 빛은 거대한 늑대를 집어삼켰고 놈은 흔적도 남기지 못한 채 사라져버렸다.

[플레이어 김인호가 건곤천뢰검의 습득 조건을 달성했습니다. 패시브 스킬 '중급 검술(Lv1)'로 바뀝니다.]

[영웅(Epic) 등급의 액티브 스킬 건곤천뢰검(Lv.1)을 습득합니다.]

"헉……헉…….."

-멋진 뇌격십자인이었다. 역시 그걸 가르치는 게 정답이었군-

인호는 아무 말 없이 씩 웃었다. 고통스러웠지만 그보다 더 큰 만족감이 그를 기쁘게 만들었다.

"야! 김인호!"

"인호 오빠!"

가까운 곳에서 익숙한 목소리가 들렸다. 인호는 힘겹게 고개를 들어 올렸다. 수아와 현주가 보였다. 다들 피범벅이었지만 인호는 걱정하지 않았다. 초록색 피는 사람의 피가 아닌 괴물의 피였다.

그렇게 재회의 대화를 나누려고 할 때,

-제기랄! 마력을 끌어올려라, 김인호! 다른 사람들한테도 알려!-

무명이 다급하게 외쳤다.

"모두 마력을 끌어올려! 최대한 빨리!"

-쿠오오오오!-

정확히 10초 뒤.

거대한 울음이 남태령을 아니, 천지를 뒤흔들었다.

"으아아악!"

"아아아악!"

마력으로 자신을 보호하지 못한 사람들이 처절하게 울부짖더니 그대로 쓰러졌다. 눈, 코, 귀 등 구멍이라는 구멍에서 피가 줄줄 흘러내렸다.

그렇다고 마력을 펼친 사람이 멀쩡하냐면 그것도 아니었다.

"크윽!"

인호는 머리를 움켜쥐었다. 극심한 공포가 그를 사로잡았다. 당장이라도 자살 충동이 들 정도로 두려웠다.

-정신 차려라! 의식을 잃으면 안 된다!-

어떻게든 의식을 유지하기 위해 인호는 입술을 꽉 깨물었다. 피비린내가 느껴졌지만, 그는 개의치 않았다. 그렇게 끝까지 버텼기 때문에 그는 볼 수 있었다. 하늘을 뒤덮은 거대한 존재를.

"……말도 안 돼."

약 500m의 몸길이. 높이는 5층 빌라에 육박했으며 등 뒤에 달린 한 쌍의 날개는 가늠이 되지 않을 정도로 길었다. 피부를 뒤덮은 딱딱한 비늘은 마치 철갑 같았고 두 눈은 루비처럼 붉게 타올랐다.

"드래곤……."

인호는 깨달았다.

악몽은 이제부터 시작이라는 것을.

제6장 생존의 길

"사령관님! 당장 후퇴해야 합니다! 이대로 있다가는 아군은 전멸을 면치 못할 겁니다!"

박종찬이 목소리를 높였다. 창문 밖으로 보이는 건 온통 괴수뿐이었다. 군인들이 간신히 라인을 유지한 채 막아내고 있지만 무너지는 건 시간문제였다.

하지만 조경수는 이를 받아들이지 않았다.

"말도 안 되는 소리! 우리가 물러나면 피난민들이 어찌 되겠나! 저 많은 사람을 다 버리겠단 말인가!"

"저 사람들보다 사령관님이 더 중요합니다. 사령관님이 없으면 누가 저희를 이끌 수 있단 말입니까!"

"우리는 군인이다! 군인이 국민을 버리겠다니, 그게 말이 된다고 생각하나!? 자네도 얼른 자리로 돌아가게!"

끝까지 자신의 의지를 관철하는 조경수. 그 모습을 본 박종찬은 이를 갈았다.

'이대로 있다가는 다 죽어.'

혼란은 걷잡을 수 없을 정도로 번진 상태였다. 그나마 마이크라도 작동됐으면 모를까, 그것도 아니었다. 제대로 명령을 전달할 수도 없는데 무슨 수로 싸운단 말인가.

"뭣하나! 얼른 싸우지 않고!"

"……예."

그 대답을 마지막으로 박종찬은 사령관실을 빠져나왔다. 문 앞에는 9명의 군인이 서 있었다. 민간인을 구출하기 위한 부대에 들어가기 위해 차출된 병사들이었다. 하나같이 자신의 새로운 능력에 적응한 정예병이기도 했다.

"어떻게 됐습니까?"

"사령관님께서는 이곳에 남아 끝까지 항전하기로 하셨다."

"미친 짓입니다."

이준혁 대위가 나지막한 목소리로 말했다. 박종찬 역시 고개를 끄덕였다. 지휘관이라면 끝까지 냉정함을 유지한 채, 적을 이기기 위해 싸워야 했다. 이런 식으로 산화를 각오할 게 아니라.

"우리는 이대로 후문을 통해 빠져나간다."

그 말에 망설이는 사람은 아무도 없었다. 이곳에 있는 이들은 전부 다 박종찬을 따르겠다고 맹세한 이들이었으니까. 박종찬이 약속한 부와 명예를 누리기 위해서라도 끝까지 살아남아야 할 필요도 있었고.

'안녕히 계십시오, 사령관님.'

박종찬은 뒤도 돌아보지 않고 떠났다.

한편, 사령관실에 홀로 남은 조경수는 한숨을 내쉬었다.

"다 끝난 건가."

박종찬에게 그리 말했지만, 그 역시 사태가 좋지 않음을 잘 알고 있었다. 산발적으로 총성이 울리고 있지만, 그보다 비명이 더 많이 들리니 모를 수가 없었다.

"후우."

한숨을 내쉰 조경수는 허리춤에 매달린 홀스터를 매만졌다. 준장으로 진급하던 날부터 상황이 터지면 항상 차고 있었던 38구경 권총이 손에 잡혔다.

습관적으로 첫발을 빼놓았던 그는 방아쇠를 한 번 당겼다. 찰칵, 소리와 함께 실린더가 돌아가며 차탄으로 넘어갔다. 죽을 때 죽더라도 괴물을 한 놈이라도 더 죽일 것이다.

그러나 그는 자기 뜻을 이룰 수 없음을 깨달았다.

"허허허."

창문 밖에 있는 존재를 보니 입에서 절로 웃음이 튀어나왔다. 허탈함으로 가득 찬 웃음이었다.

칠흑으로 이루어진 거대한 괴물. 하늘에 떠 있는 놈은 영화 속에서나 봤던 용과 비슷하게 생겼다. 괴물이 포효했지만, 그는 쓰러지지 않았다. 눈, 코, 귀, 입에서 피가 흘러나왔지만, 그는 묵묵히 선 채 괴물을 향해 총구를 겨누었다.

타앙!

마침내 방아쇠를 당긴 조경수.

그 위로 검은 탁류가 떨어졌다.

플레이어 김인호의 패시브 스킬 '용맹(Lv.13)'이 발동합니다.

| Close | View |

1급 네임드 몬스터 블랙드래곤 '엑시드'의 액티브 스킬 '피어(Max)'가 용맹을 무력화시킵니다. 플레이어 김인호가 상태 이상 '심각한 공포'에 걸립니다. 모든 능력이 70% 감소합니다.

| Close | View |

메시지가 떠올랐지만 이를 볼 겨를은 인호에게 없었다.

태양을 가릴 정도로 거대한 동체, 말로 표현하는 것조차 불가능하게 만드는 압도적인 존재감. 똑똑히 보고 있는데도 현실감을 느낄 수 없었다. 이제까지 많은 몬스터들을 만났지만, 놈을 몬스터라는 범주 안에 둬도 되나 싶었다.

비상식의 극치.

그게 드래곤이었다.

'도망쳐야 해.'

블랙드래곤을 상대하려면 미사일이나 전투기 같은 강력한 병기가 있어야 했다. 허나 전기가 안 통하는 지금, 저런 강력한 병기들은 무용지물이 된 지 오래였다.

그렇다고 검이나 보병 화기로 놈을 상대한다? 자살행위 그 이상도 그 이하도 아니었다.

팟!

인호는 무거운 몸을 이끌고 땅을 박찼다. 그리고 바닥에 쓰러진 현주와 수아를 양팔에 낀 뒤, 뒤도 돌아보지 않고 도망쳤다. 아예 뇌영보까지 펼친 채. 이전과 달리 그의 앞길을 막는 이들은 아무도 없었다. 사람도 몬스터도 모두 의식을 잃고 쓰러졌기 때문에.

의식을 유지한 몬스터들이라고 해서 다를 바 없었다. 아니, 놈들도 뒤도 돌아보지 않고 꽁무니를 뺐다. 그래서 더 불안했다. 큰일이 생길 거라는 예감이 들었다.

쿠쿠쿵!

조금 전까지도 맑았던 하늘이었다. 그런데 어느새 먹구름이 하늘을 뒤덮었고 돌풍이 몰아쳤다. 먹구름 사이로 간간이 번개가 쳤고.

-더 빨리 도망쳐라! 안 그러면 죽는다!-

이렇게까지 두려워하는 무명의 모습은 처음이었다. 인호는 젖 먹던 힘까지 쥐어짜 달리고 또 달렸다.

그렇게 그가 사령부 청사에서 1㎞ 정도 떨어졌을 때,

-쿠오오오오!-

다시 드래곤의 포효가 세상을 뒤흔들었다.

다만 이전처럼 상대를 제압하기 위한 게 아니었다. 이건 전조였다. 큰일을 하기 위한 일종의 준비의식이랄까.

-아무 건물이나 들어가라! 얼른!-

대략 300m에 떨어진 곳에 건물이 있었다. 그러나 단순히 달리는 거로는 제시간에 도착할 가능성은 없었다.

그래서 인호는,

'점멸!'

처음으로 '점멸의 운동화'에 내장된 스킬을 사용했다.

그러자 공간이 그의 몸을 집어삼키더니 50m 떨어진 곳에 도착했다. 그 상태에서 계속 달린 인호는 60m가 남았을 때 다시 점멸을 사용했다. 그리고 마침내 목표로 했던 건물 안에 들어가는 데 성공했다.

"꺄악!"

"으윽!"

요란한 비명과 함께 두 여인 모두 눈을 떴다. 하지만 여전히 정신을 차리지 못하고 몸을 벌벌 떨었다. 드래곤의 피어가 남긴 여파에서 아직 벗어나지 못한 것이다.

-얼른 저 두 사람에게 마력을 불어넣어라. 다만 네 누이부터! 네 누이의 도움이 필요하다

'알았다.'

인호는 우선 현주의 손목을 잡고 마력을 흘려보냈다. 타인의 마력이 들어오자 현주의 마력이 요동쳤다. 곧이어 그녀의 눈에 초점이 돌아왔다.

"……김인호?"

"누나, 정령을 불러."

"갑자기 무슨 일이야? 조금 전, 그 커다란 포효는 뭐고?"

"조금 있다 설명할게."

수아가 정신을 차리도록 도와주는 게 더 급했다. 그녀의 손목을 움켜쥔 인호는 현주에게 했던 것처럼 마력을 흘려보냈다. 그녀는 몇 번 기침을 하더니 간신히 눈을 떴다.

"……인호 오빠?"

"정신 차려서 다행이야."

"김인호. 대체 무슨 일……. 뭐야, 저게!?"

인호가 손가락으로 가리킨 방향을 본 현주는 경악을 금치 못했다. 수아 역시 그녀와 같은 표정을 지었고.

그 순간,

콰콰콰콰콰!

블랙드래곤의 입에서 새까만 탁류가 쏟아졌다. 검은 탁류는 사령부 청사에 작렬했다.

"……세상에."

기겁하는 현주와 수아. 인호라고 해서 다를 것 없었다.

탁류에 닿은 모든 것들이 녹아내렸다. 우뚝 솟은 사령부 청사를 시작으로 주변에 늘어서 있는 나무, 청사 주변에 있던 다른 건물까지 전부. 마치 처음부터 없었던 것처럼 사라져버렸다.

-네 누이에게 전해라! 당장! 문과 창문을 돌로 뒤덮으라고! 충격파가 온다!-

"누나, 정령의 능력으로 창문하고 문을 다 막아!"

"알았어!"

현주는 이유를 묻지 않았다. 대신 그녀는 대지의 정령, 놈(Gnome)을 소환했다.

"흙돌아! 문하고 창문을 막아줘!"

끄덕.

흙돌이는 고개를 끄덕이더니 손가락을 튕겼다. 그러자 바닥에서 커다란 벽이 치솟더니 창문과 문을 다 막았다. 그 모습을 본 세 사람은 모두 벽에 다가가 몸을 숙였다.

잠시 뒤,

쿠쿠쿵!

쨍그랑!

충격파가 건물을 강타했다.

그 위력이 어찌나 강하던지 건물 전체가 뒤흔들렸다. 청사
와 1km나 떨어져 있었는데도!

천장에서는 먼지가 쏟아지고 파편이 떨어졌다. 같은 층 안
에 있던 가구는 모두 뒤집혔고 화분은 넘어져 그대로 박살이
났다. 가장 두려운 건 정령이 펼친 벽 여기저기에서 균열이
생기고 있다는 사실이었다.

'고맙다, 무명.'

무명의 조언이 아니었다면 충격파에 휩쓸려 목숨을 잃었
으리라. 또 구원받은 인호는 무명에게 고개를 숙였다. 허나
감사의 인사를 받은 당사자의 표정은 여전히 어두웠다.

-아직 끝나지 않았다. 저 흑룡(黑龍)이 다른 곳을 노리면
우리 모두 끝이니까

'너도 못 이기나?'

-당연한 걸 묻지 마라. 용은 모든 괴물의 정점에 군림하
고 있다. 내 힘과 기억을 모두 되찾지 않는 이상, 이길 가능
성은 없다

단호하게 말하는 무명을 보며 인호는 착잡함을 느꼈다. 자
신은 처음 소환했던 무명을 상대로도 이길 확률이 없는데 그
런 그를 압도하는 괴물이라니, 어떻게 반응해야 할지 감이
잡히지 않았다.

'정말 석기시대로 돌아갈지도 모르겠어.'

저런 괴물들이 많다면 머지않아 정말 그렇게 되리라.

-후우. 그래도 저놈은 이제 흥미를 잃은 거 같군-

'돌아간 건가?'

-그래, 놈의 마력이 더는 느껴지지 않는다. 하지만 안심하지 마라. 재앙은 이제부터 시작일 뿐이니까-

'무슨 말이냐?'

-같은 괴물들조차 용을 두려워한다. 용이 나타나면 다들 벌벌 떨며 숨기 바쁘지. 자아, 질문이다. 숨기 위해서는 뭐가 필요하지?-

빌어먹을.

인호는 속으로 온갖 욕설을 퍼부었다. 사람이 어딘가에 숨으려면 비상식량이 필요하다. 문제는 동물들이었다. 동물들은 식량을 잔뜩 먹어 몸집을 불린 다음에 긴 시간을 버틴다.

그러면 몬스터는?

-정답이다. 놈들의 본능은 짐승과 비슷하니까-

재앙이 온다.

무명의 말을 실감하게 된 인호였다.

그렇다고 이곳에서 계속 버티는 건 불가능했다. 퀘스트가 요구한 건 수도방위사령부에서의 탈출. 정황을 볼 때, 사령부에 있는 동안에는 계속 몬스터들에게 공격받을 것이 분명했다.

이 건물을 나가서 사령부를 빠져나가야 했다.

"수아, 누나. 얼른 일어나. 이곳에서 나가야 해."

"바깥에 그 괴물이 있을지 모르는데 여기서 나가야 한다고?"

"놈은 이미 떠났어. 그리고 퀘스트가 진행되는 동안, 사령부에 있는 사람들은 계속 공격을 받을 거야. 얼른 여길 떠나야 해."

"저도 인호 오빠 의견에 동의해요. 퀘스트가 거짓말을 한 적은 이제까지 한 번도 없어요."

수아까지 거들자 현주는 한숨을 내쉬었다. 그러나 그녀는 고집을 피우지 않았다. 튜토리얼을 제외한 퀘스트는 한 번도 깨지 못한 자신보다 두 사람의 말이 더 믿을 만했기 때문에.

"누나."

"알았어."

현주가 놈에게 눈짓했다. 이를 본 놈은 손뼉을 쳤다. 그러자 문을 가로막았던 벽이 갈라지더니 문이 나타났다.

"그럼 간다."

선두에 선 인호가 말하자 다들 고개를 끄덕였다. 인호는 이를 꽉 깨물고 문을 열었다. 그리고 그의 안색이 어느 때보다 창백해졌다. 수아와 현주 역시 입을 떡하니 벌렸다.

탁류가 떨어진 중심지 근처에 있던 건물들은 모조리 무너졌다. 뿌리째 뽑힌 나무와 바위는 사방에 널려있었고 자동차들 역시 거의 다 뒤집힌 상태였다. 그중에는 아예 터져 불길에 휩쓸린 것도 있었고.

허나 가장 충격적인 건 따로 있었다.

시산혈해(屍山血海).

시체가 산같이 쌓이고 피가 바다같이 흐름을 이르는 말이었다. 그리고 일행의 앞에 펼쳐진 광경이 그러했다. 사람과 몬스터의 시체더미로 인해 발 디딜 틈 하나 찾기 어려웠다. 충격파에 찢겨 다들 형체를 제대로 남기지 못해 더 끔찍했다.

'다른 생존자는 있나?'

-적어도 내 감지 영역에는 없다-

'괴물들은?'

-엄청 많지. 그것도 조금 전 상황을 버틸 정도로 강한 놈들이. 지금 네놈이 그놈들과 조우하면 목숨을 잃을 거다

-쿠오오오!-

-캬아아아!-

무명의 말 대로였다. 사방에서 살아남은 몬스터들이 울부짖었다. 그것도 한, 두 마리가 아니었다. 더 무서운 건 몬스터들이 자기들끼리 싸우기 시작했다는 점이었다. 이를 증명하듯 괴수들의 비명과 전투로 인한 굉음이 계속 귀를 울렸다.

"재들 갑자기 왜 저래? 이거 위험한 거 아니야?"

"원래 몬스터들은 서로 사이가 좋지 않아요. 종족에 상관없이 이렇게 몰려든 게 오히려 이상한 일이고요."

"아마 그 드래곤이 한 일이겠지. 놈이 떠나서 다시 정신을 차린 거고."

몬스터들끼리 서로 싸우는 건 좋았다. 다만 그 불똥이 자신들에게 튈 수 있다는 점이 위험했다.

인호의 예감은 현실이 됐다.

쿵! 쿵! 쿵!

땅이 흔들렸다.

인호는 진원지를 향해 고개를 돌렸다. 그곳을 본 그의 안색이 어두워졌다. 과거에 상대했던 블러디 오우거가 다가오고 있었다. 그것 한 마리가 아닌, 무려 다섯 마리였다. 마치 친형제라도 되듯이.

그나마 몬스터들이 입은 상처가 심해 아직 다가오는 속도가 느렸다. 그래도 놈들에게 재생이 있는 이상, 곧 일행을 덮치리라.

말 그대로 최악의 사태.

그래도 어쩌겠는가. 살아있는 이상, 계속 움직여야 했다. 설령 적이 있다 하더라도. 다만 무턱대고 움직이는 건 아니었다. 확실한 보험이 있었으니까.

'네가 있으니 괜찮겠지.'

24시간이 지나면서 쿨타임이 찼다. 언제든 무명을 소환할 수 있게 된 것이다. 무명이라면 반드시 이 위기를 타개할 것이다. 인호는 그리 믿어 의심치 않았다. 허나 이어지는 무명의 말은 그의 기대를 저버렸다.

-나를 소환해서는 안 된다. 나로는 이 상황을 타개할 수 없다

'갑자기 무슨…….'

무슨 말인지 머리는 이해했다. 하지만 가슴이 이를 받아들이지 못했다. 그만큼 인호의 입장에서는 어처구니없는 말이었기 때문에.

하지만 무명은 인호의 반응에도 아랑곳하지 않았다.

-새로운 영웅을 뽑아라, 김인호-

오히려 쐐기를 박았다.

새로운 영웅.

언젠가 뽑을 날이 올 줄 알았다. 그도 그럴 것이 무명의 능력은 백병전으로 한정되어 있지 않은가. 그의 힘이 닿지 않는 상황이 오면 그때 새로운 영웅을 뽑겠다고 다짐했다.

그런데 지금이 그럴만한 상황인가?

물론 현재 남아있는 몬스터들은 무명의 말대로 굉장히 강한 놈들이었다. 드래곤의 피어에 노출됐고 조금 전의 충격파에 당했는데도 살아남을 정도로.

　당연히 상대하기 어려울 것이다. 다만 무명이라면 놈들을 다 처리하고 길을 뚫어줄 거라 믿었다. 어제 본 그의 힘은 정말 대단했으니까.

　그만큼 무명에 대한 신뢰가 컸다. 그래서 다른 영웅을 뽑으라는 그의 말은 인호에게 큰 충격을 줬다.

　-나라면 분명 생로(生路)를 열 수 있다. 허나 그리되면 넌 쓰러진다-

　'무슨 말이지?'

　-네놈의 마력, 얼마나 남았다고 생각하지?-

　그제야 인호는 자신의 마력이 얼마 남지 않았음을 깨달았다. 드래곤 피어 때문에 7할의 마력을 날려 먹었다. 그 상태에서 마력 소모가 큰 뇌영보를 전력을 다해 펼쳤으니 마력이 온전할 리 만무했다.

　-날 소환해도 일각(15분)도 못 버틸 거다. 내가 싸우기 시작하면 마력이 더 빨리 소진될 거고. 이 상황에서 벗어난다 해도 넌 죽는다-

　'……그럴 확률이 높지.'

　-그러니 다른 영웅을 뽑아라. 나처럼 단순히 싸울 줄 아는 놈 말고. 그게 너와 네 일행을 살릴 수 있는 유일한 방법이다-

　무명의 말은 정론이었다. 그의 힘은 강력했지만, 그에 비례해 많은 마력을 요구했다. 그나마 컨디션이 정상이었다면 상관없겠지만 현재는 움직이기 힘들 정도로 지친 상태였고.

살아남아야 한다는 의지, 수아와 현주를 지켜야 한다는 의무감이 그를 지탱하고 있었다.

그러나 인호는 그냥 넘어가지 않았다. 무명의 말에는 한 가지 큰 오류가 숨어있었다.

'새로운 영웅을 뽑는 건 좋다. 하지만 그 영웅이 이 상황을 해결할 가능성이 있다고 어떻게 보장하지?'

인호의 지적은 타당했다.

뽑기로 소환되는 영웅들은 그가 했던 게임의 영웅들이 아니었다. 당장 '기억을 잃은 고려 무사'라는 무명의 이름도 게임에는 존재하지 않았고.

있는지 없는지 알 수 없는 수많은 세상이 있으며 그만큼 많은 영웅이 존재했다. 그런 영웅 중에서 이 상황을 해결할 수 있는 이를 한 명만 뽑는다?

사실상 도박이었다.

게다가 뽑기든 영웅 소환이든 하루에 한 번밖에 할 수 없다. 한 번뿐인 기회를 도박하는 심정으로 써야 한다니, 굉장히 부담이 됐다. 그런데 무명은 아무렇지 않다는 듯 자신만만하게 웃었다.

-새로운 칭호를 얻지 않았나? 이게 위기가 아니면 뭐가 위기지?-

'그건 그렇다만…….'

칭호 전화위복. 위기를 겪고 있을 때, 행운이 깃드는 효과를 가지고 있었다. 그리고 일행은 어느 누가 봐도 명백한 위기 상황에 처했다.

'그게 아니어도 네놈은 운이 좋았다. 당장 네가 죽을 뻔했을 때, 누구를 뽑았지? 바로 나를 소환하지 않았나. 내가 볼 때, 네놈은 운이 좋다. 그러니 너 자신을 믿어라─

쿵! 쿠웅!

블러디 오우거들이 다가오는 소리가 점점 커졌다. 상태 역시 점점 더 호전되고 있었고. 그런데도 인호가 움직이지 않자 현주와 수아가 소리쳤다.

"김인호 뭐해!?"

"인호 오빠!"

두 사람의 외침을 들은 인호는 이를 악물었다. 이제 결론을 내려야 했다. 이 이상 시간을 끌다가는 정말 도망치지 못할 테니까.

'랜덤 뽑기!'

[플레이어 김인호가 랜덤 뽑기를 발동했습니다. 플레이어 포인트 10이 소모됩니다. 현재 플레이어 포인트-16]

결국 자신의 능력을 발동한 인호. 수백에 달하는 빛의 구체가 그의 앞에 나타났다. 캡슐은 인호의 몸을 중심으로 빙빙 돌았다.

'부디 이 상황을 해결해줄 사람이 나오기를.'

인호는 간절히 기도했다.

칭호 '전화위복'의 효과가 발동됩니다. 플레이어 김인호에게 행운이 깃듭니다.

| Close | View |

갑자기 떠오르는 메시지. 동시에 그의 앞으로 캡슐 하나가 다가왔다. 그는 무의식적으로 손을 뻗었고 손이 닿는 순간, 캡슐이 활짝 열렸다.

번쩍!

무명을 처음 소환했을 때처럼 찬란한 금색의 빛이 피어올랐다.

-쿠오오오!-

-캬아아악!-

빛을 본 대형 몬스터들이 일제히 소리를 질렀다. 두려워하는 기색이 역력했고 그 때문에 더는 다가오지 못했다.

다만 고블린들 때와 달리 도망치는 놈은 없었다. 오히려 더 살기를 뿜어대며 발광할 뿐. 7급 몬스터는 평범한 몬스터와 격을 달리함을 다시 한 번 증명한 순간이었다.

"뭐, 뭐야!? 갑자기 쟤 왜 저래?"

"인호 오빠의 능력이에요! 뽑기를 한 게 분명해요!"

현주는 당황했지만 수아의 반응은 달랐다. 한 번도 영웅을 뽑는 광경을 본 적이 없었지만, 그녀는 인호의 모습을 보고 바로 이해했다. 그가 뭘 하는지, 뭘 노리는 지까지 전부.

대체 어떤 영웅이 나오는 것일까?

가슴이 두근거렸다. 냉정함을 잃지 않기 위해 노력했지만, 굉장히 어려웠다. 좋은 영웅이 나오기를 바라는 간절한 마음을 억누를 수 없었기 때문에.

'제발 꽝만 나오지 마라!'

칭호의 효과도 발동하지 않았던가. 거기에 모두의 운명이 걸려 있었다.

우우웅.

빛의 입자가 한곳에 모여 하나의 형체를 이루었다. 처음에는 작은 구체였지만 서서히 사람으로 바뀌었다.

얼마나 시간이 흘렀을까? 빛이 사라졌고 세 사람은 인호의 앞에 서 있는 여인을 볼 수 있었다.

묘한 분위기를 풍기는 미인이었다. 등까지 닿는 연두색 장발은 화사했으며 호박색 눈동자는 신비로움마저 느끼게 했다. 나올 곳은 나오고 들어갈 곳은 들어간 몸매와 뚜렷한 이목구비는 마치 조각상 같았다.

"처음 뵙겠어요, 나의 주인님."

아름다운 목소리로 말한 여인은 공손히 고개를 숙였다.

[랜덤 뽑기 결과, 3성 영웅 '불신의 길잡이'가 소환되었습니다.]

새로운 영웅이 현현했다.

길잡이.

길을 인도해 주는 사람을 뜻한다.

살아남는 길을 알려주는 데 있어 이보다 적격인 직업이 있을까? 다만 여전히 불안했다. 여인이 풍기는 분위기는 신비롭지만, 무명처럼 강한 힘을 느낄 수는 없었기 때문에.

두근!

그런데 그때, 심장이 요동쳤다. 무명과 처음 만났을 때와 똑같았다. 왠지 모르게 낯이 익었다. 말이 안 됐지만, 분명히 만나본 기분이 들었다.

'미쳤군.'

스스로 생각해도 어처구니없었다.

한편, 정신을 차린 대형 몬스터들이 다시 움직이기 시작했다. 이를 확인한 '불신의 길잡이'는 인호를 응시했다. 그녀의 얼굴에는 여유가 가득했다.

"제대로 이야기를 나누고 싶지만 그럴 상황이 아니군요. 허나 걱정하지 마시길. 반드시 당신에게 '올바른' 길을 알릴 터이니."

"어디로 가면 되지? 시간이 없다."

"간단한 길이니 걱정하지 않으셔도 됩니다."

느긋한 어조로 대답한 길잡이. 그녀의 손가락은 이미 어딘가를 가리키고 있었다. 세 사람의 시선은 자연스럽게 손가락 끝을 향했고 약속이라도 한 듯이 얼굴을 찌푸렸다.

그도 그럴 게 길잡이가 가리킨 곳에서는 세 마리의 블러디 오우거들이 다가오고 있었으니까. 다만 빛의 여파 때문인지 이전보다 오는 속도가 훨씬 느려졌다. 거의 기어온다 싶을 정도로. 그래봤자 그 사실이 일행을 안심시킬 수는 없었지만.

"미친 거 아니야!? 우리보고 지금 죽으라는 거야, 뭐야!"

"아무리 생각해도 그건 아닌 거 같아요. 더 안전한 곳도 많잖아요?"

거세게 반발하는 현주. 수아 역시 목소리만 높이지 않았을 뿐 현주의 의견과 똑같았다.

그녀의 말대로 정면에는 블러디 오우거들만 존재했다. 그에 비해 다른 곳에는 몬스터들이 존재하지 않았다. 그런데 굳이 7급 몬스터 세 마리와 싸워야 한다니, 도저히 이해할 수 없었다.

안전한 곳이 버젓이 있는데 위험을 무릅쓰는 건 자살행위지 않은가. 현주와 수아는 동의를 구하듯 인호를 쳐다보았다.

대답하는 대신 무명을 바라보는 인호. 하지만 무명은 고개를 저었다. 퇴짜를 당하자 인호는 다시 길잡이를 응시했다. 길잡이는 부드럽게 웃으면서 어깨를 으쓱였다.

"저는 의견을 제시할 뿐, 선택하는 사람은 당신이에요. 당신은 어떤 선택을 내리겠습니까, 나의 주인님?"

소중한 이들의 생명을 책임져야 한다는 중압감이 인호를 짓눌렀다. 그러나 망설임은 길지 않았다.

"정면으로 간다."

"김인호 미쳤어!? 처음 본 여자한테 반하기라도 한 거야?"

"인호 오빠! 다시 생각해보세요!"

인호의 결정을 들은 현주와 수아는 기겁했다. 편안한 길을 놔두고 왜 위험한 길을 선택한단 말인가? 두 사람은 인호의 생각을 이해하지 못했다.

이에 반해, 길잡이의 반응은 달랐다. 처음에는 당혹감을 드러내더니 곧 호기심과 호감이 가득한 얼굴로 인호를 쳐다보았다. 인호가 자신의 의견을 받아들일 거라 예상치 못한 얼굴이었다.

"설마 제 말을 들어줄 줄은 몰랐네요. 정말 의외인데 무슨 이유라도 있나요?"

"내가 본 영웅은 거짓말을 하지 않았다. 그러니 네가 그런 결론을 내린 데에는 분명 이유가 있겠지."

"그러고 보니 멋진 분과 함께 하고 계시네요."

길잡이의 눈이 무명을 향했다. 무명은 가볍게 고개를 까딱거렸다.

"진심이야, 김인호?"

현주가 인호 앞에 다가왔다. 그녀의 눈에는 분노가 가득했지만 그는 감수할 생각이었다. 스스로가 내린 선택이 올바르다고 굳게 믿었다.

"이게 내 선택이야, 누나."

"에이 씨, 알았어! 대신 틀리면 너 각오해라?"

"그래."

대답한 인호는 수아를 바라보았다. 그녀는 난처한 얼굴로 웃더니 결국 고개를 끄덕였다.

"인호 오빠 덕분에 계속 살았으니까요. 이번에도 오빠의 판단을 믿을게요."

"고마워. 다들 네 말을 따르기로 했다. 널 믿어도 되겠지?"

마지막으로 길잡이를 본 인호. 길잡이의 입가에는 어느새 환한 미소가 자리 잡고 있었다.

"주인의 믿음을 보답하는 게 저의 역할. 주인과 여러분을 반드시 살아남도록 해주겠습니다."

짝!

손뼉을 치는 길잡이. 이와 동시에 새하얀 빛이 인호와 현주, 수아를 휘감았다.

[플레이어 김인호가 '신성한 축복'을 받았습니다. 모든 능

력이 정상으로 돌아옵니다.]

　[플레이어 김인호가 '무녀의 축복'을 받았습니다. 마력 회복 속도가 2배 증가합니다.]

　[플레이어 김인호가 '철벽의 가호'를 받았습니다. 한 번의 공격을 무조건 막을 수 있습니다.]

　따뜻한 기운이 몸에 스며들자 힘이 돌아왔다. 아직 베스트 컨디션은 아니었지만 그래도 다시 싸울 힘을 얻게 됐다. 수아와 현주 역시 마찬가지였는지 눈을 동그랗게 떴다.

　길잡이는 일행의 반응을 신경 쓰지 않고 입을 열었다.

　"정령의 사랑을 받는 분. 당신은 동료들을 지켜주세요. 그리고 마력의 축복을 받은 분."

　"네? 저 말인가요?"

　수아는 당황하며 자신을 가리켰다. 길잡이는 고개를 끄덕였다.

　"맞아요. 당신은 적을 견제해주세요. 그게 당신의 역할입니다. 그리고 주인님."

　"직접 상대하라는 건가?"

　"그 말 대로랍니다."

　인호는 두 자루의 검을 굳세게 움켜쥐었다. 그리고 블러디 오우거들이 다가오기를 기다렸다.

　"그런데 주인님, 한 가지 알려드릴 게 있네요. 사실 이게 제일 중요한 일이라 봐도 될 거예요."

　"뭐지?"

　"이 상황을 타개하기 위해서는 당신이 강해져야 합니다.

제가 할 수 있는 건 길을 보고 다른 사람을 보조하는 것뿐, 직접 싸우는 건 불가능하니까요."

길잡이가 무슨 말을 하는지는 이해했다. 그래서 더 어처구니없었다. 적을 코앞에서 둔 상태에서 어떻게 강해지란 말인가? 영웅화를 진전시킬 상황도 아니었다.

"아니에요, 주인님. 당신은 강해질 수단을 가지고 있는데도 아직 사용하지 않았어요."

"아!"

길잡이의 말을 들은 인호는 튜토리얼을 깨면서 얻은 보상을 떠올렸다. 짧은 시간 동안 워낙 많은 일을 겪어 잠시 잊고 있었다.

"그렇다 해도 그걸 고를 여유는……."

"걱정하지 않으셔도 됩니다."

길잡이는 인호의 말을 끊더니 발을 내디뎠다. 인호는 발을 중심으로 마력이 퍼지는 걸 인지했다

그러자,

쿠쿠쿠쿵!

땅에서 거대한 넝쿨이 치솟더니 거리를 좁히던 블러디 오우거들의 몸을 휘감았다.

"뭐, 뭐야!"

그 광경을 본 현주가 놀라서 입을 벌렸다. 그만큼 압도적인 광경이었다.

"마력의 축복을 받은 분, 저를 도와주시겠어요? 당신이라면 가능할 거예요."

"할 수는 있는데 처음 써보는 기술이라……."

"당신은 할 수 있어요. 저 혼자서는 오래 버티지 못하니 부탁드려요. 주인님을 위해 시간을 벌어야 해요."

"아, 알았어요."

수아는 평소처럼 마력 권총을 겨누는 대신, 왼손을 뻗었다. 그리고 지난번에 얻은 '마력의 쇠사슬'을 펼쳤다.

촤르륵!

푸른색으로 이루어진 쇠사슬 다발이 허공에서 형성되더니 블러디 오우거 세 마리의 몸을 휘감았다. 길잡이는 고개를 끄덕이고는 다시 인호를 응시했다.

"뭘 선택하든 주인님의 자유입니다. 그러나 이것만큼은 명심하세요. 이번 선택이 주인님의 미래를 결정한다는 것을."

"그건 자유라 보기 힘든데."

저렇게 부담을 주면서 뭔 놈의 자유란 말인가? 그러나 망설일 때가 아니었다. 각오를 다진 인호는 보상 목록을 열었다.

〈보상 목록〉

1.투왕지체(鬪王之體)

2.백무지체(百武之體)

3.화령지체(火靈之體)

'체질!'

무협 소설을 보면 천무지체니, 태극지체니 특수한 체질이 많았다. 이런 체질을 가진 이들은 남들보다 뛰어난 재능을 가지고 있었고.

만약 자신의 체질을 바꿀 수 있다면? 뛰어난 재능을 손에 넣을 수 있을 뿐만 아니라 영웅화도 더 잘 살릴 수 있으리라.

결론을 내린 인호는 체질을 살폈다.

투왕지체는 투왕의 육체 능력을 손에 넣을 수 있게 해줬다. 전투를 거듭할수록 강해지며 더 잘 싸울 수 있게 해주는 육체를.

그럼 백무지체는 어떤가? 천재의 재능을 손에 넣어 수많은 무공을 자유롭게 익힐 수 있게 된다. 이 역시 매력적이었다. 그도 그럴 것이 자신은 앞으로도 다양한 무공을 익혀야 했으니까.

화령지체 역시 대단한 건 마찬가지였다. 화산에 빠져도 살아남을 정도로 강력한 불의 힘을 손에 넣을 수 있었다. 건곤천뢰검에 화령지체의 불꽃이 더해지면 지금 이상으로 강력한 힘을 손에 넣을 수 있으리라.

세 가지 체질 모두 매력적이었다. 뭘 선택하든 남은 두 개를 고르지 못한 걸 계속 아쉬워할 정도로.

하지만 인호의 고민은 오래가지 않았다.

'나는……'

투왕지체, 백무지체, 화령지체.

뭘 선택하든 길잡이의 말 대로 자신의 미래는 바뀔 것이다. 강해지는 건 두말할 필요도 없고. 허나 인호의 고민은 오래가지 않았다. 결론을 내린 그는 속으로 자신의 선택을 선언했다.

'투왕지체를 익힌다.'

[플레이어 김인호가 패시브 스킬 투왕지체(Lv.1)을 습득했습니다. 해당 플레이어의 체질이 바뀌기 시작합니다.]

-설마 투왕지체를 선택할 줄이야. 백무지체를 선택할 줄 알았는데-

'그런가?'

-나한테 무공을 배우고 있지 않나? 그러다 후회해도 난 책임지지 않을 거다-

'후회? 그런 일은 없을 거다. 절대로.'

단호한 의지를 드러낸 인호. 그러자 무명이 호기심을 드러냈다.

-어째서 그리 단언하는 거냐?-

'천재성을 손에 넣게 해주는 백무지체, 용암에 필적하는 불꽃을 다룰 수 있게 해주는 화령지체 모두 대단하다. 둘 중 하나라도 얻으면 비약적으로 성장할 수 있겠지.'

-그렇게 잘 알고 있으면서 대체 왜?-

'천재성이든 강력한 불꽃이든 그저 싸우기 위한 수단에 불과하지. 저 둘이 아니어도 강해질 수단은 많다.'

현시대는 투쟁의 시대.

몬스터들과 싸워 이기면 전리품을 얻을 수 있으며 퀘스트를 깰 때마다 다양한 보상이 들어온다. 거기에다 던전까지 더해진 상황이 아닌가?

보상을 얻는 과정이 어려워서 그렇지 강해질 방법은 넘쳐

났다. 당장 새로운 칭호를 통해 재능을 손에 넣기도 했고.

-그 말은 일리가 있다. 그런데 정말 네놈에게 투왕지체가 필요할까? 어차피 각성자들은 싸우면 싸울수록 강해지는데-

'그건 그렇지. 나 역시 그걸 부정할 마음은 없다.'

무명의 말대로 플레이어들에게는 각자 자신만의 성장 방식이 존재했다. 가령 수아는 싸울 때마다 레벨이 높아지고 현주는 자신의 정령을 성장시켜 보다 높은 등급의 정령으로 키울 수 있었다. 그 과정에서 신체 능력이나 마력 또한 발전했다.

이렇듯 플레이어들은 이미 투왕지체의 특성이 있다고 봐도 무방했다. 허나 인호에게 그 논리는 통하지 않았다. 이미 그에 대한 반론을 준비했기 때문에.

'벌써 잊은 건 아니겠지? 투왕지체의 두 번째 효과를.'

첫 번째 효과는 싸우면 싸울수록 강해진다는 점이었다. 두 번째 효과는,

-더 잘 싸울 수 있게 해준다. 그런 거로 알고 있는데 맞나? 그런데 그게 어쨌다는 거냐?-

'네가 나한테 그랬었지. 강하다고 해서 반드시 싸움에서 이기는 게 아니라고.'

-당연한 거 아닌가? 싸움은 단순히 힘이 강한 쪽이 이기는 게 아니다. 몸 상태와 상성 혹은 주변 상황, 행운, 마음가짐 등 다양한 변수가 존재하니까-

'그래서 투왕지체를 고른 거다.'

인호의 설명을 들은 무명은 얼굴을 찌푸렸다. 계속 말을

빙빙 돌리는 모습이 마음에 들지 않았다.-그게 네 선택과 무슨 상관이 있다고 그러지?-

'더 잘 싸울 수 있다, 이 말은 따지고 보면 굉장히 추상적이다. 잘 싸울 수 있는 법은 정말 많으니까. 하지만 그중 가장 확실한 게 있다. 바로 이기는 방법을 끝까지 찾아내는 거지.'

-투왕지체는 그게 가능하다는 건가?-

'확인을 못했으니 정답이라 할 수는 없지. 분명한 건 오직 투왕지체만이 싸움의 본질을 추구했다는 거다. 단순히 힘을 키우는 게 아니라.'

무명은 대답하지 않았다.

대신,

짝짝짝.

천천히 손뼉을 쳤다. 그의 입가에는 어느새 환한 미소가 피어 있었다.

-훌륭하다. 이제 자신을 무인이라 칭할 정도는 되겠어. 아직 배울 건 많지만 그래도 마음가짐만큼은 제대로 된 무인이다-

'칭찬을 하려면 제대로 해라.'

말은 그렇게 했지만, 가슴이 벅차올랐다. 드디어 제대로 무명에게 인정받았다는 사실이 정말 기쁘고 뿌듯했다.

"역시 나의 주인님. 당신이라면 올바른 선택을 내릴 줄 알았어요."

여태까지 가만히 지켜보고 있던 길잡이가 나섰다. 인호는 그녀에게 정중하게 고개를 숙여 감사의 마음을 전달했다. 그녀의 조언이 아니었으면 좋은 기회를 한 번 날렸으리라.

그런데 그때,

투왕지체가 특성 '영웅화'와 연동됩니다. 영웅화가 2퍼센트 진행됩니다. 현재 영웅화-20퍼센트

| Close | View |

또 다른 메시지가 나타났다.

동시에 몸속에서 무언가가 꿈틀거리는 게 느껴졌다. 화산이 터지기 일보 직전의 상황이랄까.

'역시 반응하는군.'

메시지를 읽은 인호는 활짝 웃었다. 이것이야말로 투왕지체를 고른 가장 결정적인 이유였다.

영웅화.

신체 스펙을 올려준다는 면에서는 레벨 업과 똑같았다. 그러나 영웅화의 진정한 가치는 자신의 신체를 영웅의 체질로 바꿔주는 데 있다. 이 특성이라면 투왕지체와 어울릴 거라 확신했고 그 확신은 현실이 됐다.

[영웅화가 20퍼센트에 도달함에 따라 체질 개선이 진행됩니다. 건곤천뢰검을 제외한 모든 스킬 레벨이 1씩 상승합니다.]

[투왕지체의 체질 변화와 영웅화의 체질 개선이 더해졌습니다. 체질 변화의 효율이 높아집니다.]

인호는 고개를 돌려 길잡이를 바라보았다. 그의 뜻을 읽은

그녀는 싱긋 웃었다. 신뢰를 주는 미소였다.

"당신의 누이와 여인은 제가 반드시 지킬게요. 그러니 걱정하지 말고 뜻을 이루세요."

"믿겠다."

길잡이의 능력은 누군가를 지키는데 특화되어 있었다. 지키는 것에 한해서는 무명보다 뛰어나다고 해도 과언이 아닐 정도로. 무명 역시 그건 부정할 수 없는지 쓴웃음을 지었다.

"수아야. 조금만 버텨줘. 오래 걸리지는 않을 거야."

"믿어주세요. 저도 이제 많이 강해졌으니까요."

"누나는 수아와 길잡이의 발목이나 붙잡지 마. 제발 부탁인데 두 사람 말 잘 들어. 알았지?"

"말본새하고는. 그나저나 폼 좀 잡지 마라. 되게 어색하거든. 지가 무슨 영웅도 아니고."

"그러게."

가볍게 대답한 인호는 눈을 감고 이를 악물었다. 지금부터는 고통을 감수해야 할 시간이었으니까.

그 순간,

쾅!

단전에서 뜨거운 기운이 동시에 용솟음쳤다.

모든 걸 태울 거 같은 기운은 전신으로 퍼졌다. 아니, 신체 내부를 넘어 몸 밖으로 분출됐다.

화르르!

위이잉!

오른팔에서는 검붉은 불꽃이, 왼발에서는 검푸른 냉기가 뿜어졌다. 서로 다른 성질의 기운들이 몸을 엉망진창으로 뒤흔들었다.

-벌써 여러 번 말했지만 마지막으로 당부하마. 절대 입은 벌리지 마라. 네놈의 몸을 꽉 채운 힘을 날리고 싶지 않다면-

그 충고는 똑똑히 기억하고 있었다. 단지 아무리 알아도 하기 힘든 게 있을 뿐. 마력 회로, 신경, 혈관이 전부 찢겨나갔다. 거기서 끝이 아니었다.

투툭.

불쾌한 소리가 인호의 귀를 자극했다. 뼈가 부러졌고 근섬유는 끊어졌으며 피부는 아예 벗겨졌다. 플레이어의 튼튼한 몸이 아니었다면 진즉에 의식을 잃거나 죽었으리라. 그만큼 고통스러웠다.

그런데도 인호는 의식의 끈을 절대 놓지 않았다. 오히려 용암처럼 끓어오르는 마력을 끝까지 제어하기 위해 노력했다. 자신의 몸이 불살라지는 건 못 막아도 마력 회로에서 아예 벗어나지 않도록 계속 마력을 이끌었다.

콰득! 콰드득!

마력은 인호의 신체 내부를 휘저었다. 그리고 마력 회로의 각 포인트, 무협에서는 혈도라 부르는 것들을 모조리 박살냈다.

'크윽!'

혈도 하나가 깨질 때마다 정신이 혼미해졌다. 하지만 길었던 여정도 끝이 보였다. 마력이 심장과 뇌에 자리를 잡자마자 점차 진정이 된 것이다.

치이익.

몸을 잿더미로 만들 것 같았던 검은 불꽃이 사라졌다. 대신 검푸른 연기가 증기처럼 피어올라 주변에 자욱해졌다. 그 연기 속에서 인호의 몸에 빼곡하게 새겨진 상처가 낫기 시작했다. 아니, 상처가 낫는 것을 넘어 원래보다 더 튼튼해졌다.

그렇게 몸이 완벽하게 회복됐을 때,

"후우."

마침내 인호가 눈을 떴다.

[플레이어 김인호의 중단전이 개방됐습니다. 하단전에는 묵린의 기운이, 중단전에는 흑설의 기운이 머뭅니다. 이에 따라 수라마공의 레벨이 1 상승합니다.]

[투왕지체가 패시브 스킬 '블러디 오우거의 존재감', '용맹'과 합쳐집니다. 영웅(Epic) 등급의 패시브 스킬 '왕의 기세(Lv.1)를 습득합니다.]

왕의 기세는 자신보다 약한 괴수를 기세만으로 압도할 수 있을 뿐만 아니라 어느 정도 강한 괴수에게도 영향력을 행사할 수 있었다. 강한 괴수들의 피어로 압도당해 골골거린 걸 생각하면 정말 좋은 스킬이었다.

-기분이 어떻지?-

"최고다."

무명이 질문하자 인호는 담담하게 대답했다. 체질 변화는 벌써 세 번째 경험했지만 이번에는 또 달랐다.

가장 큰 변화는 심장이었다.

본래부터 인체에서 가장 중요한 장기였지만 신체 일부라는 본질은 변함이 없었다. 그런데 이제는 달랐다. 심장 역시

하단처럼 마력을 받아들이기 시작했다. 그 때문에 마력을 흡수하는 양이 훨씬 늘어났고.

또 다른 변화는 시각의 발달이었다.

두 번째 체질 변화를 겪고 난 이후에 주변을 세심하게 볼 수 있게 됐다. 세 번째 체질 변화는 거기서 한 단계 더 나아갔다.

단순히 볼 수 있는 걸 넘어 분석할 수 있게 됐다. 주변 환경, 자신의 상태, 적의 능력 등 다양한 변수를 토대로 말이다. 이게 싸움에서 어떤 식으로 응용될지는 아직 알 수 없었지만 그래도 분명 도움이 되리라.

"얼마나 걸렸지?"

-별로 오래 안 갈렸다. 반각(7분) 정도. 저쪽은 그렇게 생각하지 않을 거 같다만-

무명이 어느 한 방향을 가리켰다. 인호의 시선도 자연스럽게 무명의 손가락 끝을 향했다.

-크허어엉!-

연병장에서 수아와 현주가 넝쿨에서 풀려난 세 마리의 블러디 오우거와 격렬하게 싸우고 있었다.

탕! 타앙!

푸른 마력탄이 번쩍일 때마다 블러디 오우거가 괴성을 토하며 발광했다. 그러면서 분노를 실은 주먹을 계속 날렸지만 수아나 현주를 맞추지 못했다.

콰앙!

블러디 오우거는 두 사람 대신 현주가 만든 돌덩어리를 박살 내는데 만족해야 했다. 다만 두 사람도 승기를 못 잡은 건 마찬가지였다.

블러디 오우거를 잡으려 할 때마다,

-크헐헐!-

거대한 쇠도끼를 든 블러디 오우거가 개입해서 막았기 때문에.

그래서 승부는 지지부진하게 이어질 뿐, 도저히 끝날 기미를 보이지 않았다. 그런 상황에서 잘 버티고 있는 것만 봐도 수아와 현주가 보통 플레이어가 아님을 증명하는 것이나 다름없었다.

"길잡이는……."

-나설 수 없는 상황이다-

남은 블러디 오우거를 넝쿨로 붙잡고 있는 길잡이의 모습이 보였다. 간간이 버프를 넣어 수아와 현주가 다치지 않도록 막았지만 딱 거기까지였다.

길잡이의 능력은 다른 사람을 지키면서 미래로 인도하는데 중점을 뒀다. 직접적인 전투 능력은 없다고 해도 과언이 아니었다.

-그래도 무서운 여자다. 네가 깨어날 시간까지 정확하게 예상하면서 축복을 걸어주더군-

"그럼 된 거지. 이렇게 일어났으니까."

자신의 역할을 완수해야 할 때였다. 상황 정리라는 역할을 말이다.

팟!

인호가 발을 내디뎠다. 그 순간, 그는 20m 이상의 거리를 단숨에 건너뛰었다. 달리는 게 아니라 아예 하늘을 나는 느낌이었다.

-쿠오오오!-

-캬오오오!-

인호의 접근을 알아차린 블러디 오우거 두 마리가 함성을 질렀다. 그러나 그는 놈들에게서 아무런 위압감도 느끼지 못했다. 자신을 보며 잔뜩 긴장하고 두려워하는 놈들이 무슨 위압감을 주겠는가.

우웅!

거센 바람이 몰아쳤다. 동시에 블러디 오우거의 거대한 주먹이 인호를 향해 떨어졌다. 두려움을 뛰어넘어 먼저 선빵을 날린 건 칭찬받아 마땅했지만,

'정면.'

인호는 슬쩍 오른쪽으로 이동해서 가볍게 피했다.

콰쾅!

블러디 오우거의 주먹은 종이 한 장 차이로 그의 몸을 스쳐 지나가 땅바닥에 꽂혔다. 하늘 높이 치솟는 흙더미 사이로 인호는 상대의 빈틈을 찾았다. 그리고 왼손의 검을 위로 올렸다.

우웅!

흑설의 기운을 머금은 수라검기가 '격을 잃은 마검'을 휘감았다. 검푸른 검기는 이전보다 훨씬 더 선명한 빛을 발하고 있었다. 절삭력이 좋아진 건 당연했고.

서걱!

-커어엉!-

처절하게 울부짖는 블러디 오우거. 놈의 손목은 어느새 바닥에 떨어져 있었고 녹색 피가 연병장을 물들였다.

그 모습을 본 인호는 땅을 박찼다. 다리에 별로 힘을 주지 않았는데도 그의 몸은 어느새 블러디 오우거보다 더 높은 곳까지 치솟았다.

-딱 좋은 기회군. 건곤천뢰검의 두 번째 초식, 사교낙뢰를 알려주마

'이런 상황에서?'

-쉬운 기술이니 너무 겁먹지 마라. 그냥 두 자루의 검을 비스듬하게 휘두르면 되니까. 양팔을 교차시킨다고나 할까.-

'쉽긴 쉽군.'

투왕지체의 효과일까?

처음 뇌격십자인을 배웠을 때보다 훨씬 알아듣기 쉬웠다. 아니, 알아듣는 걸 넘어 선명한 이미지가 머릿속에 그려졌다. 어떻게 휘두르면 펼칠 수 있는지를. 그냥 전력을 다해 X자로 내리치는, 정말 단순한 기술이었다.

인호는 양손의 검을 강하게 움켜쥐었다. 묵린과 흑설의 기운이 증폭되어 검을 휘감았다. 그 상태에서 그는 X자로 두 검을 내리그었다. 온 힘을 다해서. 그 모습은 마치 벼락이 떨어지는 것 같았다.

건곤천뢰검(乾坤天雷劍)

제2식 사교낙뢰(斜交落雷)

[건곤천뢰검의 레벨이 1 상승합니다.]

콰드득!

교차하듯 떨어지는 번개. 이를 증명하듯 번개의 칼날로 바

뀐 두 자루의 검이 오우거의 양쪽 쇄골을 강타했다. 번개의 칼날은 쇄골을 갈라버리더니 아예 놈의 상반신 전체를 날려 버렸다.

쿵!

블러디 오우거의 하반신이 그대로 바닥에 쓰러졌다. 죽은 놈을 뒤로한 채 인호는 다른 개체를 노렸다. 수아와 현주를 상대하던 놈은 그가 오는 것에 맞춰 쥐고 있던 도끼를 크게 휘둘렀다.

-역시 짐승은 짐승인가-

무명이 상대를 비웃었다. 그 사이, 놈의 도끼와 인호의 검이 정면으로 격돌했다.

-크허어엉!-

고통을 참지 못하고 울부짖는 블러디 오우거. 놈의 몸 여기저기가 불타기 시작했다.

-뇌영보에 깃든 번개의 기운을 보낸 건가? 확실히 투왕지체를 얻은 보람이 있군. 임기응변이 늘었어-

무명은 인호의 몸을 휘감고 있는 번개의 기운을 보며 웃었다. 뇌영보의 기운을 따로 추출해 이를 방출한 것만 봐도 그의 전투 센스가 얼마나 뛰어난지 드러났다.

"지금이에요!"

길잡이가 낭랑한 목소리로 외쳤다.

탕!

쉬에엑!

기다렸다는 듯이 수아가 방아쇠를 당겼고 현주는 돌로 만들어진 창을 날렸다. 푸른 마탄은 블러디 오우거의 목에 구멍을 뚫었고 돌의 창은 구멍을 파고들더니 아예 머리와 몸을 분리했다.

"야, 야야! 무슨 짓이야! 얌체같이!"

두 번째 오우거를 쓰러뜨린 현주가 불만이 가득한 얼굴로 인호에게 따졌다.

"갑자기 또 왜 그래? 도와줬잖아."

"기껏 다 잡았더니 막타만 홀랑 치는 거 봐라. 어디서 배운 예의야?"

"글쎄요."

인호가 어깨를 으쓱이며 말하자 현주가 환하게 웃었다. 그러더니 그에게 다가와 등짝을 있는 힘껏 쳤다.

"윽!"

"이게 좀 세졌다고 누나한테 대드네. 우리 한 번 서열 정리 해볼까?"

"풋!"

그 모습을 보던 수아는 자기도 모르게 웃었다. 잘 됐다 싶어 인호는 그녀에게 다가갔다.

"수고했어, 수아야. 초짜를 데리고 싸운다고 고생이 많았겠네."

"아니에요. 언니 정말 잘 싸우던데요. 길잡이분이 필요할 때마다 축복을 걸어줘서 하나도 안 위험했고요."

"그렇습니까?"

인호의 시선이 이번에는 길잡이를 향했다. 그녀에게 감사의 마음을 전하려는 순간,

"절 신경 써주신 건 감사해요. 하지만 아직 안심할 때가

아니에요."

그녀가 차분하게 대답했다.

길잡이의 시선은 넝쿨에 사로잡힌 블러디 오우거에게 고정되어 있었다. 너덜너덜해진 넝쿨을 보니 언제 빠져나와도 이상하지 않았다. 그러나 놈은 이제 일행에게 위협이 될 수 없었다.

"다 끝난 거 아닌가?"

"그럴 리가 있나요? 이제 시작에 불과합니다, 나의 주인님. 시간을 더 지체하면 모두 다 여기서 죽을 수 있답니다."

마치 담소를 나누듯 해맑게 웃으며 말하는 길잡이. 세 사람으로서는 도저히 묵과할 수 없는 말이었다. 또 다른 위기가 일행을 닥친다는 것을 의미했으니까.

"저놈은 죽여야 하나?"

"예."

"오래 걸리지 않을 거다."

그 말이 끝남과 동시에 인호가 몸을 날렸다. 그리고 단숨에 남은 한 마리의 목을 날려버리는 데 성공했다.

"그럼 이제 도망쳐보죠."

몸을 돌리는 길잡이를 보며 느낄 수 있었다. 아직 악몽이 끝나지 않았음을.

"이쪽으로 가야 해요."

싸움이 끝나자마자 경쾌하게 발걸음을 옮기는 길잡이. 그녀가 가는 길의 끝에는 폐쇄된 관악산 등산로가 있었다.

"도로로 데려가지 않은 건 알겠어요. 그런데 왜 여기로 가는지 알 수 있을까요?"

의문이 생긴 수아가 길잡이에게 질문했다. 도로에는 여전히 살아남은 몬스터들이 많았기 때문에 그쪽으로 안 가는 게 당연했다. 그놈들을 다 뚫고 가는 건 현실적으로 불가능했기 때문에.

그렇다고 이쪽을 선택할 이유는 없었다. 오랫동안 폐쇄된 만큼, 제대로 된 길이 있을 리 없었다. 플레이어라 해도 쉽게 올라가기 어려울 정도였다. 다른 길이 많은 만큼 더 의문을 느낄 수밖에 없었다.

"죄송해요. 지금은 그런 걸 일일이 설명할 여유가 없어요. 아직 저희는 위협에서 완전히 벗어난 게 아니니까요."

"그래도 산속은 아니지 않아? 몬스터가 있을 거 아니야? 아무리 인호가 몬스터들을 쫓아낼 수 있다 해도 예외는 있을 거고."

수아를 지원하듯 나선 현주. 그러나 그녀의 주장도 길잡이에게는 통하지 않았다.

"이 근방에서 주인님을 위협할 수 있는 괴수는 없으니 걱정하지 마세요. 그건 그렇고 정말 시간이 없으니 얼른 따라와 주세요. 살고 싶다면요."

"그녀를 믿기로 했잖아? 얼른 가자."

"역시 주인님밖에 없네요."

인호가 자신을 지지하자 길잡이가 빙긋 웃었다. 그리고 그녀는 다시 앞장선 채 산 위로 올라갔다.

다행히 길잡이가 말한 대로 일행에게 달려드는 몬스터는 없었다. 인호가 새롭게 얻은 왕의 기세는 그만큼 강력했다.

대신 자연이 일행의 앞길을 막았다. 무성하게 자란 수풀, 사람의 손길에 닿지 않은 채 자란 나무, 여기저기에 있는 바위까지 모든 게 장애물이었다. 험한 길이었지만 일행은 군말 없이 계속 산 위로 올라갔다.

그렇게 산 중턱에 오르자,

"이곳이라면 안전하겠네요."

길잡이가 멈춰 섰다.

"아직 수도방위사령부에서 완전히 벗어나지 못했는데?"

"지금은 여기서 잠시 시간을 보내야 해요, 주인님. 섣불리 움직이면 죽을 수 있답니다."

인호의 질문에 막힘없이 대답하는 길잡이였다. 그렇게 일행은 산 중턱에 있는 바위에 앉아 잠시 휴식을 취했다.

"좀 으스스하지 않아?"

"언니도 그래요? 저도 그런데. 인호 오빠는 어때요?"

"좀 추워진 거 같은데. 딱히 온도가 내려간 거 같지는 않은데."

한겨울인 만큼, 당연히 추워야 정상이었다. 그러나 지금 느껴지고 있는 한기는 겨울 특유의 차가운 기운과 달랐다. 몸이 아닌 영혼이 얼어붙는 감각이라 하는 게 옳으리라.

"그 감각을 꼭 기억하세요. 그건 전조거든요."

"전조라고?"

"보면 아실 거예요."

길잡이는 아래쪽을 가리켰다. 엉망진창이 된 사령부의 전경이 눈에 들어왔다.

-과연! 그래서 일행을 이쪽으로 데리고 온 거였구나

무명이 경악하자 길잡이는 고개를 끄덕였다. 인호로서는 전혀 이해할 수 없는 대화였지만.

'대체 무슨 말을……'

콰아앙!

갑자기 굉음이 몰아치자 인호의 목소리가 묻혀버렸다. 문제는 그게 아니었다.

콰콰쾅!

사령부의 건물들이 무너져 내리기 시작했다. 그뿐인가. 아스팔트 도로를 비롯한 대지가 쩍 갈라지며 지반이 모습을 드러냈다.

-끼기기긱!-

기분 나쁜 울음이 귀를 자극했다. 그리고 사령부를 박살 낸 원흉이 마침내 땅속에서 나타났다.

"저, 저건 뭐야!"

"말도 안 돼!"

"저런 게 있다니……."

당황하는 현주와 수아. 인호라고 해서 다를 바 없었다. 사람이라면 모두 눈앞의 광경을 보고 경악을 금치 못하리라.

땅속에서 모습을 드러낸 놈은 벌레였다. 그것도 몸길이만 50m에 이르는 커다란 애벌레.

"3급 네임드 몬스터, 칼라굴."

안색이 어두워진 인호가 담담히 새로운 괴물의 이름을 되뇌었다. 괴물은 수도방위사령부의 모든 건물을 파괴했다. 마치 파괴의 화신이라도 되는 것처럼.

"각성자들은 강대한 괴수가 나타나기 전에 전조를 알아차릴 수 있어요."

"그래서 기억하라고 한 거였군?"

"맞아요."

좋은 정보였다. 알고 싶은 정보는 아니었지만.

그렇게 다들 굳은 얼굴로 이를 지켜볼 때,

"윽!"

짧은 신음과 함께 수아의 몸이 휘청거렸다.

"수아야!"

다행히 현주가 그녀의 몸을 받치는 데 성공했다. 그러나 인호로서는 수아를 신경 쓸 겨를이 없었다. 모든 것을 파괴하는 칼라굴로부터 도저히 눈을 뗄 수 없었기에.

콰아아앙!

천둥보다 더 요란한 굉음이 천지를 뒤흔들었다. 그리고 수도방위사령부가 있던 대지가 완전히 꺼져 내렸다. 뉴스에서나 나올 법한 싱크홀이었다. 그 규모가 상상 이상으로 크다는 게 문제였지만.

서울의 방패를 자처했던 수도방위사령부.

국민들을 지키는 요람이 되어야 할 장소가 결국 종말을 맞이했다.

"저기 원래 우리가 가려고 했던 곳 아니야?"

"……그러게요."

현주의 지적을 들은 수아의 안색이 어두워졌다. 갑자기 등장한 칼라굴은 일행을 당황하게 했다. 그러나 가장 충격적인 건 놈이 움직이는 방향이었다. 일행이 가려고 했던 길과 정확히 일치하는 게 아닌가?

인호는 두 사람의 대화에 끼어들지 않았다. 대신 길잡이를 바라보았다. 이제야 무명이 했던 말을 이해할 수 있었다.

"그래서 일부러 위험한 길을 택한 거군."

"그런 거랍니다."

빙긋 웃는 길잡이. 하지만 인호는 그녀처럼 웃을 수 없었다. 만약 그녀의 말을 듣지 않고 고집을 부렸다면 어떻게 됐을까? 분명 저 파괴의 현장에 휩쓸렸으리라. 상상만 해도 끔찍했다.

또 그녀가 왜 자신들을 관악산으로 이끌고 왔는지도 이해됐다. 관악산은 전형적인 돌산인 만큼, 아무리 저 괴물이라도 이를 헤집을 수 없었다.

그녀는 대체 어디까지 보고 있는 것일까? 선견지명이라는 말이 이렇게 어울리는 이가 있을까 싶었다.

"정말 고맙다."

진심이었다. 그녀를 믿지 않았다면 정말 죽었을 테니까. 인호를 빤히 쳐다보던 그녀는 고개를 흔들었다.

"고마워하실 필요 없답니다. 저는 어디까지나 의견을 제시했을 뿐, 제 말을 받아들인 건 주인님이었으니까요. 그리고 잘 아시겠지만, 여전히 안심할 때가 아니죠."

"그건 그렇지."

인호도 길잡이의 의견에 동의했다. 칼라굴이라는 말도 안 되는 괴물로부터 도망치는 데 성공했지만 그건 궁극적인 목표가 아니었다. 일행이 반드시 달성해야 할 목표, 퀘스트는 진행 중이지 않은가.

"58분 남았나."

"얼마 안 남았어요."

사실 단순히 2㎞ 떨어진 곳으로 가야 하는 건 쉬웠다. 산중턱에 올라오면서 이미 1㎞ 정도를 통과했다. 계속 산을 오르다 보면 2㎞는 금방 지날 것이다.

"주인님의 목적지는 산이 아니라 도시예요."

"이런 시기에 산에서 시간을 보내는 건 자살행위니까."

야외나 실내나 언제, 어디서 몬스터가 나타날지 모른다는 점에서는 양쪽 모두 같았다. 하지만 한겨울에 아무런 월동장비도 없이 산에서 지내는 것보다는 실내에서 지내는 게 훨씬 나았다. 그래서 한시라도 빨리 시내로 가야 했고.

"그럼 이제 출발하죠. 시간이 얼마 안 남았으니까요."

말을 마친 길잡이는 다시 앞장섰다. 그때였다.

"잠깐만!"

현주가 소리친 것은.

인호와 길잡이가 뒤돌아보았다. 현주의 품에 안겨 있는 수아의 모습이 눈에 들어왔다. 그녀의 안색은 새파랗게 질려 있었고 얼굴은 식은땀으로 범벅이 된 상태였다.

"다친 곳은 없는 것 같은데……."

"몸은 그렇죠. 하지만 정신을 다쳤네요. 공포라는 상처가 새겨졌어요."

길잡이의 얼굴은 굳어 있었다. 인호는 황급히 수아에게 다가갔다. 그리고 그녀의 손을 붙잡았다.

"……인호 오빠, 미안해요. 하지만 무서워졌어요. 정말로 저희가 끝까지 살아남을 수 있을까요? 저런 괴물들을 상대하면서"

불안감을 토로하는 수아. 인호는 그녀를 탓하지 않았다. 내색만 하지 않았지 그 역시 그녀와 같은 심정을 느끼고 있었으니까.

플레이어는 인간의 한계를 뛰어넘은 초인이었다. 신체를 극한으로 단련하는 운동선수도 플레이어에 비할 바는 아니었다. 거기다가 끝없이 강해질 수도 있고.

그러나 그렇다고 해서 드래곤, 거대 애벌레 같은 괴물들과 싸울 수 있을까? 놈들 모두 자연재해와 다를 바 없는 존재들이었다. 현대 무기를 계속 사용할 수 있다면 모를까, 플레이어만으로 저런 괴물들을 상대할 수 있을 거라 보기는 어려웠다.

"이길 수 있답니다. 아, 단순히 위로하려는 마음으로 이 말을 한 건 아니에요. 실제로 용을 잡은 사람들은 과거에 많았거든요."

"정말이야?"

수아를 대신해서 현주가 물었다.

"물론이죠. 사악한 드래곤을 이기는 용사의 이야기. 여러분도 들어본 적이 있을 거라 생각해요."

세 사람 모두 고개를 끄덕였다. 동화나 영화 등 다양한 미디어 매체에서 다뤘으니 모를 수가 없었다.

"기억이 봉인되는 바람에 자세히 알려드릴 수 없지만, 인간은 분명 드래곤을 잡을 수 있어요. 세상에 널린 이야기들이 그 증거죠."

"……다른 괴물까지도 마음대로 부리는 놈을 이겼다고?"

이번에는 인호가 질문했다.

드래곤은 그 존재 자체만으로 압도적이었다. 그런데 오늘 직접 놈을 보니 주의해야 할 건 드래곤만이 아니었다. 놈은 수 많은 몬스터들의 정신을 지배할 수 있었다. 그런 드래곤을 잡다니, 과거의 인간들도 정말 규격을 벗어났다 싶었다.

"아, 그건 아니랍니다. 드래곤의 지배 능력에는 한계가 있거든요."

"한계?"

"주인님의 표현으로 말하자면 6등급 이하의 괴물에게만 통해요. 그보다 높은 등급의 괴물들은 강력한 자아를 가지고 있어서 안 먹히죠."

"그럼 저놈은 대체 여기에 왜 온 거지?"

"이야기가 옆으로 빠지는데 괜찮을까요?"

길잡이가 묻자 인호는 수아와 현주를 바라보았다. 두 여인 모두 동의했다. 길잡이는 다시 말을 이어나갔다.

"본래 드래곤은 한 번 모습을 드러낼 때마다 강한 사념을 남기고 가죠."

"사념? 그게 뭐야?"

"쉽게 표현하자면 드래곤이 남긴 힘의 잔재랄까요. 뭐 드래곤 입장에서 잔재지, 실제로는 막대한 힘의 덩어리지만요. 보이죠? 저 검은 기운이."

길잡이의 말 대로였다.

조금 전까지 수도방위사령부가 있던 땅 여기저기서 불길해 보이는 검은 기운이 피어오르고 있었다. 그건 드래곤이 쐈던 검은 탁류와는 전혀 다른 성질을 가지고 있었다.

-끼잉!-

"윽!"

외마디 비명을 지르는 현주. 그녀의 곁을 지키고 있던 땅의 정령이 갑자기 펑 하는 소리와 함께 사라진 것이다. 한 번도 이런 적이 없었기 때문에 그녀로서는 당황할 수밖에 없었다.

"드래곤의 사념은 정령에게 독이나 다름없거든요. 하지만 괴물들에게는 아니에요. 놈들에게는 진수성찬이나 다름없답니다. 격을 올릴 수 있는 절호의 기회이기도 하고."

"먹으면 강해지나 보군."

"그렇답니다."

쿠오오오!

길잡이의 말이 끝나기 무섭게 거대 애벌레, 칼라굴이 포효했다. 동시에 거센 바람이 몰아치더니 드래곤의 사념은 물론 괴수의 사체와 시체까지 모조리 그 거대한 입으로 빨려 들어갔다. 마치 진공청소기처럼.

콰아앙!

사념을 전부 흡수한 칼라굴은 땅 속을 파고들어 가더니 그대로 어딘가로 이동했다. 놈이 사라지자 길잡이가 몸을 돌려 수아와 현주에게 다가갔다. 그리고는 한쪽 무릎을 굽힌 뒤, 두 사람의 손을 꼭 붙잡았다.

"무서울 거예요. 그 마음은 충분히 이해해요."

단순한 스킨십이었고 평범한 위로였다. 그런데도 두 여인은 마음속의 불안이 희미하게나마 사라지는 걸 느낄 수 있었다.

"앞으로도 여러분은 많은 위기를 겪을 거예요. 그게 투쟁의 시대니까요. 그래도 이것만은 알아두세요. 여러분은 강하다는 걸."

그녀의 말을 들을 때마다 가슴이 따뜻해졌다. 그 따스함은 용기가 되어 일행의 기운을 북돋웠다.

"그러니까 여러분, 자신의 한계를 정해놓지 마세요. 끊임없이 상상하세요. 어떤 괴물이라도 이길 수 있는 자신의 모습을. 다들 잘할 수 있을 거예요."

"명심할게요."

"나도 꼭 그럴게."

각오를 다진 수아와 현주. 인호 역시 고개를 끄덕였다. 마음을 다잡은 일행을 본 길잡이는 빙긋 웃었다.

"그럼 이제 출발하죠."

더는 그녀의 말에 의문을 제기하는 사람은 없었다. 그러자 그녀는 희미하게 웃으며 한 마디 덧붙였다.

"다들 싸울 준비를 하세요. 앞으로는 계속 싸워야 하거든요. 그리고 마지막에 나올 적은 여러분이 상대했던 어떤 괴수보다도 강하답니다."

"그건 나중에 말해주면 안 돼? 꼭 미리 말을 해서 겁을 줘야겠어?"

"그게 길잡이의 역할이니까요."

현주가 질렸다는 얼굴로 따졌지만, 길잡이에게는 씨알도 먹히지 않았다. 그녀는 일행을 보며 슬쩍 웃더니 발걸음을 옮겼다.인호 일행은 서로를 보며 크게 한숨을 내쉰 뒤, 그녀의 뒤를 따라갔다.

시내로 돌아가는 길은 험난했다. 인호가 얻은 왕의 기세에도 쫄지 않고 달려드는 몬스터들이 있었기 때문에. 그러나 어떤 몬스터들도 일행에게 해를 끼치지 못했다.

"수아 양. 2시 방향으로 마력탄을 쏴주세요. 현주 양은 11시 방향으로 창을 날려주시고요."

"알았어요."

"오케이."

탕!

쉬에엑!

푸른 마력탄과 돌로 만들어진 창이 각각 2시 방향과 11시 방향으로 날아갔다. 잠시 뒤, 폭발과 함께 몬스터들의 비명이 울렸다. 수풀 속에 숨어 있던 블랙 오크 6마리는 시체가 된 채, 바닥에 쓰러져 있었다.

'저런 게 가능하다니……'

-어이가 없군-

이를 가만히 지켜보고 있던 인호는 할 말을 잃었다. 무명역시 믿을 수 없다는 듯 혀를 찼다.

시내로 가는 도중, 인호는 한 번도 전투에 참여하지 않았다. 아니, 나설 필요조차 없었다. 길잡이가 지시를 내릴 때마다 수아와 현주가 원거리 공격을 날렸고 몬스터들은 다가오기도 전에 목숨을 잃었기 때문에.

더 놀라운 건 숨어있는 놈들마저 전부 포착했다는 점이었다. 조금 전에 죽은 블랙오크들처럼 은신을 한 채, 일행을 노리는 몬스터들이 많았다. 하지만 일행에게 다가온 놈은 한 마리도 없었다.

'아무리 봐도 미래를 보고 있는 거 같은데?'

-정말 그럴지도 모르겠다. 단순히 감지 영역이 넓다는 거로는 설명할 수 없는 게 너무 많거든-

'이게 영웅이라는 건가.'

무명이 보여줬던 압도적인 힘, 길잡이의 도저히 가늠되지 않는 능력 등 영웅들은 압도적인 존재감을 과시했다. 영웅화라는 특성을 얻어 영웅이 되는 과정을 밟고 있지만 두 사람에 다다를 수 있을 거라는 확신이 들지 않았다.

-당연한 소리를. 네놈은 아직 멀었다-

"주인님은 이제 막 시작했을 뿐이니까요. 분명히 바라는 바를 이룰 수 있을 거예요."

약속이라도 한 것처럼 동시에 말하는 두 영웅. 인호는 쓴웃음을 지었다. 팩트 공격은 언제나 가슴 아프지만 어쩌겠는가. 스스로 멀었다는 걸 누구보다 잘 알고 있는데.

"그보다 주인님, 싸울 준비를 하세요. 그리고 여러분, 다시 말하지만 이번에 나올 괴수는 강해요. 절대 긴장을 풀지 마세요."

"그 정도로 강한 적이야?"

"드래곤이나 거대 애벌레만큼 강하지는 않아요. 그래도 여러분이 상대했던 괴수들보다는 훨씬 강해요."

"각오를 단단히 해야겠네요."

수아가 말하자 인호와 현주 모두 고개를 끄덕였다. 이제 시내까지 정말 얼마 남지 않았다. 조금만 더 내려가면 관악산을 내려가 도심에 들어서게 된다.

　그리고 퀘스트의 달성을 막는 관문이 모습을 드러냈다.

　-캬오오오오!-

　육중한 체구를 가진 몬스터가 일행이 있는 약수터 쪽으로 달려오고 있었다.

　"왜 저리 커!"

　"저게 마지막 적……."

　녹색 피부를 가진 몬스터는 아주 컸다. 5m의 크기를 가진 블러디 오우거도 저놈의 어깨밖에 닿지 않을 정도로. 게다가 놈은 특이하게도 두 개의 머리를 가지고 있었다. 허나 가장 눈에 띄는 건 따로 있었다.

　"몬스터가 갑옷은 왜 입고 있어!?"

　현주가 어처구니없다는 듯 외쳤다. 그 말마따나 놈은 전신을 둘러싼 철갑을 입고 있었다. 한 손에는 3m의 대검을 들고 있었고. 투구만 안 썼을 뿐, 그 모습은 마치 중세 시대의 기사 같았다.

　"6급 몬스터 트윈헤드 트롤이라……."

　"6급이라 그런지 진짜 특이하네요. 저 무기나 갑옷 다 잘 제련됐고."

　수아의 말에 고개를 끄덕인 인호는 앞으로 나섰다. 두 자루의 검을 움켜쥔 채.

　-길잡이가 말했지만 조심해라. 위험한 놈이니까

　'그런 거 같군.'

6급 몬스터 트윈 헤드 트롤.

거대 애벌레를 만났을 때와 달리 한기는 느껴지지 않았다. 그렇다 해도 놈에게서 흘러나오는 기세는 흉흉했다. 모든 것을 파괴할 거 같은 태풍이라고 할까? 그러나 강렬한 기세를 마주하고 있는데도 인호의 전의는 전혀 흔들리지 않았다.

'이게 왕의 기세의 효과인가?'

이러니저러니 해도 투왕지체를 고른 게 정답이었다. 강대한 적을 눈앞에 두고도 겁먹어서 제대로 싸우지 못하는 경우는 피할 수 있지 않은가.

"지시할게요. 모두 잘 따라주세요."

누구 말이라고 거절하겠는가. 세 사람 모두 길잡이가 무슨 말을 할지 귀를 기울였다.

"수아 양, 놈의 정면을 공격해주세요. 전력으로 다섯 발을 쏘면 돼요. 주인님은 그사이에 놈의 측면을 파고드세요."

"그렇게 할게요."

"알았다."

탕! 타탕!

마력 차지를 통해 거대해진 마력탄 다섯 발이 트윈헤드 트롤을 향해 쇄도했다. 놈은 들고 있던 거대한 검을 휘둘렀다. 허나 검이 튕겨낸 것은 세 발 뿐, 나머지 두 발은 정확히 흉갑을 강타했다.

쾅!

흉갑은 아무런 손상도 입지 않았다. 대신 트윈헤드 트롤의 발걸음을 멈추게 하는 데 성공했다. 인호는 그 틈을 놓치지 않았다.

화르르!

격을 잃은 마검에 수라검기가 형성되면서 불똥이 튀었다. 그 상태에서 인호는 전력을 다해 마검을 휘둘렀다. 이에 질세라 트롤이 검을 세워 그의 공격을 막아냈다. 그러나 놈은 몰랐다. 이게 그가 노리는 바였음을.

'됐다!'

건곤천뢰검(乾坤天雷劍)

제1식 뇌격십자인(雷擊十字刃)

흑설의 기운을 머금은 로드나이트의 검이 작렬했다. 그러자 하얀 섬광이 뜨거운 열기를 토해냈다.

콰아앙!

강력한 폭발과 함께 트롤이 쥐고 있던 대검이 박살 났다. 검의 파편은 폭풍이 되어 트롤의 몸을 찢어발겼다.

-크어어어!-

비명을 지르며 고통스러워하는 트롤. 그러나 인호의 공격은 이제 시작이었다.

파지직.

뇌영보를 펼치자 번개의 기운이 인호의 몸을 휘감았다. 그는 거기서 멈추지 않고 번개의 기운을 두 자루의 검에 모두 보낸 다음, 있는 힘껏 찔렀다. 목표는 트롤의 발목을 감싸고 있는 장갑이었다.

-크아아아앙!-

장갑이 박살났고 발목에서 녹색 피가 뿜어져 나왔다. 다만 칼날보다 더 큰 충격을 준 건 번개의 기운이었다. 번개는 발목 부근의 갑옷을 태우더니 빠르게 전신으로 퍼졌고 트롤의 몸은 열기로 인해 검게 그을렸다.

쿠쿵!

트윈헤드 트롤은 빠르게 판단을 내렸고 스스로 갑옷을 벗었다. 6급 몬스터답게 기존의 몬스터들과 달리 머리 회전이 빨랐다. 갑옷을 벗은 놈은 곧장 인호를 향해 주먹을 찔렀다.

"현주 양."

"오케이! 흙돌아!"

땅의 정령이 손을 휘저었다. 그러자 인호의 앞에 커다란 바윗덩어리가 치솟았다. 자연스럽게 트롤의 주먹은 바위를 강타했다. 바위는 박살 났고 그 사이, 인호는 놈의 뒤를 파고들어 반대쪽 발목을 베었다.

-캬아아악!-

트윈헤드 트롤이 발광하며 공격했지만 소용없었다. 인호에게 위협적인 공격을 가하려고 할 때마다 현주가 방벽을 세워 인호를 보호했기 때문에.

콰쾅!

또다시 부서지는 방벽. 인호는 여유롭게 오른쪽으로 몸을 날려 트롤의 공격 범위에서 벗어났다. 다만 내심 그는 전율을 느꼈다.

'이게 길잡이의 힘!'

트윈 헤드 트롤은 강한 적이었다. 길잡이가 없이 싸웠다면 일행이 목숨을 걸어야 할 정도로. 이제까지 싸운 몬스터들 중 제일 강한 건 의심할 여지가 없었다.

그래서 더욱 귀신에 홀린 기분이었다.

길잡이는 트윈헤드 트롤의 공격이 어디로 올지 전부 예측

했고 빈틈을 모두 포착했다. 그리고 인형을 움직이는 인형술사처럼 타이밍 좋게 지시를 내려 일행을 움직였다. 이러니 제아무리 강대한 6급 몬스터라도 일행에게 휘둘릴 수밖에 없었다.

-크허어엉!-

계속 당한 트윈헤드 트롤이 수아를 향해 달려들었다. 다른 사람들은 신경 쓰지 않고 그녀부터 먼저 잡겠다는 의지를 강하게 드러냈다. 당황한 그녀가 마력 권총을 쐈지만 날아간 마력탄이 모조리 튕겨나갔다.

마침내 거리를 좁히는 데 성공한 트윈헤드 트롤. 놈은 거대한 주먹을 수아의 몸에 꽂았다. 그리고 크게 당황했다.

펑!

수아의 몸이 연기가 되어 사라졌기 때문에. 환영의 부츠의 스킬 '분신'이 처음으로 발동된 순간이었다.

"수아 양, 현주 양. 이번에는 놈의 다리를 집중적으로 공격하세요."

"네!"

"알았어!"

수아가 마력탄을 쐈고 현주는 돌의 창을 날렸다. 창은 트윈헤드 트롤의 오른쪽 무릎을 꿰뚫었고 마력탄은 왼쪽 발목을 박살냈다. 균형을 잃은 놈은 땅바닥에 무릎을 꿇었다.

"주인님."

길잡이가 불렀지만 인호는 대답을 하지 않고 높게 점프했다. 트윈헤드 트롤의 머리보다 더 높게.

그리고,

건곤천뢰검(乾坤天雷劍)

제2식 사교낙뢰(斜交落雷)

두 자루의 검이 X자로 교차했다.

쿵!

검이 트윈헤드 트롤의 몸뚱이를 쪼갰다. 그 상태에서 인호는 마검을 휘둘러 놈의 목을 날려버렸다. 목숨을 잃은 놈은 바닥에 엎어졌다.

"다들 수고하셨어요. 그럼 다시 가볼까요?"

말 몇 마디를 통해 6등급 몬스터를 단숨에 잡는 위용을 뽐낸 길잡이. 그런데도 그녀는 전혀 내색하지 않았다. 이 정도는 당연하다는 듯이.

남은 시간은 13분. 다행히 더는 일행의 길을 가로막는 몬스터가 나타나지 않았고 주택가에 들어서는 데 성공했다.

그러자 메시지가 떠올랐다. 퀘스트를 성공했음을 알리는 메시지가.

플레이어 김인호가 서브 퀘스트 '몬스터 웨이브에서 살아남아라!'를 달성합니다!

Close	View

보상으로 플레이어 포인트 20이 주어집니다. 또한 고유(Unique) 등급의 방어구 중 하나를 고를 수 있습니다. 현재 플레이어 포인트-36

Close	View

드디어 그 끔찍한 악몽에서 벗어났다.

"후우."

"하아."

힘이 빠졌는지 수아와 현주가 바닥에 주저앉았다. 그래도 두 사람은 웃었다. 살아있음을 실감할 수 있었으니까. 그렇기 때문에 다들 길잡이에게 고마움을 느꼈다. 그녀가 없었으면 일행은 수도방위사령부에서 뼈를 묻었으리라.

"정말 고마워요. 다 길잡이 씨 덕분에……. 앗!"

"다, 당신 몸이!"

감사의 말을 전하려 했던 수아와 현주가 기겁했다. 길잡이의 몸이 희미해지더니 발끝부터 천천히 빛의 입자가 되어 사라지기 시작했기 때문에.

그와 동시에,

털썩!

무너지듯 바닥에 주저앉는 인호. 검으로 지탱해 쓰러지는 것은 면했지만 다시 일어날 힘은 없었다. 제일 중요한 마력이 거의 다 소진되었기 때문에. 그런 그를 보며 길잡이는 웃었다.

"벌써 시간이 다 됐을 줄이야. 그래도 끝까지 안내하고 헤어질 수 있게 되어 다행이네요, 나의 주인님."

"……정말 고마웠다. 덕분에 살아남았어."

"저도 당신을 만나서 즐거웠답니다. 잃어버린 기억을 되찾은 기분이라 할까요. 아니, 무언가 소중한 걸 되찾는 기분이었어요."

인호를 바라보는 길잡이의 눈에는 호의가 가득했다. 그녀는 부드럽게 웃으며 그를 향해 손을 뻗었다. 그러자 그는 조심스럽게 그녀의 손을 붙잡았다.

"다음에 또다시 만날 수 있을 거예요, 나의 주인님. 믿어도 좋아요. 이건 길잡이의 예언이니까."

길잡이가 말했지만 인호는 대답하지 않았다. 대신 그는 한 가지 고민에 빠졌다.

'그녀가 수호령이 된다면 도움이 될까?'

-가, 갑자기 무슨 개소리냐!-

가만히 있던 무명이 깜짝 놀라 소리를 질렀다. 물론 인호는 무시했다.

길잡이의 길을 안내하는 능력은 굉장했다. 어떤 위기를 겪어도 반드시 넘어설 수 있다는 생각이 들 정도로. 무명의 능력도 압도적이지만 그녀의 능력이 더 도움이 되는 게 아닐까?

그런 인호의 생각을 읽었는지,

"저를 좋게 봐주셔서 고마워요. 하지만 지금의 당신에게는 저보다 저 무사님이 더 필요합니다. 제 능력은 전투에는 쓸모가 없으니까요."

길잡이가 만류했다.

"그럼 그렇게 해야지."

-뭐, 뭐냐! 그 허탈한 반응은! 이런 배은망덕한 놈! 이런 놈을 믿고 무공을 가르쳤다니!-

'잠시 비교해봤을 뿐이다.'

인호는 길잡이의 의견을 받아들였다. 그녀의 능력은 탐이 났다. 그러나 투쟁의 시대에서 가장 중요한 건 자신이 가진 본연의 강함이었다. 길잡이의 능력에 취해 자신의 단련을 무시할 수는 없었다. 무명은 굉장히 좋은 무공 스승이었고.

"그래. 다시 만날 날을 기다리지."

"얼마 걸리지 않을 거예요. 그리고 기억을 잃은 무사여, 부디 주인님을 잘 부탁드려요. 당신이라면 믿을 수 있겠죠."

-후우. 갑자기 다 부질없어진 것 같지만 그래도 걱정하지 마라. 앞으로도 열심히 가르칠 거니까. 아니, 더 철저히 굴릴 거다. 내 검을 걸고 맹세하마-

어느 때보다 살벌한 얼굴로 대답하는 무명. 길잡이는 빙긋 웃더니 천천히 눈을 감았다.

촤아아!

사람의 마음을 포근하게 만드는 빛이 반짝였다. 그 빛이 꺼졌을 때, 길잡이는 사라지고 없었다.

[불신의 길잡이가 자신의 능력을 과하게 사용함에 따라 소환이 해제됩니다.]

[3성 영웅 불신의 길잡이가 가진 스킬 일부가 플레이어 김인호에게 전달됩니다. 액티브 스킬 '정안(Lv.1)을 습득합니다.]

[영웅화가 1퍼센트 진행됩니다. 현재 영웅화-21%]

[뽑기의 레벨이 상승하여 2가 됐습니다. 네 번째 능력 '영웅 승급'이 추가됩니다. 또 뽑기의 쿨타임이 12시간으로 줄어듭니다.]

짧은 만남이었다. 고작 2시간 정도 만났으니. 그러나 그 짧은 시간 동안 길잡이는 정말 많은 걸 남기고 사라졌다. 그 은혜는 평생을 노력해야 갚을 수 있으리라.

-거자필반(去者必返)이라는 말이 있지-

'뭔지 안다.'

헤어진 사람은 언젠가 반드시 돌아온다. 그 말을 어찌 모르겠는가. 굳이 그 말이 아니어도 언젠가 다시 그녀를 소환하리라.

인호는 자신에게 맹세했다.

<2권에서 계속>

영웅으로 레벨업 1

초판 1쇄 발행   2019년 6월 30일

저자 달필공자
그림 Sila

디자인 윤아빈
주간   홍성완
마케팅 김정훈 정다움

발행인 원종우
발행처 (주)이미지프레임

주소 (13814) 경기도 과천시 뒷골1로 6, 3층
영업부 02-3667-2653 **편집부** 02-3667-2654 **팩스** 02-3667-2655
메일 edit03@imageframe.kr **웹** vnovel.co.kr

ISBN 979-11-6085-927-0 04810   (세트) 979-11-6085-928-7 04810

영웅으로 레벨업

모두를 위해서 산다. 그게 바로 영웅이다!

 +045

글 : 달필공자 / 그림 : Sila

가격 : 10,000원

글 : 파르나르 / 그림 : あやみ

가격 : 10,000원

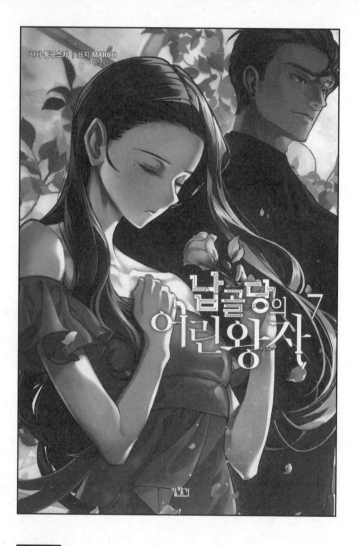

 +043 ▶

글 : 퉁구스카 / 그림 : MARCH
가격 : 10,000원